KB270047

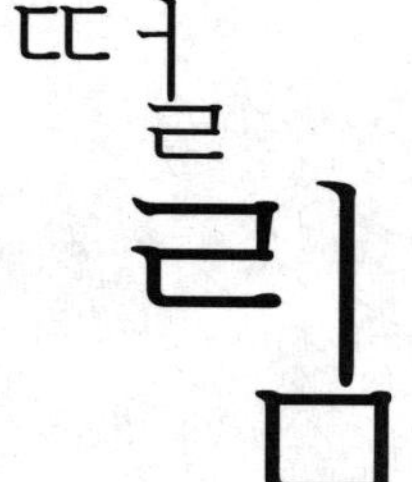

# 떨림

마르시아스 심 연작소설

문학동네

내가 혼자 있을 때,

나를 휩싸고 있는,

나를 향한 신(神)의 시선(視線),

무위(無爲),

막연(漠然)한 삶의 떨림과

어쩔 수 없음에

바친다.

그런데 그걸 먹어버리다니! 아아, 로리타!

로리타는 웃음도 그치지 않고 냉큼 내 손으로부터 그 딸기를 낚아채서 깨물어버린 것이다.

로리타는 언니와는 달리, 나와, 그 철 지난 딸기밭의 적요와, 마르크스와 엥겔스와,

그리고 먼지투성이 딸기의 시디신 맛이 다 좋았던 게 틀림없다.

　먼 옛날 내가 아주 젊고 자유로웠을 때, 나는 장차 소설가가 되기를 꿈꾸면서, 그래서 언젠가 소설가가 된다면 무엇보다 우선 내가 사랑했던 여자들의 이야기를 소설로 쓰리라 작심했었다. 어떤 문고본 책갈피에 그 동안 나와 사랑을 나누었던 여자들의 몸에서 하나하나 훔친 불꽃털을 고스란히 모아두었듯이 내 소설 속에 그 여자들과 나누었던 사랑의 이야기를 하나하나 모아두려 했던 것이다. 내가 사랑했던 여자들은 다들 순백의 영혼을 지녔고, 그리고 이 세상 그 무엇과도 비교할 수 없이 아름다운 성기를 저마다 가지고 있었다는 사실을 감미로운 언어의 선율에 실어 노래하고 싶었다.

　오늘의 노래를 시작하기 전에, 우선 나는 가슴 아픈 사연 하나를 꺼내 이곳에 적어두지 않을 수 없다. 그것은 나의 청춘, 나의 방랑, 어쩌면 내 인생과 문학에서 가장 꽃다운 증거물이라 할 수 있는 그 문고본의 분실에 관한 간단한 전말이다.

앞에서 말했다시피 나는 사랑을 나누었던, 이를테면 서로의 동정과 순결을 교환한 갈래머리 여고생에서부터, 나보다 곱절이나 더 나이를 먹었던 커다란 젖꼭지를 가진 유부녀와, 그리고 하루에 한 줌이나 되는 골수염 치료약을 장복하던 말수 적은 접대부에 이르기까지, 그 많은 여자들의 몸에서 하나하나 불꽃털을 훔쳐내었고 그 불꽃털을 가지런히 모아 삼성미술문화재단에서 발행한 『조선상식문답』이라는 노란색 표지의 작은 책 속에 간직해두고 있었다. 내가 굳이 그 책을 비장의 은닉처로 선택한 이유는 책의 저자인 육당(六堂)이나 책의 내용과는 일말의 관계도 없다. 내 딴에는 다른 어떤 책보다 그 책에 대한 타인의 관심이 적으리라는 판단 때문이었고, 사실 그 볼품없는 장정과 흥미 없는 내용의 책에 관심을 가지는 사람은 없었다. 그 책은 오래도록 나의 자취방과 하숙방, 술집 종업원의 숙소와 내가 일했던 목욕탕의 탈의실과 노무자들의 합숙소를 나와 함께 전전하면서 내 가방 속에 고스란히 남아 있었다. 소설책이나 시집은 더러 훔쳐가는 사람이 있었으나 그 책은 언제나 내 곁에 있어주었고, 그도 그럴 수밖에 없는 것이, 나는 항상 그 책과 함께 『선데이 서울』이나 『리더스 다이제스트』와 같은 잡지를 넣어두는 간교를 발휘하고 있었기 때문이었다. 언제나 『조선상식문답』은 내 곁에 있으면서 보드랍고 가는, 억세고 굵고 검은, 끝끝내 윤기를 잃지 않을 듯 다시마 빛 광택을 품고 있는, 그 모든 여인들의 아름다운 불꽃털로 갈피갈피가 풍성하였다. 그러한 『조선상식문답』을 앗

아가버린 것은 홍수였다.

해병대 군복을 입고 첫 휴가를 나왔을 때 다른 많은 책과 함께 『조선상식문답』도 어디론가 사라져버리고 없었다. 소설가 지망생의 책장을 지키던 여동생은 행방을 알지 못한다고 내게 말하였다. 홍수의 조짐이 보이자 할머니와 여동생은 다른 가재도구들에 앞서 우선 내 책을 이불보에 싸서 근처에 있는 국민학교 복도로 옮겼다고 한다. 그리고는 그중 대부분의 책을 잃어버리고 말았다는 해명이었다. 커다란 책장에는 몇 권의 책만이 누워 있었다. 지금 기억으로는 홍수의 난리를 겪고도 다시 책장으로 돌아와 있던 책 가운데 한 권은 민음사에서 발행한 한수산의 소설집 『사월의 끝』이었다. 그리하여 내 청춘의 대부분이자 문학 수업을 위한 방랑의 증표였으며 꿈결같았던 오 년여의 전리품은 사라져버리고 말았던 것이다.

소설가를 인생의 목표로 했던 처절한 집착만큼이나 불꽃털 수집에 대한 나의 집착도 거의 광적이었던 것 같다. 『조선상식문답』을 잃어버린 즉시 나는 다시 한 권의 책을 샀다. 춘천 시내의 고서점에서였다. 역시 삼성미술문화재단에서 발행한 『역대시조선』이라는 아무리 보아도 그 누구도 훔쳐갈 생각이 들지 않을 듯한 책이었다. 그 책은 아직도 내게 있다. 그 책에는 그 뒤 내가 불꽃털 수집에 흥미를 잃을 때까지 몇 년 동안의 수집품이 갈피마다 진열되어 있다. 오늘 그 가운데 하나, 두 올의 불꽃털이 간직되어 있는 칠십칠 페이지를 펼쳐본다. '남영동 육교가 내려다보이는 오래된 호텔 특실에서'라고 씌어 있고, '검은 옷을 입은 다방 아가씨'라고만 그 불꽃털 임자의 정체가 적혀 있다. 침대시트 위에서 두 올의 불꽃털을 주웠고, 하나를 못내 버리지 못해 두 올 다 간직하게 되었던 그날의 기억이 생생하다.

"어디로 갈 거지?" 하고 육교의 계단을 오르며 나는 벌써 도망칠 준비를 하고 있었다. 그녀는 주저앉아 울고만 싶다는 그런 눈빛으로 나를 쳐다보며 말했다.

"배가 아파 죽겠어."

그런 기억이 난다. 나는 분명히 그때 그녀가 헤어지기 싫어하고 있다는 걸 감지하고 있었지만, 그러나 나는 너무 젊었고, 한 여자의 고독을 헤아리기에는 너무나 몰지각하고 염치없는 사람이었다. 아침밥이라도 함께 먹어주었더라면 하는 후회가 든다. 그러나 그녀는 십이 년이 지난 먼 시간 저편에 존재할 뿐, 내게는 그녀의 몸에서 떨어진 검고 가늘고 고불고불한 두 올의 불꽃털만이 남아 있다. 그녀는 육교를 내려가서 택시를 타고 사라졌다. 굴레방 다린가 응암동인가에 있는 언니 집으로 간다고 했던 기억, 그날은 그녀가 일하던 다방과 근무 계약이 만료되는 날이었다는 기억, 그러한 기억이 난다. 이제 내가 그녀를 만나려면 이 노란색 표지의 작은 책을 펼쳐보는 수밖에는 도리가 없다.

칠십칠 페이지를 펼치면 그녀가 남겨둔 두 올의 불꽃털을 사이에 두고 희대의 명기(名妓)와 거유(巨儒)가 마주하고 있다. 두 분은 애욕과 천석고황의 떨림과 저림을 이렇게 노래하고 있다.

靑山裏 碧溪水야 수이 감을 자랑마라

一到滄海하면 다시 오기 어려워라
明月이 滿空山하니 쉬어 간들 어떠리


이런들 엇더하며 저런들 엇더하료
草野優生이 이러타 엇더하료
하물며 泉石膏肓을 고쳐 므슴하료


노래를 시작하여야겠다.

그 모든 여자들을 위하여 오늘 내가 할 수 있는 일은, 아픈 허리를 두드리고 발목을 떨어가면서, 자판을 두드려 지나간 세월을 불러오는 일이다. 그리하여 가는 은행나무 가로수를 부여잡고 내 눈을 쳐다보면서, 오늘 제가 자신의 순결을 내게 주었다는 사실을 영원히 잊지 말기를 기원하던 그 여고생의 마음을 아름다운 언어의 선율 속에 담아두어야 한다.

"알아?" 하고 그녀가 말했다.

나는 고개를 끄덕이면서 짐짓 심각한 표정을 짓긴 했지만 속마음은 그렇게 심각하지 않았다. 단지 그 뒤로 나는, 모든 여자는 순결을 바친 남자에게만은 반드시 오늘이 그러한 날이었다는 사실을 확인시키려 한다는, 그러한 여자의 본심을 알게 되었을 뿐이다. 그리고 그 은행나무는 무럭무럭 자라 이제는 아주 커다란 그림자를 만들며 강릉 시내 한가운데 횡단보도 앞에 서 있다는 사실도 나는 알고 있다. 가끔 강릉 시내를 지나치며 차창 밖으로 그 은행나무를 바라본다. 언젠가는 한번 자동차에서 내려 그 은행나무를 만져보려 한다.

　그리고 그 시큼한 성욕을 이길 수 없어 헉헉대던 늦은 봄날의 무더위를, 한없이 이어지던 보리밭 가에서의 수음을, 분수처럼 솟구치던 정액을, '빠이롯트' 잉크병에 가득 모아두었던 정액의 냄새를, 이제는 두 번 다시 돌이킬 수 없는 그 갈증의 계절을 노래하여야겠다. 나를 위해 울던 여자, 나를 위해 나를 미워하던 여자, 자존심 때문에 끝끝내 사랑해보지 못하고 헤어져버린 여자, 죽어도 팬티만은 벗지 않으려 하여 나를 애타게 하던 여자, 더러워서 따먹기를 포기했던 여자, 사랑하면서 웃던 여자, 아무 일도 없었다는 듯이 태연한 얼굴로 침대에서 일어나던 여자, 나를 비웃던 여자, 나를 거들떠보지도 않던 여자, 내가 단지 꿈속에서만 그리워했던 그 여자들을 다시금 불러세워 지금 나의 진실을 고백하여야겠다.

　"알아?" 하고, 나는 그 여자들의 눈동자를 바라보면서 말하여야겠다. 내가 얼마나 순결한 마음으로 진정 당신을 사랑했던가를 밝혀야만 하겠다.

　그렇게도 순결한 마음으로 내가 사랑했던 여자들 가운데에는 내가 로리타라고 불렀던 아주 나이 어린 소녀가 있었다. 소녀라고 하기에도 어린, 지금 그 나이를 밝히기에는 차마 부끄러운, 그렇게 어린 여자아이였다. 그때 나는 스무 살짜리 술집 웨이터였고, 한편 로리타는 내가 일하는 지하 룸살롱과 골목길을 사이에 두고 마주 선 양장점에서 잔심부름이나 하는 시로도였다. 얼굴이 배꽃같이 희고, 눈이 크고, 머리를 한쪽으로 툭툭 흔들면서 말하는 버릇을 가지고 있었으며 웬일인지 걷기보다는 늘 뛰어다녔던 그 아이는, 또 웃기를 잘했다.

"히히히 뭐 하세요?" 하는 말은 그녀가 심부름으로 뛰어다니다가 내 앞을 지나갈 때 내게 던지는 말이었다. 물론 아무런 의미도 없다.

"아저씨는 곱슬머리가 매력이래요. 해해해 우리 아줌마가요." 하는 말도 역시 그 아이가 내게 던지는 의미 없는 말 가운데 되풀이되는 한 가지였다.

그 밖에는 생각이 나질 않는다. 하여튼 내가 살롱 안의 청소를 마치고 자루 걸레를 널어 말리러 술집 문 앞에 나올 때면 그 아이는 재단대에 두 팔을 올려놓고서 내 쪽을 바라보며 킥킥대곤 했는데, 나는 구둣발로 걸레를 짓밟아 짜면서도 양장점 유리창을 통해 그 아이를 보았다. 그러나 내가 눈여겨본 사람은 기실 그 아이가 아니었다. 내가 목표로 삼은 사람은 그 아이의 언니와 양장점 주인 아줌마였으나, 정작 내게로 눈을 주는 사람은 늘 그 아이, 나를 보며 웃음짓는 로리타였다.

그 아이를 이야기하기 전에, 당시 나의 아름다운 정부였던 유 마담의 습관에 관하여 먼저 말해둘 필요가 있을 것 같다. 내가 그 시골 소도시의 룸살롱에서 일하게 된 것이나, 책방 점원과 다방 디스크자키, 나이트클럽 조명사, 카바레 탈의실지기를 거쳐 웨이터라는 직업을 가지게 된 모든 것이 다 유 마담과의 관계에서 기인했고, 그 관계는 또한 그녀의 성교에 대한 광적인 집착과 기어이 혼절상태에 이르고 마는 그녀의 성 습관에 밀접히 관련돼 있었기 때문이다. 범속한 사람들의 용어를 빌린다면 유 마담은 당연히 색정광이라 부를 만한 여자였다. 이전에 잡지를 보다가 아메리카의 어떤 여류 골퍼는 성교중이면 무아지경에 이르러 혼절하고야 마는데, 일반적으로 이러한 성적 엑스타시는 정신질환 증세의 일종이라는 글을 읽은 적이 있다. 유 마담이 바로 그러한 증세를 가진 여자였다. 아마 천국이 있다면, 그리하여 누군가 그 천국을 인간의 오감으로 표현하는 광경을 보고자 한다면 반드시 유 마담과 사랑해보아야 하리라고 나는 단언한다. 꿈길을 걷는다거나 구름 속을 거닌다는 표현이 있지만, 그녀의 그 형용할 수 없는 도취와 희열은, 그 낮고 긴 교성은, 아마 인간이 인간과의 관계로부터 이끌어낼 수 있는 최고조의 환락과 평화를 표현하는 것이 아닐까 나는 생각한다. 그녀는 이마로부터 종아리에 이르기까지 전신의 모든 땀구멍을 통해 내면의 열기를 더운 땀방울로 뿜어내었고, 두 손으로 하염없이 허공을 어루만지면서 어딘가 이 세상이 아닌 그 어떤 곳을 물끄러미 바라보았으며, 당연히 상대방의 존재 따윈 아예 깡그리 잊어버리는 것이었다. 그럴 때면 나는 그녀의 배 위에서 숨을 몰아쉬면서 이렇게 물어보곤 하였다.

"왜 슬퍼하는 거야?"

나로서는 눈가에 눈물을 내비치며 어딘가를 바라보고 있는 그녀의 눈빛을 슬픔에 겨운 탓이라 여길 수밖에 없었다. 그러나 그녀는 입가에 엷은 웃음을 띠며 내게 말했다.

"아냐, 난 행복해."

그러면서 그녀는 천천히 손을 들어 내 이마에 서린 땀방울을 훔쳐주는 것이었다. 그 긴 나단조의 교성과 느리고도 일정한 전신의 율동을 그친 다음, 침대에서 일어나 머릿단을 쓸어넘기며 그녀는 누워 있는 내게 말하곤 했다.

"예쁘지 않아? 어때?"

유 마담은 자신의 말대로 정말 아름답기 그지없는 저의 양쪽 젖가슴을 두 손바닥으로 쳐받쳐 보이는 것이었다. 그녀의 젖가슴은 상현달처럼 천천히 부풀어올라오는 형상을 하고 있었다. 나는 가슴녘에서 서늘하게 식어가는 땀을 시트에 문질러 닦으며 그녀의 상현달 같은 젖가슴을 바라보았고, 거듭 느꺼워하곤 했다.

"누우면 모르겠지? 봐."

누워 있을 땐 그 젖가슴이 가라앉아버린다는 아쉬움을 말하는 것이다.

"이리 와. 이리 와" 하고 그녀는 나의 얼굴을 당겨 자신의 젖가슴에 댄다. 그러면 나는 그녀의 주체할 수 없는 색정을 달래려고 다시 일어나 침대 머리맡에 있는 텔레비전 채널을 돌리기 시작한다. 유 마담의 몸 위에서 100번의 피스톤 운동을 할 때마다 채널은 한 자리씩 돌아간다. 채널을 16번까지 다시 한바퀴 돌리게 되면 삼천이백 번이 된다. 아침 어스름이 창가로 밀려올 때까지 채널은 세 번쯤 돌아가게 되고 그러면 사천팔백 번이다. 그리고 긴 잠에 빠져들어 정오가 되어서야 허기에 지친 몸으로 잠에서 깨어났으며, 깨어나서도 서로의 몸을 만져대며 오래도록 침대에 누워 있었다. 그러니까 당시 우리는 신이 우리에게 주신 그 모든 가치, 그 모든 아름다움의 정점에 서 있었고, 당연히 그 결과는 무위(無爲)였다, 라고 나는 지금도 자신한다.

이렇듯 당시 내게는 그 모든 것이 다 있었기 때문에, 내 눈에 비치는 모든 것, 더욱이 여자라는 존재는, 다 천사요, 선녀요, 세계였다.

로리타가 언제부터 무슨 곡절로 나를 좋아하게 되었는지 꼬집어 알 수는 없다. 단지 한 가지 구체적인 계기를 든다면 우리가 처음 미장원에서 만난 날 그녀가 내 머리카락을 만졌다는, 그 사건을 들 수 있겠다. 내가 양장점과 맞붙은 미장원에 머리를 치러 간 날, 미장원 안에 있던 그 시골 소도시의 무료한 여자들은 웨이터라는 이 좀 간지러운 직업을 가진 청년에게 호기심을 넘어선 관심을 보였다.

먼저 나를 겨냥해 웃음기 띤 말을 던진 사람은, 그러니까 양장점과 미장원과 지업사와 이층의 다방을 다 세놓고 있는 그 건물의 여주인이었던 것 같다. 그 여자는 내가 일하던 룸살롱 건물과 어깨를 마주하고 있는 전파상의 여주인이기도 했다.

"총각은 그게 더 나은데."

그러면서 의자에 앉은 채 얼굴을 돌려 나를 바라보더니, "치지 말고 더 볶으면 쓰겠구먼" 하고 몰려앉아 놀고 있던 여자들에게 동의를 구했다.

다른 여자의 머리를 다듬느라 눈으로만 나를 맞이하던 미장원 주인여자 대신, 나를 의자에 앉힌 사람은 화장품 가게 젊은 과부의 외동딸이었다. 나는 그 화장품 가게 외동딸에게는 에스메랄다라는 별명을 붙여두고 사실 혼자만 속으로 좋아하고 있었다. 불고기집 할머니의 설명에 의하면 에스메랄다는 국민학교에 다니던 어린 나이에 이웃 마을에서 일하러 온 목수에게 강간을 당했고, 그 심적 충격으로 학교에도 다니질 않고 혼자 사는 어머니와 화장품 가게를 지키면서 지내고 있는데, 이제는 아주 온전해졌다는 것이다. 에스메랄다의 빼어난 미모나 청초한 표정, 그러한 외적인 면보다 나는 오히려 강간을 당했다는 사연 때문에 강한 성욕을 느꼈고, 내가 내심 그녀를 사랑한 이유도 그 때문이었다.

내게로 다가와 부젓가락처럼 생긴 쇠붙이로 내 머리카락을 뒤척이던 미장원 주인 여자가, "파마 머리구면, 파마 머리야" 하고 전문가로서의 소견을 이론(異論)에 대한 결론으로 단정지은 것은, 여러 여자들이 내 머리카락에 대하여 곱슬머리다 파마 머리다 하는 엇갈린 주장으로 미장원 안이 한참 시끌시끌한 뒤였다.

"파마 머리야. 내가 보면 알지 뭐" 하고 결론을 내린 그녀는 다시 앞선 손님에게로 자리를 옮겼다.

그러고는 너도나도 내 머리카락을 만지러 달려들기 시작했는데, 그 가운데 로리타도 끼어 있었다.

"히히히 파마야. 파마" 하고 로리타는 아주 즐거워했다. 돌아섰다가도 다시 되돌아서서 또 내 머리카락 깊숙이 손가락을 집어넣어 들추어보면서, 그녀는 아주 기뻐하고 있었다.

"해해해해."

　나는 그 모습을, 일력(日曆)과 함께 벽에 매달려 있는 작은 거울을 통해 다 보아버리고 말았다.

　그때부터 그녀가 나를 좋아했던가? 그런 듯하긴 해도 정확치는 않다. 그 뒤 언니와 함께 포장마차에 김밥을 먹으러 온 그 아이를 몇 번 만나긴 했지만 내가 유혹한 건 분명 아니다. 유혹한 쪽은 오히려 로리타라고 할 수 있다. 아마 함께 일하는 나이 든 언니들의 짓궂은 연애 얘기를 곧이곧대로 듣고, 그래서 제 눈에 드는 남자로 나를 점찍어두고, 내가 자신이 원하는 역할을 다 해낼 수 있으리라고 여겼던 모양이다. 그리하여 그녀는, 나의 사랑스러운 로리타는, 김밥과 어묵과 순대와 소주와 맥주병에 넣은 냉막걸리를 파는 그 시골 장터 구석에 있는 포장마차의 목로에서, 제 사랑의 증표로 제가 먹으려던 김밥 두 덩이를 내게 주었던 것이다. 웃고만 있는 내게 로리타는 이제 스스로 내 이름을 말하도록 명령했다.

　"김바보" 하고 내가 대답했다.

　"히히히, 그게 무슨 이름이래요."

　나는 국민학교도 마치지 않은 그들이 함께 이 양장점으로 왔다는 자매의 사연을 이미 듣고 있었으므로, 입을 덜고 기술을 배우기 위해 시내 양장점으로 나온, 이 두메산골에서 온 계집아이의 맑고 흰 살결에 많이 놀라고 있었다. 물론 턱밑까지 시큼해지는 성욕이 놀라움보다 오히려 앞서서 내 가슴을 데우며 쓸고 지나간 뒤였다.

　"김바보래. 언니" 하고 로리타는 제 언니에게 일렀다.

언니도 동생처럼 흰 살결의 목덜미를 가진 아직은 어려빠진 여자아이일 뿐이었다. 그 흰 목덜미를 들고 나를 바라보면서, 동생보다는 꽤 철이 든 듯한 눈빛으로 김바보라는 내 이름에 대하여 동생과는 다른 반응을 하였다. 그녀는 그러니까 나의 대답을 상당히 철학적으로 받아들였다는 그런 표정을 하였던 것이다.

"몰라……" 하는 긍정적 의문의 한마디가 언니의 대답이었다.

그리고 그날 우리는 딸기밭에 가기로 약속을 했다. 딸기밭에 가기에는 이미 늦은 때였음에도, 그 도시엔 그곳밖에는 달리 연인을 유혹할 어떠한 장소도 없었던 걸로 나는 기억한다.

자매는 무엇보다도 떠난다는 사실에 감격해 있었다. 덜컹대는 시골 버스와 차창 저편으로 펼쳐져 있는 늦은 봄날의 나른한 싱그러움, 풀물로 잔뜩 범벅을 해놓은 산과 들, 그리고 햇살이 있었다. 하지만 무엇보다도 곱슬머리 총각이 곁에 앉아 있었다는 사실을 빼놓을 수 없다. 우리는 강변에서 버스를 내려 뱀장어 양식장을 지나 좁은 콘크리트 수로를 끼고 있는 둑방을 걸었다. 하천을 가로지르는 긴 둑이 있었고, 딸기밭은 그 건너편, 하천과 작은 언덕빼기 사이의 논도 밭도 아닌 경작지에 자리하고 있었다. 슬레이트 지붕의 누추한 작은 농가가 아마 딸기밭 임자의 집이었겠으나, 짖지 않는 개 한 마리밖에는 아무런 기척이 없었고, 마땅히 딸기밭도 버려진 채였다.

딸기마저 없는 건 아니었다. 이제 갈아엎기 직전의, 찢어진 비닐이 나뒹구는 버려진 딸기밭에는, 듬성듬성 덧자란 이파리 사이로 먼지를 뒤집어썼거나 잔뜩 흙이 묻은 못생긴 딸기가 가꾸어지지 않은 채 방치돼 있었다. 우리는 거리낌없이 고랑으로 돌아다니며 부실하긴 하지만 잔뜩 햇빛을 받아 탱탱히 여물고 검붉으며, 보기에도 시큼한 딸기를 잔뜩 따 모았다. 세 사람이 따모은 딸기는 어느 하나 온전히 생긴 것이 없었고, 하나같이 잘고 못생긴 꼴을 하고 있었다.

"숨구멍마다 먼지가 끼어 있을걸. 봐요, 김바보씨. 안 돼, 앤. 이리 줘봐. 다 헹궈야지" 하고 언니는 제법 세심한 척했다.

그러나 로리타는 막무가내로 벌써 여러 개째 입에 넣은 다음이었다.

"아아아아아…… 시어, 시어, 시어."

"앤, 먼지 범벅인데."

언니는 동생의 무분별을 나무라며 조신한 자신을 내게 한껏 과장해 뽐내고 있었다.

"아이, 시어, 시어, 시어, 안 돼, 아니라니깐. 이건 비닐 아래서 딴 거래두."

"넌……."

로리타는 시어, 시어, 시어를 연발하며 딸기밭 고랑에서 뒤뚱거리고, 언니는 그런 동생의 흥분이 미웠던 것일까, 토라져서 저만이 저편 농가를 감돌아 흐르는 실개울가로 딸기를 씻으러 갔다. 누구도 딸기밭 임자의 존재 여부에는 관심이 없었다. 왠가하면 딸기밭으로 내리치는 늦은 봄날의 햇살은 너무나 따가웠고, 딸기는 로리타의 탄성만큼이나 시었기 때문이다. 로리타는 언니의 지청구 따위는 아랑곳하지도 않았다. 비닐 아래에서 땄다고 우기던 딸기 가운데 하나를 내 입에 넣어주느라고 휘청, 로리타는 내 품에 안기고 말았다. 하하, 로리타…… 로리타는 작고 단단하고 시었다.

"시어……" 하고 한숨을 쉬면서 로리타는 지친 듯 내 가슴에 기대어 서서 그대로 오래도록 가만히 있었다. 로리타가 내 입에 넣어준 딸기는 아주 시었다. 그렇지만 나는 그녀가 넘어질까 봐 두 발을 이랑과 고랑에 디딘 채 움직이지도 말하지도 못했고, 가늘게 몇 번 떨리다가 멈추는 자신의 흥분에 싸인 온몸을 지켜보고만 있었다.

"시어……" 하고 로리타가 또 말했다.

짖지도 않는 개에 놀란 것일까, 물에 헹군 딸기를 버려둔 채 언니는 소리를 지르며 우리 쪽으로 달려왔다. 먼 옛날의 일이긴 하지만 나는 그녀가 진정 터져나오려는 울음을 삼키고 있었다고 말하고 싶다. 내가 그녀에게로 다가가자 그녀는 정말 울기 시작했다. 개는 눈곱 낀 눈으로 이쪽을 물끄러미 바라보고만 있었고, 바람은 한 점도 없었고, 그래서 작은 도랑물 소리가 고스란히 들리는 화창한 늦은 봄날의 대낮이었다. 나는 갑자기 흐느껴 울기 시작하는 그녀의 어깨를 붙잡았다. 어깨는 작고 딱딱했으며, 물 묻은 손은 흰 목덜미에 비해 많이 거칠었다. 언니도 아직은 머리꼭지가 내 어깨에 미치지 않을 만큼 작고 어린 여자아이에 불과했다.

따기는 내가 따고 씻기는 언니가 씻고 먹기는 동생이 먹어버린, 그 이상하게 생겼던 딸기에 대하여 말해야겠다. 그 딸기의 생김새는 남성의 상징을 닮아, 길게 튀어나온 남근과 그 남근에 매달린 고환의 생김새를 그대로 흉내내고 있었던 것이다. 먼저 말없이 그 딸기를 내게로 내민 사람은 언니였다. 그녀는 웃어야 할지 말아야 할지 난감한 눈빛을 하며 앉은 몸을 비틀어 슬그머니 내 턱밑으로 그 이상하게 생긴 딸기를 치켜올렸다.

"내가 딴 딸기거든" 하고 나는 두 사람의 시선 한가운데 허공으로 그 딸기를 드러내 보였다. 딸기는 아주 탱탱한 남성을 닮아 있었다.

"봐요, 어디."

로리타가 냉큼 손을 뻗었다.

"넌……" 하고 언니가 거칠고 높은 목소리를 내질렀고, 나는 얼른 로리타의 손을 피했다.

"히히히, 좋아 딸기. 좋아, 좋아, 아주 시어, 좋아."

언니는 토라져 있었지만 동생은 아주 좋아하며 저도 다 안다는 뜻으로 히히히 하고 자꾸 웃었고, 나도 그녀만큼이나 모든 게 다 좋았다. 딸기는 아주 시고 딱딱하여 우리들이 먹기에는 좋았다.

"이게 뭔지 알아?" 하고 내가 동생에게 그 이상하게 생긴 딸기의 튀어나온 부위를 가리키며 물었다.

"몰라요, 히히. 뭐게요?"

"마르크스."

내가 왜 그렇게 대답했는지는 나도 모른다. 짐작건대 아마 언니의 뾰루퉁한 얼굴 때문에 직설적인 표현을 순간 교정했을 것이다. 그러고 보니 정말 그건 내가 보기에도 마르크스 같아 보였다.

"이건" 하고 또 내가 물었다.

"몰라요, 나는."

역시 동생만이 대답했다.

"엥겔스."

나는 고환을 닮은 딸기의 양쪽 부위를 손가락으로 집으며 말하였다. 그제야 둘은 깔깔대며 웃기 시작했다. 이제 다시 생각해봐도 아주 신통한 지칭이었다고 나는 생각한다. 물론 자매는 마르크스나 엥겔스가 사람의 이름이라는 사실은 꿈에도 생각하지 못할, 그런 아이들이었고, 그러니까 그들은 나의 말에 느낌으로만 동의한 게 틀림없다. 그리고 그 생김새의 묘한 조화는 마르크스와 엥겔스라는 두 이방인의 관계와 어쩐지 닮은 점을 가지고 있는 듯이 여겨졌고, 그래서 그랬는지 자매만큼이나 나 또한 아주 자지러지게 웃어댔다.

그런데 그걸 먹어버리다니! 아아, 로리타! 로리타는 웃음도 그치지 않고 냉큼 내 손으로부터 그 딸기를 낚아채서 깨물어버린 것이다. 로리타는 언니와는 달리, 나와, 그 철 지난 딸기밭의 적요와, 마르크스와 엥겔스와, 그리고 먼지투성이 딸기의 시디신 맛이 다 좋았던 게 틀림없다. 그리하여 그 모든 것을 다 먹어버리고 싶은, 왕성한 식욕을 가지고 있었던 게 틀림없다. 그 어떤 아픔도 예상하지 못할 만큼 철부지 욕망의 덩어리라는 걸 나는 비틀거리는 그녀를 안았을 때 이미 느껴버리고 말았다. 그렇다.

그녀는 아직 이야기와 현실을 구분해 분별할 줄 모르는 아이였으니까 말이다.

실제로 로리타는 자신의 순결을 내게 주는 대신 저는 나로부터 겨우 참외 두 개를 받았을 뿐이다. 로리타가 실밥 묻은 바지와 유난히 작은 단추가 많이도 달려 있던 옥빛 블라우스를 벗어 밋밋한 가슴과 설익은 성기를 내게 내맡긴 것은, 그러니까 사랑이라기보다는 재롱, 쾌락의 탐닉이라기보다는 호기심의 발동이었다고 볼 수밖에 없다. 하지만 나는 그렇지 않았다. 비록 두세 시간 동안의 사랑이었지만 나는 진정으로 헌신하였고, 사랑하였다.

딸기밭을 다녀온 다음 다음날은 역시 화창한 날씨였고 장날이었다. 나는 지난밤에 마신 술 때문에 쓰린 속을 달래기 위해 북적대는 장꾼들을 비집고 노천 국수집에 들러, 고춧가루와 빙초산을 듬뿍 친 물국수를 말아먹고 다시 잠을 자기 위해 돌아오던 길이었다. 그 북적대는 장터 한가운데에서 나의 마르크스와 엥겔스를 채뜨려 깨물어 먹어버린 작고 마른 몸매에, 봄볕에도 타지 않는 흰 피부를 가진 어린 여자아이를 만났던 것이다. 로리타는 참외 장수 앞에 쪼그리고 앉아 그 샛노란 참외 알을 만져보고 있는 중이었다.

내가 로리타의 순결을 가졌다고는 하나 그건 나의 생각일 뿐, 어쩌면 로리타에게는 대수로운 일이 아니었는지도 모른다. 설사 처녀막이 찢어졌다 하더라도 금방 재생될 만큼 로리타는 너무나도 어리고 순결했던 것이다. 내가 블라우스의 단추를 다 벗길 때까지 로리타는 두 알의 참외를 손에 쥐고 있었다. 웃지도 않고, 어쩌나 하는 눈길로, 오히려 제가 미안하다는 듯 고개를 기울이고 서서 나를 내려다보았다. 뺨을 그녀의 배에 붙이고서 내가 그 실밥 묻은 바지를 반쯤 벗겨내렸을 때, 참외 알은 투둑 하고 떨어져 방구석으로 굴러가 멈추었다.

로리타는 그러나, 역시 아이였다. 뜨겁게 달아올라 날뛰는 내 가슴 아래에서 아픔을 참느라고 울기만 하더니 기어이 오래 참지 못하고, 손등으로 눈물을 닦으며 담요 위에서 일어났다. 구석으로 기어간 로리타는 옷 입을 생각은 않고 책과 함께 구석에 흩어져 있던 참외를 집어들고 깎기 시작했다. 아아, 사랑스런 로리타! 로리타의 알몸은 자신이 막 깎은 참외의 속살처럼 굴곡도 없이 밋밋했고, 그 어디에도 뚜렷한 성징의 기미를 찾아볼 수 없었다. 나는 딱딱하고 뜨거워진 마르크스를 흔들어 열기를 식히면서 그녀의 그 성징 없는 몸을 바라보았다. 그러니까 이제 분명해졌다. 내가 사랑한 것은 순전히 여자라는 존재, 신이 내게 주신 선물, 오직 로리타일 뿐이었다.

아파하는 로리타가 애처로워 나는 더이상 덤비지 않고 그대로 누운 채, 말없이 참외를 깎아 먹고 있는 로리타의 눈과 성기를 바라보면서 자위행위를 했다. 너무나도 서정적인 사랑이었다. 내가 자위행위를 다 끝낼 때까지 그녀는 내 쪽을 바라보지 않았고, 자위행위를 끝낸 나는 담요 위에 반듯이 누워 언젠가는 이날의 사랑을 고스란히 내 소설 속에 옮겨놓으리라 생각하면서, 로리타가 참외 두 개를 다 먹어치울 때까지 발가벗은 몸으로 책을 읽었다. 블라디미르 나보코프의 소설 『로리타』였다. 손님이 준 팁으로 산 그 책은 아직도 내게 남아 있다.

그날의 설익은 사랑으로 몹시 아팠던지, 그 뒤 로리타는 나를 보고도 웃질 않고 갑자기 여자가 된 듯한 얼굴을 하고선 착착착 뛰어다녔다. 나는 한 여자와 두 번 거듭 사랑하게 되면 짜증이 나는 성격이기 때문에 미안하다는 생각은 있었지만 더이상 로리 타와 관계하려 하지는 않았다.

그러나 오랜 세월이 흐르고 흘러 생에 아름다웠던 순간들을 다 떠나보낸 지금, 이제는 결코 돌이킬 수 없는 그날을 회고할 때면, 나는 그때 알몸으로 누워 알몸의 로리타를 바라보면서 읽 었던 그 책을 펼쳐본다. 책장을 펼치면 그곳에는 로리타의 눈물 어룽진 눈망울과 설익은 연홍빛 성기가 떠오르고, 어쩌면 책장 어디쯤엔가 참외씨 한두 개가 붙어 있을 것만 같은 기분이 드는 것이다. 나는 오늘도 그 책을 열고 책갈피에서 피어나는 싱그럽 고도 달콤한 참외 냄새를 맡아본다.

로리타. 내 생명의 빛, 내 가슴의 불꽃, 나의 죄악, 나의 영혼. 로―리―타. 혀끝은 입천장 밑에서 구른다. 한 걸음, 두 걸음, 그 리고 마지막 세 걸음째 이빨과 만난다.

로―리―타.

아침의 그녀는 로였다. 신발을 신지 않고 잰 키가 4피트 10인 치인 평범한 로였다. 바지를 입으면 로라, 학교에 가면 돌리였으 며, 서류상의 이름은 돌로레스였다. 그러나 내 품속에서 그녀는 언제나 로리타였다.

그녀말고는 또 없었는가? 있었다. 그녀가 아닌 다른 여자가 사실 또 있었다. 그 여자는 다름아닌 로리타의 언니였다. 로리타의 밋밋한 가슴에 묻은 내 침이 채 마르기도 전에, 로리타가 깎아 먹은 참외 냄새가 채 가시기도 전에, 바로 그곳, 나의 숙소인 여관 구석방 나의 담요 위로, 나는 로리타의 언니를 유혹했던 것이다.

로리타가 참외를 다 먹고 돌아간 다음 나는 낮잠을 잤고, 잠에서 깨어난 한낮에 룸살롱의 청소를 마치고서 강가로 산책을 갔다. 그 한낮의 산보중에 강가에서 빨래를 마치고 돌아오던 로리타의 언니를 오솔길에서 만났다. 동네 아낙들이 몰려 있는 아래쪽이 아니라 그녀는 아무도 보이질 않는 강 위쪽에서 혼자 빨래를 하고 돌아오는 모양으로, 빨래가 든 작은 연두색 플라스틱 함지를 옆구리에 끼고 정자 언덕 아래 오솔길을 혼자서 걸어오고 있었고, 나는 그 길을 거슬러 올라가는 참이었다.

"왜?" 하고 나는 좁은 길이긴 하지만 새삼스레 내외를 하는 이 풍성한 머릿단을 풀어헤친 처녀의 팔을 낚아채며 물었다.

그녀는 멀리서부터 나를 의식하면서 길가 풀숲에 발목을 묻은 채 서서 움직이려 하질 않고 있었다. 그리고 나는 어쨌는가 하면, 멀리서부터 벌써 그녀가 머리를 감아 풀어헤치고 있다는 사실을 알아차렸고, 그 물기에 젖은 머릿단 속의 풋풋한 살냄새를 이미 다 맡아버리고 말았던 것이다. 윤기를 머금은 굽실굽실한 검은 머리카락이 그녀의 홍조 띤 볼과 이마를 다 가린 채 젖가슴께에서 일렁이고 있었다.

"아이, 아이, 놓으세요."

그녀는 생전 처음 보는 사람인 듯 정색을 하며, 내 손에 잡힌 팔을 비틀어 빼려고 애를 썼고, 나는 그녀의 행동에 의아해하면서도 어딘가에서 갑자기 불어온 더운 바람에 호되게 후려맞아 얼떨떨한 기분이 되었다. 그러다가 그만 빨래 함지를 풀숲에 떨어뜨려 뒤집어엎고 말았다.

"왜 그래, 더 예뻐져서는."

풀 위에 떨어진 빨래를 함께 주워담으며 왠지 어색해진 사이를 달래려 내가 말했고, 그녀는 굽혔던 허리를 펴면서 나를 빤히 쳐다보았다. 그리고 그 순간 나는 그 고혹적인 눈빛의 뜻과, 아울러 그녀의 치마 속이 비어 있다는 사실을 동시에 알아차렸다. 왠가 하면 떨어진 빨래를 주우면서 그녀는 유독 한 장의 팬티를 손아귀에 틀어쥐며 감추려고 애썼고, 그리고 그때 나는 둑 아래로 미끄러지려는 그녀의 엉덩이를 붙잡았던 것이다. 지금도 나는 그때 내 손이 받치고 있던, 팬티를 입지 않은 처녀의 엉덩이를 상상할 때면 여전히 가슴이 뛴다.

"춥겠구나, 너. 팬티도 입지 않구서" 하고 나는 넉살을 떨었다. 그러자, 제가 팬티를 입고 있지 않다는, 치마 속이 비어 있다는 사실을 내가 알아버리고 나자, 그녀는 아주 사람이 달라지면서 요부로 돌변한 듯이 굴어댔다. 이제까지의 수줍음을 벗어던지고 조금도 제 욕정을 숨기려 하지 않았다.

동생보다 좀 까다롭긴 했어도, 그러나 그녀도 몇 번 툭탁거리다가는 곧 치마를 벗어 아무것도 입지 않은 맨살의 하체를 내게 보여주었다. 그러면서 짐짓 농담까지 하는 여유를 부리기도 하였다.

"아저씨는 트리오로 머리를 감는가 보다, 응. 곱슬머리니깐."

그녀의 블라우스는 등쪽에 단추가 달려 있어서 나는 그녀를 안듯 하여야만 했고, 그녀는 내게 안긴 자세로 제법 응석까지 부리며 내 머리카락을 만지작거렸다. 그리고는 자신의 그 말이 우습다고 생각했는지 호호호호 하고 웃어댔다. 뭔가 더 응석을 떨었지만 지금은 기억이 없다. 그때에도 역시 그걸 다 들어줄 경황은 없었을 것이다.

말로는 남녀 관계에 대해 대단히 아는 척 떠들었지만 언니도 어리긴 마찬가지여서, 덜 자란 연잎을 뒤집어놓은 것 같은 젖가슴은 한 줌도 되질 않았고, 도톰한 둔덕에는 겨우 송아지 털 같은 부드러운 잔털이 보송보송 돋아 있었다. 그녀는 오래도록 내 마르크스를 두 손바닥으로 부여잡고 있더니, 손등으로 엥겔스를 쓰다듬으면서 한껏 교태를 부리기도 했다. 그러나 막상 안아서 담요 위에 누이자 온몸을 부르르 떨며 두려운 눈빛으로 뚫어져라 나를 바라보기만 했다. 나는 더워진 손바닥으로 소름이 돋아난 그녀의 허벅지 안쪽을 천천히 쓰다듬었고, 그리고 그녀의 성기 전체를 손바닥으로 덮어 지그시 눌러주었다. 제 딴에는 괜히 대범한 척하느라고 알몸이 되어 누울 때까지도 깔깔거리고 버둥댔으나, 막상 닥치고 보니 그녀도 역시 숫처녀였다. 그러나 동생처럼 아프다고 포기하지는 않았다. 동백꽃잎 같은 선홍의 핏방울을 담요 위에 흘리면서도 이를 물고 참을 줄 알았고, 다 끝나고 나서는 구석에 쪼그리고 앉아 쿨쿨거리며 울었다.

나는 그때만 해도 상당히 자유로운 사상을 가진 사람이었고, 그런 만큼 철부지라 할 정도로 맹랑하고 당돌했기 때문에, 쿨쿨거리며 우는 그녀에게 이렇게 말했다.

"야, 난 너희 주인 아줌마를 한번 먹고 싶더라. 어떻게 무슨 방법이 없을까?"

그러자 그녀는 그 우는 와중에도 붉어진 눈을 치켜뜨며 나를 노려보며 이렇게 대꾸했다.

"치, 그렇게 못생긴 여자를……."

나는 그냥 흐흐 웃고 말았는데, 그 경황중에도 여자로서의 시기와 질투심을 잃지 않고 본능을 드러내 보이는 이 알몸뚱이 아가씨가 너무나도 아름다웠고, 아름답다 못해 기가 막혔기 때문이었다. 그러나 나는 그녀의 말에는 동의할 수 없었다. 내 생각으로는 그녀보다 주인 아줌마가 훨씬 육감적이었던 까닭이다. 내가 브래지어 훅을 잠가줄 때 그녀가 말하길, 자신과 동생은 서울에 있는 봉제 공장으로 갈 거라고 했는데, 그 뒤 나는 곧 그 도시를 떠났기 때문에 보지는 못했지만 아마 로리타도 언니도 곧 그 도시를 떠났을 것이고, 내가 사랑했던 모든 여자들처럼 그 자매도 지금쯤 어딘가 내가 알지 못하는 곳에서 살고 있을 것이다.

그리고, 결국 나는 그 양장점 주인 아줌마와는 사랑해보지 못했다는 사실을 여기에 밝혀두어야겠다. 아깝기는 하지만 지금에 와서야 어쩔 수 없는 노릇이다. 한 가지 더 밝혀둔다면, 그건 에스메랄다와 그녀의 어머니인 젊고 예쁜 과부에 대한 이야기다. 우선 에스메랄다에 대해 말하자면, 나는 끝내 그녀를 사랑하지 못했다. 들은 바로는 나와 함께 그 지하 룸살롱에서 일하던 밴드 마스터 형님이 그녀를 룸살롱의 음악실에서 따먹어버렸다고 한다. 그 형님으로 말하자면 멀쩡한 여자보다는 뭔가 부족한 여자들, 이를테면 호스티스 가운데에서도 다리를 전다거나 입이 비뚤어졌다거나 사팔뜨기 같은, 그런 여자들만 즐기는 사람인데, 그 나름대로의 지론에 따르면 그런 여자들이 훨씬 별미일뿐더러 아주 적극적이고 헌신적이라는 것이다. 하여튼 그 형님이 에스메랄다를 따먹어버렸다는 말을 듣고서 내심 형님에게는 너무 과분한 여자였다고 생각했던 그런 기억이 난다. 에스메랄다는 그렇게 빼앗겨버리고 말았지만, 나는 그 도시를 떠나오기 직전 우연한 기회에 에스메랄다의 어머니인 젊은 과부를 유혹하여 사랑할 수 있었던, 그런 행운이 있었다.

술에 취했고 많이 흥분했으면서도 당황한 탓인지 너무 서둘러대는 그녀 때문에 흥취는 덜하였으나, 그러나 그녀와의 관계에는 아주 특별한 인상이 지금껏 남아 있다. 그 도시의 한녘에는 연꽃이 가득 피어나는 작은 호수가 있었고 호수를 내려다보는 산등성이 정상에 충혼탑이 있었는데, 우리가 사랑을 나눈 곳이 바로 그 충혼탑 아래였던 것이다. 그녀는 두 손으로 대리석 난간을 짚고 돌아서서 교성을 삼키려 애를 쓰고 있었고, 나는 그녀의 엉덩이에 붙어서서 어둠에 덮인 호수와 호수를 둘러싸고 있는 논에서 들려오는 그악스러운 개구리 울음소리를 듣고 있었다. 지금도 내 귀에는 그날 미친 듯이 자지러지게 울어대던 개구리 울음소리가 들리고, 그러면서 그와 함께 내 코끝으로는 뜨거웠던 젊은 과부의 싱싱한 살냄새가 풍겨오르는 것이다.

자아, 이제 오늘의 노래를 끝내야 할 때가 된 것 같다.
그러나 마지막으로 여기 이 뒷부분에 적어두었으면 하는 이야기가 있다. 그건 다름아니라 내게 생의 가치와 희열의 정점을, 그리고 무엇보다도 한 명의 남자, 한 명의 인간, 하나의 존재에 대한, 그 큰 의미를 자각케 하였던 유 마담에 대한 나 자신의 지순한 사랑 이야기다.
나는 얼마 전 어느 외국 영화를 보다가 영화의 마지막 부분을 장식하는 주제곡에 깊이 감동한 바 있어 카세트테이프에 그 노래를 녹음해두었다. 이제 그 노래를 듣는다. 그러면서 내가 왜 그 노래에 감동하였는지, 그리고 그 감동은 유 마담에 대한 나의 어떠한 감정과 관련이 있는지를 깊이 생각해보려 하는 것이다.
음악의 서두부가 시작되면, 마치 유 마담의 길고 날카로우면서도 낮은 교성과 흡사한 여자의 목소리가 들려온다. 아아아…… 아아아아아아…… 아아아…… 아아아…… 그 탄성에 이어 기쁨에 넘친 어린 여자아이의 깔깔대는 웃음소리가 들려오고, 그 웃음소리를 배경으로 가수는 노래를 부르기 시작한다. 아엠 카밍 아엠 카밍 아엠 카밍 투…… 밝은 음색의 자지러지는 여자 가수의 코맹맹이 노랫소리는 자신은 떠나갈 것이라고 거듭 되풀이한다. 경계를 뛰어넘어 그대에게로 간다고 한다. 결합의 순간에 환희를 느끼며 간다고 한다. 현재에 있기 위하여, 그리고 마침내 나는 자유롭노라고 그녀는 노래한다. 그리고 그 노래 한가운데에서, 어린아이는 여자에게, 마치 내가 유 마담에게 거듭 물어보았던 그 질문을 그대로 던지는 것이다.

"왜 슬퍼해요?"

그러자 여자는 이렇게 대답한다.

"아냐, 난 행복해. 봐, 저 위를 봐."

영화 속 여자의 말처럼 아마 유 마담도 저 위의 그 무엇을 응시하고 있었던 것은 아닐까 하고 오랜 세월이 지난 지금 나는 생각한다.

노래는 계속된다.


마침내 과거와, 날 유혹하는 미래로부터 자유롭기 위하여
나는 가네
여자도 남자도 아닌 내가 여기 있나니
우린 하나로 합쳐졌다네 인간의 얼굴로
나는 지구 위에 있고 우주에도 있다네
나는 태어나고 죽는다네


가수는 거듭, 나는 지구 위에 있고 우주에도 있다네, 나는 태어나고 죽는다네, 하고 되풀이한다.

그런 것 같다. 세월이 흘러가듯이 내게 뭔가의 의미를, 생의 가치를 일러주려 했던 그 아름답고도 순결했던 여자들은 모두들

바람 속으로 떠나가버리고 말았다. 아아, 질투의 화신인 세월은 내게서 그 아름다운 여자들을 다 빼앗아가버리고, 단지 색 바랜 몇 점의 추억과, 밤새 자판을 두들겨대야만 하는 가련하고 하찮은 소설가 한 사람을 내 몫으로 남겨두었다. 그리하여 그 가련한 소설가는 사라져버린 지난날의 추억을 더듬으면서 이렇게 남루하고 남루한 노래를 부를 뿐이다.

# 샌드위치

식탁 의자에 앉아 샌드위치를 먹으면서 바라본 아줌마의 눈은, 그렇다. 나는 그 눈을 말하고자 했던 것 같다.

그 눈은 가슴 저미는 감정을 불러일으키는 어떤 처연함을, 없음을, 아무것도 아님을 가득 담고 있었다.

오랜 세월이 지난 오늘날, 그녀의 알몸과 나신의 뒷모습에 대해서는 정확한 기억을 가지고 있지 못하지만,

그 눈과 샌드위치의 맛만은 잊을 수 없다.

지금은 영락하여 아주 다른 풍경이 되어버리고 말았지만 내가 중학교에 다닐 때만 해도 내가 살던 도시에는 항구의 번성과 함께 이른바 창녀촌이 아주 번창하고 있었다. 그리고 그 창녀촌으로 들어가는 좁은 골목 어귀에는 닭갈비와 빈대떡을 안주로 하여 경월소주와 양은 주전자에 퍼담아주는 막걸리를 파는 허름한 선술집이 자리하고 있었다. 그 선술집은 그러니까 여자를 사기 위해 골목으로 들어서는 사내들의 수치심을 덜어주는 역할을 하기도 했고, 때론 저마다의 핑계와 명분을 만들어주기도 했으며, 사람에 따라서는 부족한 담력을 얻어가기도 하던 그러한 장소였다. 닭갈비 번철에서 튀긴 기름기와 흩뿌려진 막걸리로 얼룩진 그 선술집 한쪽 벽에는 누군가 아주 의미 있는 글귀를 이렇게 적어놓았다.

　　이 골목으로 들어간 사람은 반드시 이 골목으로 되돌아 나
와야만 한다. 왠가 하면 이 골목은 막다른 골목이기 때문이다.

　　이 의미심장한 글귀의 작가가 누구인지는 아무도 아는 사람이
없었다. 고깃배를 타러 이 도시로 흘러온 철학과 중퇴생이었든
가, 창녀에게 바친 순정을 배신으로 돌려받은 어느 순정파 사나
이였든가, 아니면 산전수전을 다 겪은 어떤 늙은 매춘부였든가,
그것은 지금이나 그때나 누구도 알지 못한다. 하여튼 이 의미심
장한 글귀처럼 그 골목은 실로 막다른 골목임에 틀림없었다.
　　고등학교를 중퇴하고 카바레에서 색소폰을 불고 있던 브라스
밴드부 선배를 따라 나는 고등학교 이학년 겨울방학에 사복 차
림으로 그 선술집에 가서 막걸리를 마셨고, 그리고 골목으로 들
어가 여자를 샀던 적이 있다. 내가 그날의 정황을 또렷이 기억하
는 까닭은 그날 나의 술주정 때문이다. 나는 술에 취하여 내 몫
으로 들어온 못생기고 뚱뚱한 매음녀에게 손찌검을 했고, 그래
서 포주 할멈에게 혼이 나가도록 봉변을 당하고서 골목에서 쫓
겨났던 것이다. 포주 할멈의 요기어린 눈빛은 아직도 나를 섬찟
하게 한다. 나는 러닝 셔츠도 입지 못한 채 남방 셔츠만 집어들
고 허겁지겁 도망쳐 나왔다. 굳이 밝힐 필요가 없고 또 밝히고
싶지도 않은 일이지만, 그날 내가 매음녀와 싸우게 된 이유는 간
단히 말하자면 내가 그녀의 성기를 들여다보다가 그곳에 혀를
대려 했던 까닭이다.
　　그리고 내 가까운 친구 가운데 하나는 그 골목에 관한 아주

가슴 아픈 추억을 가지고 있다. 친구의 고백에 의하면 자신이 아주 가난했던, 그러니까 대학을 휴학하고 군 입대를 기다리던 시절, 그 골목에 들어가서 여자를 샀다고 한다. 여자는 자신의 돈으로 소주를 사와서는 함께 신세타령을 하다가 옷을 벗었는데 아주 다정한 사이가 되어 좋은 밤을 보냈다고 한다. 그리고 친구는 새벽녘 잠에서 깨어나, 자신이 그녀에게 꽃값으로 주었던 삼천원을 잠든 그녀의 머리맡 비닐 장판 밑에서 꺼내어 도망쳤다고 한다. 친구는 자신의 배신이나 매음녀의 순정보다도 당시 자신의 가난을 지금도 가슴 아파한다.

지금도 어딘가엔 그러한 골목과 그러한 선술집이 있을는지 모르겠다. 한 잔의 술을 마시고 우리는 버지니아 울프의 생애와 목마를 타고 떠난 숙녀의 옷자락을 이야기한다, 하는 박인환의 「목마와 숙녀」라는 시가 걸려 있는 막걸리 집이 어디엔가 있지 않을까. 여고생의 연애편지투 글씨로 적힌 그 시 끝에는 나목 한 그루와 고개를 숙인 채 머플러를 휘날리며 걸어가는 소녀가 있어야만 한다. 그리고 뒷구는 빈 술병 몇 개와 그 위로 떨어지는 별도 마땅히 있어야 한다. 지금도 그러한 목로주점 골목 안에는 가난한 사내들을 기다리는 순정의 창녀들이 살고 있지는 않을까.

이야기가 너무 영탄조의 회고담으로 흐르고 말았지만, 그러나 한 가지 더 그 막다른 골목에 대한 기억이 있다.

내 중학교 학우 가운데는 그 골목 안에서 살던 친구가 하나 있었다. 친구의 형제만 아니라 창녀들 잔심부름이나 해주는 반병신에 가까운 친구의 아버지까지도 포주인 어머니의 수완으로 먹고 살던 집이었다. 어쩌다 대낮에 친구를 부르러 그 집에 가보면 헝클어진 머리에 부석부석한 얼굴을 한 창녀들이 친구의 공부방 앞에 쭈그리고 앉아 엉덩이를 양은 세수대야에 담근 채 센조이를 하고 있었다. 친구는 아무렇지도 않은 얼굴로 그 앞에서 책을 보고 있었는데 나는 그게 한없이 부러웠다. 손님이 넘치게 밀려드는 날이면 친구의 어머니도 하는 수 없이 손님을 받으러 들어간다는, 그러한 사실을 나는 이미 들어서 알고 있었고, 친구가 센조이하는 창녀 앞에서 책을 읽듯이 그러한 사실을 지극히 당연한 생활의 일면으로 이해하고 있었다. 고등학교를 졸업하고 잠시 놀 때, 나는 가까운 친구 한 명과 그 친구의 어머니를 찾아갔던 적이 있었다. 이를테면 병문안이었던 셈인데, 친구는 충청도 어딘가에서 나전칠기를 배운다는 소문이었고, 포주를 하던 어머니는 죽을 병에 걸려 누워 있다는 말을 듣고 우리는 초코파이 한 상자를 사들고 그 골목으로 들어갔었다.

소문으로 듣기에 친구 어머니의 병명은 홍콩매독이라 하였지만 자세한 병명은 아무도 모르고 있었다. 병자는 그냥 죽음만 기다리고 있는 듯했고, 반병신 같은 친구 아버지는 연탄 화덕 위에 연탄집게를 걸쳐놓고 노가리를 구우며 혼자 소주를 마시고 있었다. 병자는 친구 형제가 공부방으로 쓰던 쪽방에 누워 있다가 일어나 웅크리고 앉았다.

"초코파이로구나."

병자의 몰골은 처참했다. 반가움 때문에 미처 몸단속을 못 했으리라 생각한다. 어쨌든 나로서는 이제까지 내가 이 세상에서 만났던 인간 가운데 가장 끔찍한 모습의 인간이었다는 생각을 아직까지 가지고 있다. 병자는 깡마르고 창백했으며, 무엇보다도 나를 놀라게 한 것은 머리털이 몽땅 빠져버린 그녀의 알머리였다. 정수리께에 남아 있던 희고 긴 몇 올의 머리카락 때문에 알머리는 더욱 흉측해 보였다. 정신은 말짱한 듯했다. 방은 우리가 들어갈 수 없을 만큼 좁았고, 그래서 우리는 창녀들이 센조이를 하던 방문 앞에 감히 입도 열지 못하고 서 있었다. 병자는 방구석에 있던 세수 수건을 머리에 뒤집어쓰면서도 부끄러워하지는 않았다.

"내가 무슨 죄가 있어서 이러는지."

그런 말을 했다는 기억만 생생하다. 그러면서 그녀는 우리 두 사람의 눈을 또렷이 바라보았다.

그 눈에 대하여 말해야겠다. 그날 밤 술을 마시면서, 내가 그 눈에 대하여 말했던 기억이 난다. 지금은 통신공사에 다니고 있는 친구에게 나는 그 눈을 바라보면서 성욕을 느꼈다고 말했다.

"뭐라고?" 하고 친구가 버럭 화를 냈다.

아마 나도 무슨 말인가 변명을 했겠지만 자세한 기억은 없고, 하여튼 그 눈을 바라보면서 성욕을 느꼈다는 나의 고백에 친구는 처음에는 아주 놀라는 표정이었지만 곧 이해한다는 듯이 고개를 끄덕였다.

"천벌을 받는다, 임마."

"천벌을 받아도 어쩔 수 없다."

내가 그렇게 단호하게 나오자 친구도 그냥 농담으로 받아들이는 눈치였다.

"난 눈보다는 눈물을 보니까 이상해지더라."

친구는 그렇게 나의 감정을 두둔하였다. 우리가 돌아설 때 병자는 우리 손을 꼭꼭 만지면서 눈물을 흘렸는데, 친구는 그 눈물에 대해서 말하는 것이었다.

"놀다 가지……" 하고 병자는 이별을 아쉬워했다.

"뭘 줄 것도 없는데."

우리는 친구 아버지가 따라주는 소주 한 잔씩을 얻어 마시고 돌아나왔다.

"난 영태 어머닐 말하는 게 아냐, 임마. 그 눈을 보니까 미치겠더라는 거지."

나는 내 감정이 동정심 나부랭이가 아니라는 걸 강조했다.

오늘날 나는 내 자신이 소설가가 된 사실을 우연이라고 생각치는 않는다. 그때 이미 나는 연달아 신춘문예에 낙방을 거듭하던 이른바 소설가 지망생이었으며, 자신의 예술가로서의 본능이나 숙명 같은 걸 철석같이 믿고 있었기 때문에, 그러한 자신의 감정을 고귀하게 생각하고 있었다.

"미치겠더라 미치겠어. 정말 확 덮치고만 싶은 게."

나는 술기운을 빌려 감정을 한껏 과장하며 사타구니를 주물러 댔다. 그리고 그날 밤 술집에서 나오는 길에 어두운 바다를 바라보며 수음을 했고, 뜨거운 정액을 파도가 철썩이는 방파제 아래로 쏟아냈다. 처절한 사랑이었다.

그 뒤에 안 일이지만 그날 내가 병자의 눈을 바라보면서 성욕을 느낀 건 단순한 감정이 아니었다. 그 성욕이라는 감정은 내 스스로가 억누르고 있던 아름다움에 대한 본능적인 희구였던 것이다. 그것은 사랑과는 또다른 감정이었다.

나는 지금도 자위행위를 할 때면 어린 시절 어느 여름날 밤, 우리집 마루에 누워서 엿들었던 '잃어버린 브래지어'에 관한 이야기를 떠올리곤 한다. 유난히 무덥던 해였고, 모두들 끈적이는 땀에 몸살을 앓던 그해 여름날의 늦은 밤이었다. 어머니는 앞집에 세들어 사는 처녀와 블록담장을 사이에 두고 소곤소곤 이야기하고 있었다.

"아까운데. 아깝지만 어쩌나요. 잊어버리고 말았지. 집에 와서야 생각이 났어요. 너무 더워서 생각도 못했나 봐."

대한통운 지점에 경리로 다니던 처녀였다. 이목구비가 다 여리디여리게 생겨서 만화책에 나오는 비련의 공주와 같이 생긴 아가씬데, 여상고를 마치고 취직이 되어 앞집 뒷방에 세들어 살며 자취를 하고 있었다. 어머니는 옥잠화 이파리를 밟지 않으려고 장독대 난간에 발끝을 디디고 서서 수동펌프의 꼭지 부위를 잡은 채, 부끄러운 듯 소곤대는 처녀의 말을 들어주고 있었다.

"아직 몸에 익지 않아서야…… 아깝다만" 하고 어머니는 웃으면서 말했다.

계곡에 몸을 씻으러 갔다가 브래지어를 나뭇가지에 걸어둔 채 그냥 돌아왔다는 사연이었다. 아주 아까웠던지 아가씨는 부끄러워하면서도 거듭 하소연했다.

"누군가 같이 갔으면…… 아직 거기 걸려 있을 텐데."

이제 막 용두질을 배운 나는 마루에 누워 야릇한 기분으로 반달을 쳐다보고 있었다. 심한 허기를 느끼면서 아가씨를 따라 계곡으로 가고 있는 자신과, 나뭇가지에 걸려 있는 그녀의 브래지어를 생각하였다. 그리하여 오래고 오랜 세월이 흐른 지금에도 내 기억 속의 그 브래지어는 반월의 달빛을 받으며 여전히 계곡의 나뭇가지에 걸려 있는 것이다. 그 브래지어를 생각하며 쏟아냈던 정액이 계곡을 메울 만큼 오래고 오랜 시간이 흘렀는데도 말이다.

그렇게 나의 수음은 그녀가 계곡에 두고 온 브래지어를 대상으로 시작되었다. 그리고, 그 뒤 다른 많은 여자들도 브래지어라는 성적 매개를 통해 나의 일생으로 들어와 저마다 자리를 잡았다. 양쪽 어깨에 걸쳐진 가는 끈, 그리고 가슴녘으로 도드라져보이는 재봉선, 등 한가운데 자리한 이음새. 그리고 요즘에도 내가 유색의 브래지어에는 유독 거부감을 가지는 이유는, 아마 그 계곡의 나뭇가지에 걸린 브래지어가 달빛처럼 하얀 색깔이라 상상했기 때문일 것이다.

그랬었다. 내가 만난 많은 여자들은 다들 흰 브래지어를 착용하고 있었고, 오늘 내가 말하려고 하는 여자, 내 고등학교 시절의 하숙집 아줌마도 역시 흰 꽃무늬가 잘다랗게 박힌 백색의 브래지어를 착용하고 있었다.

나는 고등학교 삼 년 동안 하숙을 하며 학교에 다녔는데, 문제학생이었던 만큼 옮겨다닌 하숙집만 해도 부지기수였다. 삼학년이 되고서도 몇 달 뒤, 내 딴에는 어떻게든 마음을 잡으려고 밴드부도 그만두고, 연애하던 여학생과 연락도 끊고, 나 이외에는 조흥은행 청원 경찰을 하는 총각만이 하숙하고 있는 여염집으로 하숙을 옮겼다. 나는 그때 주산이나 기업회계와 같은 상업 과목보다는 소설책만 읽어댔으며, 소설 같은 걸 쓰고 있었고, 이미 여자의 몸이라면 구석구석 샅샅이 만져본 경험을 가진 조숙하고 되바라진 놈이었다. 내가 그 하숙집으로 이사한 날은 하숙집 마당에 있던 개목련 꽃망울이 연두색 이파리 사이로 활짝 피어 있던, 봄도 겨운 유월의 어느 날이었다. 브라스 밴드부에 있던 친구들은 행사에 나가고 다른 후배가 이삿짐을 날라주었던 기억으로 봐서 아마 현충일이었던 것 같다. 책상과 이불 보퉁이, 그리고 책이 담긴 라면 상자를 다 나르고 리어카를 대문 앞에 세워두고 돌아오자, 하숙집 아줌마는 샌드위치를 들고 와서 나와 이사를 도와주던 후배 앞에 놓았다. 그리고는 윗몸을 기울여 잘다란 꽃무늬로 테를 두른 브래지어의 한쪽 끝과 깊이 파인 젖가슴의 계곡을 오래도록 보여주는 것이었다. 샌드위치는 맛이 좋았다. 유백색의 빵은 아주 부드러웠으며, 빵에 싸인 야채도 아주 생생하여 이빨 사이에서 맑은 소리를 내며 씹혔다.

서울에서 여자대학을 졸업하자 이내 결혼하여 춘천에서 살다가, 처음 객지로 살러 온 고급 공무원의 아내인 그녀가 하숙생을 두게 된 것은 심심했기 때문이지 하숙비가 목적은 아니었다. 남편과 열 살짜리 딸을 둔 서른네 살의 그녀로서는 친구도 없는 객지생활의 무료함을 메우려 하숙을 택한 셈이었다.

나의 룸메이트인 청원 경찰은 덩치가 큰 만큼 좀 어수룩하고
숫된 노총각으로 종일 자기도 하고 어떤 날은 종일 집을 비우기
도 했는데, 아줌마는 그러한 불규칙한 하숙생에게도 별 부담을
가지지 않았다. 왠가 하면 그 집 주인 아저씨 역시 자주 집을 비
우는 강원도청 동해출장소 공무원이었기 때문이다. 산맥으로 나
뉘어 있는 강원도는 도청이 있는 서부 지역과는 달리, 도청으로
부터 소외되기 쉬운 동부 지역의 민원행정 처리와, 특히 수산행
정에 관한 업무의 원활한 운용을 위하여 지금도 동부지역에 강
원도청 동해출장소를 두고 있다. 하숙집 주인 아저씨는 당시 주
문진읍에 위치하고 있던 동해출장소의 수산행정 담당관이었기
때문에 고성으로 속초로, 묵호로, 삼척으로 자주 출장을 다니는
처지였고, 때문에 그녀는 청원 경찰의 들쑥날쑥하는 근무 시간
에도 별로 개의치 않았다. 단지 국민학교 삼학년이던 딸아이와
나만이 규칙적으로 등교하고 식사하는 식구였다. 그래서 나는
샌드위치를 잘 만들던, 늘 무언가 향기로운 냄새를 은은히 풍기
던, 나긋나긋한 서울 말씨로 나를 설레게 하던 그녀와 한 집에
살면서 아주 얌전한 하숙생 노릇을 시작하였다.

내가 그렇게 얌전하게 자중하지 않을 수 없었던 이유는 장래
에 관한 막연한 불안도 물론 있었겠지만, 그해 봄에 있었던, 이
른바 보리밭 사건으로 인하여 아주 곤란한 처지에 처해 있었기
때문이었다. 학교에서는 나를 관리학생으로 분리해놓고 여차하
면 학적부에서 지워버리려 벼르고 있었던 것이다. 낙제를 했다
가 각서를 쓰고 간신히 삼학년으로 가진급한 처지였던 신학기

초였다. 그러한 처지임에도 나는 학교에 가지 않고, 역시 수업을 빼먹은 친구 몇 명과 경포대 근처의 산속 무덤가에서 낮술을 마셨다. 그리고 일이 그렇게 되느라고 그랬겠지만, 오줌을 누던 우리 가운데 하나가 학교를 조퇴하고 집으로 돌아가던 여고생 하나를 발견했다. 해수욕장 근처에서 횟집을 하는 과부의 둘째딸로, 여고 졸업반에 다니던 유약한 몸매에 좀 모자라는 계집애였다. 그런데 지금 생각해보니 그애는 유약했다기보다는 유난히 봄을 앓았던 듯한데, 그 점은 그렇다 하더라도 역시 모자랐던 것만은 사실이다. 어쨌든 우리는 그애를 강제로 보리밭으로 끌고 가 차례로 사랑해주었는데, 계집애는 그때는 별로 저항하지 않더니만 집으로 돌아가 제 엄마와 언니에게 다 털어놓고 말았던 것이다. 어쩌면 교복에 묻은 풀물 때문이었는지도 모른다. 아직 여물지 않은 시퍼런 보리밭이었으니까 말이다. 마찬가지로 우리들의 교복에서도 풋풋한 수박 냄새가 마구 풍겨났다.

그 계집애와 한 동네에 살고 있던 친구로부터 연락이 왔고, 우리는 횟집 뒷방으로 우루루 끌려가 과부의 자지러지는 호통을 들어야만 했다. 계집애는 그 옆에 앉아서 저애가 맨 처음 했고, 저애가 두번째, 저애가 세번째, 이러면서 우리의 머리를 지목하고 있었다. 참 기가 막혔다. 우리는 손이 발이 되도록 빌어 학교로 연락하겠다는 과부를 억지로 말렸고, 친구의 어머니와 누나가 달려와서야 그녀의 발광이 잦아들었다.

친구 어머니와 누나가 과부를 달래어 합의는 잘 이루어졌다. 맨 처음 덮친 녀석이 오만원, 나머지 네 명은 각각 삼만원씩, 합

계 십칠만원을 모아 친구 누나가 당시 시내에서 제일 큰 백화점
에 가서 가장 비싼 원피스 한 벌을 사 그 계집애에게 주고서야
과부의 용서를 받아냈다고, 우리는 나중에 결과를 들었다. 나는
경주용 자전거를 급히 팔아서 삼만원을 냈는데, 봄날 낮술에 취
해 보리이삭의 풋내를 맡으며 벌였던 우정의 향연에 비하면 값
싼 대가였지만, 생리중인 계집애의 불두덩에서 뽑아낸 불꽃털
한 올의 가격으로 치자면 지나치게 비싼 가격이었다.

　하여튼 일은 그런대로 잘 마무리되었다. 학교에서는 눈치를 챘
지만 모르는 척 일단은 덮어주었다. 하지만 소문은 시내에 쫙 퍼
져서 며칠 뒤 빵집에서 만난 내 갈래머리 애인은 미쳤다 미쳤다,
하면서 나를 구제할 수 없는 짐승으로 몰아세웠다.

　"아이구 이 귀신아" 하고 도끼눈으로 나를 흘기며 그녀가 말
했다.

　나는 지금도 나를 지칭했던 그 귀신이라는 표현에는 유감이
없다. 오히려 나를 가리키는 귀신이라는 칭호를 생각하면 빙그
레 웃음이 나온다. 그리고는, 그 이뻤던 갈래머리 여고생 애인은,
아이구 이 귀신아, 라는 경멸어린 지칭을 내던지고서, 앞에 놓인
환타를 짝 마신 다음 가방을 들고 일어나 빵집 문을 열고 나서
는 순간 내게서 영원히 떠나갔다. 그러나 나는 남은 내 몫의 환
타와 오란다 빵을 다 먹고 나서도 웃으면서 나왔다. 그때 나는
너무 어렸었고, 여자란 어디에나 흔하디 흔하게 널려 있는 줄로
만 알았던 것이다. 언젠가 기회가 있다면 그 이뻤던 여우 같은
계집애의 이야기를 써야겠다. 그 계집애의 교복을 벗기고 브래

지어와 팬티 속으로 손가락을 들이밀던 그날 저녁의 바람결을 내 소설 속에 낱낱이 그려내고야 말겠다. 그리고 거기에 곁들여 우리가 그날 풋내 나는 보리밭에서 윤간했던 유약한 몸매에 모자라는 계집애는 무릎에 때가 끼어 있었다는, 나만이 아는 사실도 사실대로 숨김없이 적어두어야겠다.

이러한 전과 때문에 새로운 하숙집에서는 착실히 학교에 다닐 수밖에 없었다. 그렇기는 했지만 나는 열여덟 살이었다. 열여덟 살이라는 나이와 봄날의 기운만은 나도 어찌할 수 없었다. 자주 하숙집의 뒤뜰에 가서 발기한 성기를 흔들어 바람에 말리고, 그리고는 오래도록 하숙집 아주머니의 브래지어를 생각하며 수음을 했다. 그래서 밑둥녘에 정액을 흘려놓은 내 키만하던 단풍나무는 바람에 흔들릴 때마다 줄기와 가지, 그리고 모든 이파리로 정액 냄새를 뿜어냈다.

청원경찰은 어리석게도 하숙집 아주머니를 『폭풍의 언덕』의 여주인공 같다고 하면서 어느 날 그녀에게 『폭풍의 언덕』 한 권을 선물했는데, 내가 보기에 그녀는 『폭풍의 언덕』 여주인공하고는 조금도 닮지 않았다. 굳이 비유하자면 그녀는 뒤마의 희곡에 나오는 왕자비와 같은 인상이었다. 넬의 성에서 지나가는 나그네를 유혹하여 하룻밤을 즐기고 부대에 담아 세느 강으로 던져버리는 그 젊은 왕자비처럼 뭔가 해소하지 못한 욕정을 품고 있는 듯했지만, 겉으로 드러나지는 않았다. 나는 내심 얼굴에 베일을 가리고 깊이 파인 가슴과 풍만한 젖무덤을 앞세우고 나그네를 유혹하여 불타오르는 벽난로 곁에서 샴페인을 마시는, 물이

오를 대로 오른 고혹적인 왕자비의 모습에 그녀를 대입하곤 하였다.

　나는 이제껏 살아오면서 여자 앞에서 여러 번 자위행위를 하였지만, 남몰래 하던 자위행위를 들켜버린 적은 세 번 있었다. 첫번째는 중학교 이학년 때, 보충수업을 하던 여름방학의 어느 날 영어시간이었다. 맨 뒷자리에 앉은 나는 무언가 도저히 참을 수 없는 상상 때문에 눈을 감고 자위행위를 했고, 그걸 눈치챈 총각 영어 선생님은 교실 뒤로 걸어와 내가 바지 단추를 다 잠글 때까지 기다렸다가 웃으면서 손바닥을 열 대 때리고 돌아갔다. 그리고는 그 하숙집 뒤뜰 단풍나무 곁에서 가지던 나만의 은밀한 시간을 두 번씩이나 누군가에 들키고 말았던 것이다.

　그 첫번째는 유월의 어느 날 오후였다. 나는 바람을 쐬러 가는 척 뒤뜰로 가서 늘 그러하듯이 즐겁게 용두질을 했는데, 한참 절정에 이르려던 찰나였다. 누군가 지켜보고 있다는 느낌 때문에 기분이 이상했다. 그러나 멈출 수 있는 시점이 아니었다. 에라, 하고 속시원히 끝내면서도 나는 비스듬히 열린 부엌 창문을 곁눈질로 살펴보았다. 그 누군가는 훔쳐보는 은밀한 즐거움을 단념하지 못하겠다는 듯 여전히 그곳에 있었다. 나는 조금도 부끄럽지 않았다. 집 안에는 아줌마밖에는 아무도 없다는 사실을 알고 있었던 것이다. 내가 뜰에서 손을 씻고 방으로 들어가자 그녀는 내 방문을 두드리더니 샌드위치 조각이 담긴 접시를 건네주었다. 웃으면서 나는 그녀의 눈을 마주 바라보았다. 고결한 아름다움으로 빛나는 신선한 눈이었다. 마찬가지로 그녀가 내게 만들어준 샌드위치도 아주 맛이 좋았다.

너무 길어지면 재미가 없을 것 같다. 또 누군가는 불량하다고 말할지도 모르겠다. 그러나 나는 고등학교 삼 년 동안 학교 공부를 열심히 하지 않았다는 사실에 대해서는 조금도 후회하지 않는다. 오히려 그 아름다운 여자들과 가질 수 있었던 사랑의 기회를 이러저러한 이유로 놓쳐버리고 말았다는 안타까움이 아직도 뼈저린 안타까움으로 남아 있을 뿐이다. 샌드위치를 먹기 위해서가 아니라 나는 그 자극적인 쾌감 때문에 아줌마가 혼자 있을 때를 골라, 그녀를 위해 단풍나무가 있는 뒤뜰로 돌아가서 나의 모든 절망을 고스란히 그녀에게 보여주었고, 가끔씩은 창문 쪽을 향해 서서는 눈을 감은 채 태연히 수음에 열중하기도 하였다.

해수욕이 시작된 때니까 칠월 하순이었을 것이다. 분명히 방학이었을 텐데 어쩐지 나는 학교에 갔었다. 아직 훤하고 무더운 저녁 무렵, 하숙집에 돌아와보니 아줌마 혼자 식탁 의자에 앉아 있었다. 많이 취한 건 아니었지만 술을 마신 그녀의 얼굴은 하나 가득 붉었다. 내가 들어서자 그녀는 의자에서 일어서며 말했다.

"학생 때문에 나만 먼저 왔거든."

이상하게 말꼬리를 올렸다. 그리고 몸도 조금 흔들었다.

"재미가 없잖아. 모래도 털지 않고 택시를 타고 왔거든."

늘 하는 대로 존댓말을 하지 않는다는 사실도 이상했다. 그리고, 솔직히 말하자면 나는 벌써 다 알아채고도 남은 뒤였다.

"먼저 샤워를 해야 되는데……"

그러면서 욕실 문을 열고 들어갔다. 그녀가 수영복 위에 티셔

츠와 주름치마만을 입고 있다는 사실을 나는 알아보았다. 비틀
거리는 그녀의 몸을 잡아줄 생각을 미처 하지 못했던 것은 가슴
이 뻐개지는 듯 아파왔기 때문이다. 욕실로 들어간 아줌마는 문
을 닫지도 아니하고 욕실 한가운데 서서 등을 돌린 채 옷을 벗
기 시작했다. 헐렁한 티셔츠를 머리 위로 벗어던지고, 몸을 숙여
주름치마를 벗어내리자 꽃무늬 수영복이 나타났다. 허물을 벗듯
그 수영복마저 벗어버리자 브래지어 끈만을 두른 알몸의 여인이
나타났다. 욕실 문은 활짝 열려 있었고 나는 책가방을 들고 그
앞에 서 있었다.

아마 여신이 있다면, 그리하여 그녀가 내 앞에 나타날 일이 있
다면, 이렇게 불현듯, 조금은 술에 취한 모습으로, 꽃과 같은 얼
굴을 하고 내게 등을 돌린 채 나타나리라 나는 생각한다.

"뭐 하니?"

하고 여신은 얼굴만 돌려 나를 바라보며 처음으로 내게 명령하
였다. 나는 그때 그녀의 어깨를 바라보고 있었다. 그녀가 숨어서
지켜볼 때 내가 그러했듯이 아마 그녀가 내 앞에 자신의 나신을
정면으로 드러내 보였다면 내가 그렇게 흥분하지는 않았을 것이
라 생각한다. 어쩌면 욕실 문을 닫아버렸을지도 모른다. 그러나
그녀는 어깨와 허리와 엉덩이와 종아리로 이루어진 뒷모습을 고
스란히 드러내 보이며 눈빛만을 돌려 내게 말하고 있었다.

"뭐 하는 거야, 도와주지 않고."

내가 다가가 브래지어 훅을 열어주었다. 그리고는 팔을 뻗어
젖가슴을 다 만져버리자 그녀는 깊은 숨을 내쉬며 천천히 주저

앉았다. 그 통에 내 하모(夏帽)는 욕실 바닥으로 떨어져 그녀의
흰 브래지어와 함께 물에 젖었다.

다 말하면 재미없을 것 같다. 내가 미처 샤워도 하지 않은 채
방에 들어가 운동복으로 갈아입고 나왔을 때, 바닷가에 갔던 서
울 손님들이 몰려들어왔다. 아줌마는 내게 저녁밥 대신 샌드위
치와 수박을 가져다주었고, 잠시 뒤 다시 문을 열더니 이상한
말을 했다.

"술에 취했었나 봐요. 이걸 마시면 될 거야" 하면서 자신이 술
에 취했었다는 건지 내가 술에 취했었다는 건지, 하여튼 내게 박
카스 두 병을 건네줬다.

그리고 그날 뒤로 나는 틈만 나면 아줌마의 가슴을 만지려 시
도했지만 완전한 기회는 쉽게 오지 않았다. 여러 날 뒤 둘만이
있을 때, 내가 그녀의 가슴으로 손을 뻗자 그녀는 내 손을 아주
아프게 틀어쥐며 나지막하게 말했다.

"이렇게 흔들릴 줄 몰랐어요."

그리고는 내 속으로 들어올 듯 내 눈을 뚫어지게 바라보았다.

"며칠 뒤에" 하고 그녀는 나를 떠밀었고, 나는 얌전히 물러났
다.

그 며칠 뒤는 곧 왔다.

"오늘 오후 세시에 전화를 할게요. 꼭 한 번. 마지막으로."

약속대로 오후 세시에 전화가 왔다. 전화를 바꿔준 사람은 피
서 와 있던 아줌마의 친정 어머니였는데, 수화기 저편의 목소리
는 남자였다. 남자는 내 이름을 확인한 다음 메시지를 전해주었

다.

"비치관광호텔 팔백오호실에서 손님이 기다리십니다."

나는 침을 삼키며 확인했다.

"비치관광호텔 팔백오호?"

"네" 하고 전화는 끊겼다.

나는 피서객으로 붐비는 호텔 식당을 통해서 엘리베이터를 타고 팔층으로 올라갔다. 팔백오호실의 문은 닫혀 있긴 했지만 잠겨 있지는 않았다. 방에 들어서서 문을 닫고 잠금쇠를 누르며 바라보니 그녀는 바다 쪽으로 난 창의 절반을 커튼으로 가린 채, 커튼을 배경으로 이쪽을 바라보고 앉아 있었다. 테이블 위에는 샌드위치와 샴페인 한 병이 놓여 있고, 두 개의 샴페인 글라스에는 조금씩 술이 담겨 있었다. 내가 좋아하는 세 가지가 다 있는 셈이었다.

한 번쯤 이마를 짚고 인생에 대하여 생각해본 사람이라면 나를 욕하지는 않으리라 믿는다. 나의 삶이 늘 이렇게 축복된 것만은 아니었다는 사실을 짐작할 테니까 말이다. 누구의 인생이든 어쩌다 이러한 날은 며칠쯤 있게 마련이다. 그리고 이제 그날을 생각하자니 불현듯 술 생각이 난다. 이 소설을 다 쓸 때까지 술을 마시지 않으려고 어제 냉장고 속에 있던 맥주를 몽땅 싱크대에 부어버린 게 후회된다. 새벽 네시 이십분인 지금에야 어쩔 도리가 없다. 내 앞에는 원망스런 고물 타자기만이 덩그러니 앉아 있다.

서로의 눈을 바라보면서 글라스에 담긴 샴페인을 마시고, 술

로 피어나기도 전에 우리는 우리의 본능으로 찬란하게 피어났
다. 그렇다. 신이 있다면, 그리하여 그가 진정으로 인간을 바르고
아름다운 곳으로 이끌고자 한다면, 그는 분명히 우리에게 축하
를 보냈으리라 믿는다. 그리하여 그녀가 욕조 안에 꿇어앉아 내
뿌리를 물고 토해내던 울부짖음에 박수를 보냈으리라 생각한다.
V자로 꺾어지며 떨어대던 그녀의 알몸을, 어금니를 물고 뿜어대
던 더운 콧김을, 원망에 찬 눈빛을, 온몸에 돋아나던 소름을, 침
대 위아래를 시키는 대로 기어다니던 그 철저한 순종을, 그리고
내 엉덩이를 틀어쥐던 손목의 힘을, 촛농처럼 뜨겁던 음부를, 모
두 다 축복의 손길로 어루만졌으리라 여긴다.

더운 여름날의 대낮이었고, 문을 걸어잠갔으며 커튼을 친데다
가 샴페인을 마신 때문이지만, 우리는 저녁이 될 때까지 여러 번
샤워를 하면서도 여전히 땀투성이로 붙어 있었다. 끝날 무렵, 내
가 샌드위치를 먹고 있을 때 그녀는 내 앞에 의자를 가져다 놓
고 거기에 앉아서 자위행위를 했다.

"여자가 하는 건 싱거워. 그렇지?" 하고 내 동의를 구하면서도
내 눈앞에 고스란히 드러난 저의 성기와, 또 그걸 골똘히 바라보
는 나의 눈길이 다 부끄러웠던지 그녀는 웃으면서 이런 말을 했
었다.

"내가 처음 오나닐 한 건 다비드 때문이야."

그녀는 미술 교과서에 나오는 다비드 상을 보면서 맨 처음 자
위행위를 했다고 내게 고백했다. 그렇다면 그녀는 끝이 가죽으
로 덮인 다비드의 발기하지 않은 성기를 보면서 첫 경험을 했던

셈인데, 거기에 비하면 뒤뜰 단풍나무 곁에 서 있던 나의 성난 성기는 참으로 경이로운 미술품이었을 것이다.

인간세상에서 인간의 나신만한 경이의 아름다움은 없으리라 나는 생각한다. 더욱이 사랑하는 이성의 나신이었을 때, 우리는 그것을 신기(神技)의 아름다움이라 말한다. 그리고 그 감상자의 정신상태를 일러 넋을 잃었다고 한다. 이렇듯 혼절의 상태에 이르러야만이 신기의 아름다움을 만나는 까닭은, 우리는 평소에 이성이라 부르는 벗어던져야 할 외투를 너무 여며입고 있기 때문이다. 나는 감히 그 이성이라는 가치를 나약한 인간이 자신의 수치심을 감추어 숨기기 위해 마련한 교만이라 말한다. 신이 마련한 아름다움은 우리들 인간이 규정해둔 가치와 인간으로서의 오만을 송두리째 던져버렸을 때만이 비로소 우리 앞에 그 실체를 드러내는 것이라고 나는 생각한다.

그리하여 나는 근래 내가 읽었던 아주 재미있는 시간(屍姦)에 관한 이야기를 이곳에 적어두려 한다.

『구춘형독서록(九春亭讀書錄)』이라는 책에는 사체의 부패를 막고 사체 특유의 반점을 없앨 수 있는 마사지 방법이 기록되어 있다. 이 책의 저자인 일본인 다카야마(高山)에 의하면 중국에는 백년 전부터 사체를 껴안아보게 해주는 가게가 있었다고 한다.

청앵(靑櫻)이라 하는 그 가게는 벽 전체에 푸른빛을 내는 야광주가 박혀 있고, 가게 안에는 강렬한 향기가 피어나고 있다. 커튼으로 가려진 방 안에 들어서면 침대가 있는데, 침대 위에는 열네 살이나 열다섯 살 정도 된 소녀의 시체가 놓여 있다. 어떤 조치를 취했는지 전혀 경직되지 않은 상태였으며, 사체를 훼손하지 않는 한 무슨 짓을 해도 상관없었다 한다. 다카야마는 손수건을 물에 적셔 짙게 화장한 소녀의 얼굴을 닦아주었다. 그러다가 그는 점차 흥분하였다고 한다. 그는 소녀의 두 다리를 벌려보았다. 아무런 반응을 보이지 않는 소녀의 몸은 그의 마음 한구석에 남아 있던 수치심과 두려움을 일순간에 날려버렸다. 그러자 혼자만이 벌이는 환락의 무대가 펼쳐졌다. 앞으로, 뒤로, 옆으로, 위로, 아래로, 체위와 형태도 저 마음먹은 대로였다. 점점 익숙해지자 이번에는 그녀의 팔을 자신의 목에 감기도 하였다고 한다. 다카야마는 마지막으로, 아무 말도 할 수 없는 여자가 이렇게도 남자의 욕정을 불러일으킬 줄은 꿈에도 몰랐다, 라고 그 책에 적어두고 있다.

학구적인 다카야마는 아무 말도 할 수 없는 여자라고 했지만, 사실 남자는 여자의 말 때문에 여자를 사랑하는 것이 아니라, 단지 여자이기 때문에 여자를 사랑하는 것이므로, 그 말은 썩 옳은 말이라고는 할 수 없겠다. 여자의 말이 여자를 치장해주는 것은 사실이지만, 그러나 여자의 아름다움은 어디까지나 말하지 아니하는 육체에 있는 것이라 나는 생각한다. 그것은 여자에게 있어서 남자도 마찬가지라 믿는다. 아름다움이란 말할 수 없는 주관적 본능이나 직관에 있는 것이지 말할 수 있는 객관적 경험이나 합의에 있는 것이 아니니까 말이다.

이러한 생각이 내가 이 이야기를 아주 재미있다고 말한 이유다. 내게 시간의 경험은 없지만, 아마 저급한 화술로 남자의 성욕을 떨어뜨리는 몰상식하기 이를 데 없는, 시체보다도 못한 여자들보다는 말 없는 시체가 한결 나을 것이다.

아줌마는 자위행위를 마치고 나서도 다시 내 뿌리를, 총각김치를 잘라먹듯이 깊숙이 입에 넣어 깨물었다. 나는 리코더처럼 바로 부는 형태보다는 하모니카처럼 옆으로 불어주는 걸 더 좋아하지만 아줌마는 그 두 가지 형태를 이쪽저쪽 능숙하게 옮겨다녔다. 그러면서 그녀는 나의 눈을 쳐다보면서 거듭 내게 물어댔다.

"나는 행복하다. 그치?"

그 이유는 남편과 나의 그 어떠한 행위를 비교하여, 그것이 다저를 행복하게 한다는 말인데, 이곳에서는 그 내용을 차마 말할 수 없다. 세상살이의 내막이란 언제나 소설보다도 더 기가 막힌 법이다.

그날 호텔에서의 정사가 뜨거운 마지막 한 번이었다. 계획한 바이기도 했지만 두 사람의 계획이란 거역할 수 없는 본능에 의해 언제나 무산될 수 있는 것이기 때문에, 우연히 다가온 결별의 계기가 그 계획을 확고하게 하였던 셈이다. 우연히 다가온 결별의 계기란, 부끄럽게도 또 나의 자위행위와 연관이 있다. 내 생에 세번째로 수음 장면을 누구에겐가 들켜버리고 말았고, 그 누구는 다름아닌 아줌마의 열 살짜리 딸이었으며, 그 때문에 우리는 어쩔 수 없이 헤어져야 하는 상황에 처하게 되었던 것이다.

물론 나의 불찰이긴 하지만, 그 영악한 아이는 엄마가 내다보던 주방의 창문을 통해 내 수음의 광경을 고스란히 관찰하고 말았다. 이상하게 여긴 내가 창문 쪽으로 다가가 그 아이의 존재를 확인하였을 때, 아이는 놀란 표정으로 나를 바라보고 있었다. 그리고는 모든 게 엉망이 되고 말았다. 이제 막 이성의 신체에 대한 극한 호기심으로 가득 찬, 그리고 그 호기심을 천진난만으로 가장할 줄 아는 이 열 살짜리 계집아이는 한시라도 나의 동정을 놓치려 하지 않았다. 내 방에 들어와서는 괜히 책상 근처를 어정거리다가도 나를 바라보며 자신은 정말 아무것도 모르는 어린아이라는 표정으로 내게 말하는 것이었다.

"아저씨는 재미있어. 아저씨는 재미있어."

그렇게 소리지르듯 속삭이고는, 또 골똘히 눈치를 살피면서 물어댔다.

"그게 뭐예요? 그게 뭐예요, 아저씨?"

한두 번이 아니었다. 나로서는 누구에게도 이 맹랑한 아이의 질문에 대하여 하소연할 수 없는 처지였다. 없던 일로 하고 모른 척 넘어가기에 아이의 호기심은 너무나 집요했다. 그렇다고 설명해줄 입장도 아니었고, 더군다나 아이의 엄마에게 정황을 고하기에는 너무 기가 막힌 일이었다. 하루에도 두어 번씩 내 방으로 들어와서는 거듭 물어대는 아이의 맹랑함에 나는 어찌할 줄 몰라 허둥대고만 있었다.

"우리 반에 어떤 애가 있는데요, 걔는 다 안대요. 그런데 나는 몰라."

그러는 아이의 교활한 얼굴을 바라보면서, 나는 암담한 심정으로 나의 실수를 자책하였고, 이제는 떠날 때가 되었다는 걸 직감했다. 더 견디기에는 내 마음이 너무 여렸다. 그리고 솔직히

말하자면, 그 아이를 바라보는 나 자신을 스스로 관찰하고 나서
는 문득 천인공노(天人共怒)라는 말을 떠올렸다.

이학기가 시작되고 나서 며칠 지나지 않아, 내가 하숙을 옮기
겠다고 말하자 아줌마는 조금도 동요하지 않는 얼굴로 그냥 나
를 바라보더니 쓸쓸히 웃으면서 간신히 한마디 했다.

"경혜 때문이죠?"

그렇게 다 알고 있었기 때문에 이별은 쉬웠다. 떠나가던 날 아
줌마가 마지막으로 만들어주었던 맛있는 샌드위치를, 나는 나를
재미있어하던 열 살짜리 계집아이와 함께 먹었다. 식탁 의자에
앉아 샌드위치를 먹으면서 바라본 아줌마의 눈은, 그렇다. 나는
그 눈을 말하고자 했던 것 같다. 그 눈은 가슴 저미는 감정을 불
러일으키는 어떤 처연함을, 없음을, 아무것도 아님을 가득 담고
있었다. 오랜 세월이 지난 오늘날, 그녀의 알몸과 나신의 뒷모습
에 대해서는 정확한 기억을 가지고 있지 못하지만, 그 눈과 샌드
위치의 맛만은 잊을 수 없다. 그리고 또하나, 그녀의 알몸에 대
해서라면 삼각주처럼 반듯하게 이루어져 있던 음모의 숲만이 기
억에 남는다.

나는 그 뒤 이리저리 떠돌면서, 어떤 날은 술에 취하여 그 눈
이 그립다는 핑계로 혼자 쿨쿨 울어보기도 하였다. 조금은 과장
된 감정이었겠지만 전혀 거짓은 아니었다. 그리고 군대에서 휴
가를 나온 어느 날 육 년 만에 그 하숙집을 찾아갔던 적이 있다.
새로운 집주인은 내가 말하는 사람들은 이태 전인가 서울시 번
동이라는 동네로 이사했다는 것밖에는 아는 바 없다고 말하며,

번동이 무슨 구(區)에 속해 있는가 묻는 내게 무슨 구인지는 모르지만 우편번호부에서 찾아보면 되겠지, 하고 일러주었다. 나는 아직까지 번동이 무슨 구에 속해 있는지 알아보지 않았다. 세월이 흘러가고 흘러가는 세월에 휘날려 열화도 식어가듯이 이제는 잊어버리었고, 그래서 하숙집 앞마당에 피어나던 박태기나무꽃이나 개목련이 아직도 유월이면 피어나는지, 내 정액을 거름으로 자란 단풍나무는 지붕보다 높은 키로 자랐는지, 어느 것도 알지 못한다. 그 도시에 있던 빵집과 보리밭, 해변의 횟집과 관광호텔은 제 모습을 잃은 지 오래지만, 내가 발정난 수캐처럼 싸돌아다니던 골목과 천변의 옛 모습은 알뜰히 찾아보면 어딘가 조금쯤은 추억의 그루터기가 남아 있을 것이고, 좀더 세월이 지나면 그러고 싶어질 날이 있으리라 믿는다.

　나는 얼마 전, 친구 부친의 장례식에 참석하느라고 내가 자란 바닷가 도시를 다녀왔다. 상가에서 밤을 밝히며 술 취한 눈으로 바라본 항만의 밤 풍경은 여전히 내게 회고조의 감상을 불러일으켜주었다. 그리고 가끔씩 그 항구 도시의 오래된 재래시장 골목을 지나다니다 보면 저편에서 불쑥, 부석부석한 얼굴로 꽃바구니 같은 대야를 겨드랑이에 끼고 공중목욕탕으로 몰려가는 한낮의 매춘부들이 튀어나올 것만 같은 기분이 든다. 그리고, 길고 우렁찬 고동 소리와 함께 낮술에 취한 매춘부의 술주정도 문득문득 그리워지는 것이다.

　그러한 감상 때문이었을까. 아니면, 그러한 감상 때문이 아니라 새벽녘의 오입을 위하여 조기축구회를 조직했다는 친구들의 음담패설 때문이었을까. 나는 혼자 상가를 나와 밤거리를 걸었다. 아마 누군가 꺼낸 영태 어머니의 주검에 관한 이야기 때문이었는지도 모른다.

"정말 끔찍했다고 그러더라. 남들은 손도 못 대지. 그걸 영태 아버지가 혼자 다 염습을 했대요" 하고 친구는 말했다. 나로서는 처음 듣는 소리였다.

"홍콩매독은 그냥 썩어 주저앉아버린다는구만. 그럼, 지금 같았으면 화장을 하지 그렇게 애를 쓰지도 않지."

그래서 나는 그녀의 눈을 다시 또 떠올리게 되었다. 멀리 바다에서 들려오는 파도 소리를 아련히 들으며 오래도록 눈을 감고 있었다.

"배꼽 아래서부터 허벅지까지. 영태 아버지가 술김에 해치웠지" 하고 친구는 그렇게 내 오래된 기억의 뒷얘기를 마무리해주었다.

"독이잖아, 독. 매독 아니야."

나는 깊은 어둠 위에 떠 있는 몇 점의 고깃배 불빛을 바라보면서 오래도록 해안을 따라 걸었다. 그러면서 몇 년간 편지를 주고받고 있는 내 소설의 독자라는 아가씨가 근래에 보내왔던 편지에 관해 생각하였다. 그녀는 올해 초 자청하여 외딴섬 분교로 부임한 서른 살의 여교사인데, 유부남을 사랑하고 있는 미혼의 몸이었다. 낙도로 부임한 지 세 달 만에 내게 편지를 보내왔다. 편지의 내용은 자신이 낙도 근무를 자청한 저간의 사정인데, 그 내용은 섬찟하다 할까, 처연하다 할까, 소설을 쓰는 나로서도 미묘한 느낌이었다.

다 말할 필요는 없고, 어쨌든 이유는 사랑한다는 사실과 연관되어 있었다. 그녀는 매주 수요일마다 은밀하게 남자를 만나고 있었다. 그러한 수요일이 지나고 다음날 점심시간, 휴게실에서 샌드위치가 든 도시락 뚜껑을 열었을 때 샌드위치는 그녀의 표현에 따르면 너무나 파래서 청명하기까지 한 색깔로 변해 있었다고 한다. 그러면서 그녀는 편지를 통해, 덥석 깨물어 먹고 싶었지만 눈물이 쏟아져서 먹을 수가 없었어요, 라고 자신의 감정을 적어놓았다. 그녀는 편지의 끝에 자신이 지금 살고 있는 관사의 부엌 창문으로 바라보는 바다의 색깔도 비소에 젖은 그 샌드위치 색깔과 같이 너무나 파랗고 청명하다고 하면서, 그날 왜 바보처럼 울고만 있었는지, 첨벙 바다에 뛰어들 듯이 왜 덥석 깨물어 먹지 못했던지 아쉽기만 하다고 적고, 선생님은 아시겠지요? 안녕히 계세요, 라고 인사를 했다.

하지만 나는 서글프게도 비소에 젖은 샌드위치를 덥석 깨물어 먹고 싶은 여자의 심정도, 다 썩어버린 성기를 끼고 앉아서 나를 바라보던 여자의 심정도, 부엌 창문으로 나의 수음을 바라보던 여자의 심정도, 그리고 가슴이 빠개질 것만 같은 나 자신의 심정도, 다 알지 못한다. 정말 나는 이렇게 잘못 살아버리고 마는 건 아닐까 두려워진다.

어두운 해안을 걸어서 이전에 선술집이 있던 골목 어귀로 찾아갔다. 물론 선술집은 없었다. 의미심장한 글귀도, 닭갈비와 빈대떡도, 목마와 숙녀도, 뒤뚱거리며 뛰어다니는 포주도 있을 리

없었다. 말끔히 단장한 도로와 그 뒤편 골목에 위치한 창녀들의 아파트가 보이고, 그리고 몇 명의 창녀들이 자정이 지난 거리에 나서서 서행하는 자가용 문짝에 매달려 호객하고 있었다.

그 새로이 단장한 골목 안에서 나는 그리움이라는 핑계로 여자를 샀다. 술을 마시기도 하였지만 너무 오랜만에 매춘부를 찾은 어색함 때문에 나는 웃옷과 넥타이, 와이셔츠를 소파 위에 거칠게 내던졌다. 그리고 욕실에 들어갔다가 나왔더니 여자는 그것 때문에 토라졌다고 하면서, 투정을 하듯 나를 노려보았다. 침대에 누워 그런 제 심정을 다 이야기하면서도 빨리 저의 화를 달래달라는 투였다.

여자는 자존심 상하는 걸 싫어하는 세대였다. 그래서 빨리 저를 달래주기를 바랐고, 그런 다음에는 어서 성교를, 거칠고 오랜 성교를 빨리 시작하자는 눈치였다. 여자의 몸은 작지도 크지도 않고, 날씬하지도 통통하지도 않았다. 나중에 잠들어 있는 그녀의 알몸을 이리저리 뒤척여보면서 느낀 대로 그녀의 알몸은 개구리같이 생긴, 그것만으로는 자극적이지 못한 몸매였다. 그러나 그녀의 피부만은 부드러움을 넘어서서 온몸이 다 습기를 촉촉이 머금고 있는 듯하여, 손바닥을 대면 내 손바닥이 그녀의 피부 속으로 스며드는 느낌이었다. 그녀는 빨리 달아올랐고, 너무 자주 뜨거워지는 체질이었다. 솟구칠 때마다 싸움을 하듯 두 주먹을 겨누어 쥐며 교성을 질러댔다. 그 교성은 분명히 내용이 있었고 문장으로 구성할 수도 있지만 이런 자리에서 말할 성질은 못 된다. 몇 번 땀을 흘리고 나서는 아주 기분이 좋아진 얼굴로 그녀는 어린아이처럼 내 어깨를 껴안았다. 그리고는 그 교성의 내용에 연관하여 제가 하고 싶은 대로 이야기를 지껄여대기 시작했다.

"죽여주드라구요. 안 그러게 생긴 사람이."

그 이야기를 간추리면 대강 이렇다. 그녀의 집은 서울 모래내다. 친구를 따라 콜걸을 시작하였다. 어느 날 신촌의 한 허름한 호텔에 갔다가 침대에 앉아 있는 사람을 보고 깜짝 놀랐다. 옆집 아저씨였다. 그는 서른 살이 넘은 유부남이었다. 그는 도망치려는 자신을 붙잡고 아무 말 말고 자고 가라고 달랬다. 그래서 자신은 침대에서 자고 남자는 소파에서 잠들었다. 그런데 새벽녘 그가 침대로 올라왔다. 죽여주더라. 어리숙하게 생겨서 평소에 그렇게 보지 않았는데 테크닉 끝내주더라. 자기는 홍콩 갔다. 집 앞에서 자주 만난다. 그의 아내는 자기 아저씨는 절대 그런 짓 안 한다고 말한다. 그런데 어느 날 돌떡 먹으러 오라고 해서 그 집에 갔다. 아저씨가 자기를 빈방으로 끌고 가 하려고 해서 혼났다. 완력에 못 이겨 제대로 하지는 못했지만 살짝 하기는 했다. 진하게 하고 싶은 걸 참느라고 혼났다. 노는 날 버스 정류장에서 만나 딱 한 번 여관에 같이 갔었다. 정말 끝내주더라. 집에 있을 때는 생각나 미칠 것 같았는데 서울을 떠나 여기 와 있으니 마음은 편하다.

"아아, 독한 놈" 하면서 그녀는 깔깔대고 웃었다.

여자는 성격처럼 체질도 그러해서, 잠이 들자 이내 깊디깊은 잠에 빠져들었다. 나는 침대에서 일어나 옷을 차려입고 어두운 창 밖을 바라보며 담배를 피웠다. 커다랗게 고동이 울려왔고, 곧 날이 샐 것처럼 어둠이 수런거리는 느낌이었다. 나는 사지를 펼친 채 침대에 누운 알몸의 여자를 내려다보았다. 그것은 정말 배를 드러내고 자빠진 개구리 같은 형상으로 죽은 듯 움직이지 않았다. 희고 촉촉한 피부인 만큼 음모는 보잘것없었다. 배꼽과 음부 사이 둔덕에 한 모숨 돋아난 음모는 마치 물이 가득 찬 논에 던져둔 한 묶음의 모 뭉치와 같았다. 나는 담배를 버리고 침대 아래 떨어져 있던 브래지어를 집어 그녀의 가슴에 채워주었다. 보들보들한 질감에 아라베스크 무늬로 짜여진 하얀색 브래지어였다. 길죽하게 처진 모양이던 그녀의 젖가슴은 브래지어에 안기자 실제보다 둥글고 아담하게 보였다. 이리저리 뒤척여보았지만 그녀는 아주 죽은 사람 같았고, 그래서 나는 그녀의 가슴에 귀를 대보기도 했다. 아주 가늘고 규칙적으로 그녀는 숨쉬고 있었다.

나는 그녀를 반듯이 누이고 두 다리를 한껏 벌렸다. 그리고는 그녀의 성기 앞에 꿇어앉아 그 깊은 심연의 골짜기를 오래도록 들여다보았다. 들여다볼수록 알 수 없다는 생각만이 거듭되었고 나중에는 아무런 생각도 없이, 그녀의 성기와 나만이 마주하고 있다는 느낌이 짙어지자 나는 아주 편안한 마음이 되었다. 그리하여 나는 길게 혀를 내밀어, 더 깊은 곳까지, 보이지 않는 그 끝까지, 막다른 벽에 다다를 때까지 깊숙이 혀를 밀어넣어보았다.

잘되었든 못 되었든, 어쨌든 오늘의 이야기를 마칠 때가 다 되었다. 물론 내가 보기엔 잘된 것 같지만 남들이 보기엔 어떨는지 모르겠다.

　언젠가 나는 사람들이 미(美)라고 부르는, 그것이 무엇인가 하고 곰곰이 생각해본 적이 있다. 그리하여 나는 그것이 인간의 원초적인 본능과 그 본능으로 빚어지는 욕구로부터 출발한다는 사실을 알았고, 그와 함께 그것은 종국에 모호함이라는 벽을 짚어보고서야 그 막다른 골목을 되돌아 나온다는 사실을 알았다. 이러한, 말할 수는 없지만 있는, 이러한 어떤 것이 그것이 아닐까 하고 나는 생각하였다. 어쩌면 누군가도 나처럼, 이 모호함의 가치에 대하여 생각해본 사람은 없을까 궁금하다.

애림의 몸은 아직 뜨거웠다. 나는 그녀의 등에 배를 붙이고 서서 손을 뻗어 젖가슴과 배를 만졌다.

그리고는 바다를 바라보았다. 그녀도 나처럼 망연히 바다를 바라보고 있었다.

수억만 송이 나팔꽃이 피어나고 스러지고 다시 피어나고 있었고 그 곁에서 나는

눈물에 젖은 한 여인의 알몸을 부둥켜안은 채 다시 오래도록 아름다움을 생각하고 있었다.

나는 애초에 이 글을 쓰기로 작정하면서, 첫 장면의 공간적 배경을 부슬비가 내리기 시작하는 바닷가의 한 호젓한 여관방으로 설정해두고 있었다. 난바다를 향해 길게 뻗어나간 갑(岬)의 끄트머리에 위치한, 그러니까 건물의 다리가 되는 콘크리트 기둥이 바다 밑바닥에 박혀 있어 평소에는 파도가 창문에까지 흰 포말을 튀겨올리는 그러한 여관의 한 방에 두 사람이 앉아 있는 것이다. 방 한 켠에는 침대가 놓여 있고, 그리고 두 사람은 유리면처럼 고요한 폭풍 직전의 바다를 내려다보면서 창가의 테이블에 앉아 생선회를 안주로 소주를 마시고 있다. 여자는 스물두 살, 내가 좋아하는 나이이며 지금은 휴학중이지만 체육교육학과를 다니는 리듬체조 선수로 여러 종목 가운데에서도 리본체조에 유난히 뛰어나다고 스스로 말하는, 군살이라고는 없는 몸매에 적극적인 성격의 아가씨다. 그리고 그녀는 팬티와 브래지어를 입지 않고서 알몸 위에 단지 청바지와 청조끼만을 입고 있노라고, 뒤이을 이야기를 위해 나는 미리 그렇게 설정해두었다. 힘주어 만지면 감귤 알갱이처럼 달고 신 내를 풍기며 탁탁 터질 것만 같은 그녀에 비하여 남자는 주체할 수 없는 우울증에 빠진 서른 아홉 살의 이혼한 남자라야만 하리라, 하고 나는 그의 신분을 대강 그려놓은 채 오늘까지 근 사십 일을 긍긍대며 안절부절못하고 있었다.

늘 있는 일이지만 나는 요만한 짧은 글 하나를 쓰는 데도 한 달 이상을 허비하며 애를 태운다. 이번에도 마찬가지다. 이십 일 동안은 연일 새벽까지 술을 마셨고, 그 뒤 이십 일 동안은 방에 틀어박혀 타자기를 바라보면서 연방 한숨을 토해내었고, 죽어버리자 죽어버리자, 하고 청승을 떨어댔다. 그러다 보니 뭔가 시작이 잘못되었다는, 그런 느낌이 들었다. 이 글이 진행되면서 드러나겠지만 내가 이 글을 쓰려 했던 저간의 이유는, 지금으로부터 십여 년 전에 내가 우연히 목격했던 한 여인의 죽음과 깊은 관련이 있다. 나는 내심 그 죽음을 언젠가는 소설 속에 아름다운 모양으로 그려내리라는 강박관념을 가지고 있었고, 그러한 강박관념과 그 강박관념의 작용으로 이루어진 글의 첫 장면이 결국은 문제였던 셈이다. 간단히 말하자면 나는 지금 바다라는 대상을 통해서는 조금치의 성욕도 느끼지 못하고 있기 때문에 바닷가에 앉아 있는 등장인물을 성애의 장면으로 이끌 기분이 아닌 것이다.

나는 이전에 쓴 어떤 글에서 부서지는 파도의 포말이 얼굴에 튀기자 턱밑까지 시큼해지는 성욕을 느꼈다고 한 남자의 독백을 통해 쓴 적이 있다. 그때에는 사실이었다. 그러나 기실 나는 바다보다는 산, 그것도 가을날의 야산을 바라볼 때 아주 극한 성욕을 느끼는, 그러한 정서를 가지고 있다. 때문에 나는 우선 단풍든 활엽수와 잎을 떨군 덩굴식물이 마른 덤불로 우거져 있는 가을날의 야산과, 만추의 햇살이 포근히 내려앉은 마른 풀밭 위에 팔을 벌리고 누운 처녀의 나신을 이야기하면서 스스로의 감정을 추스리고 부풀려야 하겠다.

내가 제딴에는 소설가 수업이라 자신하며 이리저리 떠돌아다니던 방랑생활을 청산하고 멤버 노릇을 끝으로 서울로 올라와 전문대학에 입학한 것은, 그러니까 술 취한 손님 주머니에서 훔친 삼십만원이라는 거금과 멤버생활을 하며 사귀었던 호스티스 아가씨들의 배려 덕택이었다. 그때 고려대학교 정문 근처 삼층짜리 낡은 사글세방에 합숙하며 을지로에 있는 룸살롱에 나가고 있던 그 아가씨들은 의탁할 곳 없는 내게 커다란 위안이자 배경이었다. 학교에 다닌다는 죄목으로 그나마 며칠씩 일하던 술집에서는 수시로 쫓겨났고, 고향 친구를 찾아가 하룻밤씩 신세를 지는 데도 지쳐 학교고 뭐고 예술이고 뭐고 한없이 저주스럽기만 할 때, 을씨년스러운 서울에서 오직 나를 반기는 사람은 그 여자들뿐이었다. 책과 옷가지가 든 트렁크는 영등포에 있는 친구의 자취방에 맡겨둔 채 책가방 하나만을 들고 나는 기를 쓰며 학교에 다니고 있었다. 영등포의 그 벌집에서 자취를 하며 공장에 다니던 친구는 지금 삼척시청 문화공보실에 근무하고 있는

데, 어쩌다 만나면 술을 마시면서 찬바람이 불어대던 영등포의
인적 없는 밤거리와 담배꽁초를 주우러 다니던 영등포역 대합실
과 칠백원짜리 식권에 대해서 이야기한다.

배가 터질 만큼 밥을 얻어먹고 얼마간 용돈도 얻고, 그리고 하
룻밤 편히 잠자기 위해서 나는 자주 그 아가씨들의 숙소를 찾아
가곤 했다. 그리하여 어느 날은 밥과 술까지 얻어먹고 또 한방에
함께 살고 있던 세 명의 아가씨와 차례로 사랑을 나누는 그런
은혜까지도 입었으니, 지금 어디선가 연락이 온다면 나로서는
누구보다도 지극히 보은해야 할 평생의 은인이 그들이라 하겠
다. 그 가운데에서도 정은이라는 이름을 가진, 팔뚝에 있는 덴
자국이 흠이긴 해도 전체적으로 희랍의 대리석 조각상만큼이나
흰 살결에 육감적인 몸매를 가졌으며 이목구비가 뚜렷하여 인물
이 좋았던 아가씨는, 그 삼층 건물 구석방에서 어떤 놈팡이와 동
거하고 있었다. 이쪽 방에 와서 다 끓은 찌개를 덜어갈 때면 다
른 아가씨들이 그녀를 놀려대곤 했다.

“이년아, 그렇게 좋아. 응? 뭐가 좋아 그러니?”

그러면 정은이는 깔깔대고 웃어대면서 이렇게 대꾸하곤 했다.

“잘 먹여야지 잠을 잘 잘 게 아니니. 잠을 잘 자고 나야지 밤
일도 잘한다. 왜! 왜! 약 오르니?”

나중에 알고 보니 정은이의 놈팡이는 소매치기하는 녀석이었
다. 경찰에 잡혀들어가서 정은이가 혼자 있을 때 함께 술을 마셨
는데 그녀가 태연히 말했다.

“연습을 해도 안 되었나 봐.”

"앗 뜨거, 앗 뜨거, 하면서 밤낮 연습을 하더니만. 아이 참 별꼴이야."

나는 이미 정은이가 놈팡이의 소매치기 수련을 위해 하루에도 몇 번씩 세숫대야에 담긴 물을 석유풍로에 데우는 꼴을 보았었다. 그렇게 쩔쩔 끓는 물 속에 백원짜리 니켈 주화를 던져넣어두고 그걸 꺼내는 연습을 거듭했다는 것이다. 나중에는 십원짜리 동전도 뜨겁다는 말 없이 삭삭 꺼내더라고 정은이는 말하며, 이번에 달려들어간 건 실력 탓이 아니라 초짜배기 바람잡이와 조직의 전과 때문이라고 하였다.

놈팡이가 아직 구치소에 있을 때 정은이와 나는 토끼라는 별명을 가진 또 한 명의 아가씨와 북한산으로 놀러 갔던 적이 있다. 나나 정은이나 그럴 경황이 아니었겠지만 그건 지금 생각이고 그때 우리는 경황이니 처지니 그런 걸 따질 분별력조차 없었던 철없는 아이들이었다. 그런 우리였던 만치 산은 아무런 재미도 없었다. 산이든 물이든 그런 건 도통 관광이나 감흥의 대상이 아니었다. 세 사람은 술을 사들고 등산로를 따라 올라가다가 숲속으로 빠졌다. 그늘진 소나무 숲속을 한참 뚫고 지나가서야 다복솔과 떡갈나무가 널린 바위투성이 산등성이가 나타났고, 우리는 평평한 바위를 골라 그 위에 술판을 차렸다. 발 아래로 단풍든 연봉이 겹겹이 펼쳐져 있어서 술을 마시기엔 아주 좋은 자리였다. 그런 경치 탓인지 마셔도 좀처럼 취하지도 않았다.

나는 술을 마시다가 일어나 바위 끝으로 걸어가 아래편 골짜기 속으로 붉고 무거운 성기를 들이밀며 오줌을 누었다. 돌아서서 오줌을 누던 내가 그들에게로 몸을 돌려 오줌발 쏟아지는 성기를 다 보여주자 둘은 깔깔대고 웃으며 건배를 했었다. 그 기억은 아주 또렷하다. 그러다가 무슨 일이었던지 토끼는 무르팍 사이에 얼굴을 묻고 소리없이 출출 울어대기 시작했다. 정은이와 내가 달래고 욕하고 놀려댔지만 그녀는 우리 말은 들은 척도 않고 계속 울기만 했다. 계모와 살고 있는 동생 때문이었는지 짝사랑하던 유부남 때문이었는지 그건 자세한 기억이 없다.

"미친년. 그만 좀 해!"

정은이가 소리를 질렀다. 그러나 나는 우는 여자에 대한 관심은 사실 건성이었고 문제는 턱밑까지 차오른 성욕이었다. 술기운과, 그리고 가을 햇살과 산이 함께 달구어대는 뜨거움 때문에 온몸의 핏줄이 다 터질 지경이었다.

"너만 울 일이 있는 줄 아니?" 하더니, 다시 한 잔을 마시고서는, "나도 울어볼까?" 하고 정은이가 말했다.

"야야, 주접 좀 떨지 말아."

내가 그렇게 면박을 주자 그녀는 양쪽 볼을 당겨올리며 웃어보였다. 그리고는 주먹을 쥐어 내 무릎을 탁 때리면서 말했다.

"가자, 애. 우리도 울어버리러 가자."

제 것과 울고 있는 친구의 등산점퍼를 거두어들고 일어서면서 정은이는 내게 눈웃음을 보냈다. 손을 맞잡고 몇 발짝 숲속으로 들어가자 두 사람이 누울 만한 넓이의 마른 풀밭이 나타났고, 우선은 미친 듯이 서로의 입술로 달려들었다. 무서울 정도였다. 서로의 모든 것을 통째 씹어 먹어버릴 기세로 볼과 턱을 깨물어대며 뜨거운 숨을 귓속으로 불어넣었다. 그때가 계기는 아니었겠지만 나는 지금도 먹는다는 표현을 아주 생리적이라 생각한다. 어쨌든 그날의 성욕은 성욕이라기보다는 극도의 허기가 아니었던가, 오랜 시간이 지난 지금 생각한다.

두 사람은 넘치는 성욕으로 손을 떨며 서둘러 옷을 벗기 시작했다. 내가 소나무 삭정이에 점퍼를 걸고 돌아서자 어느 틈엔가 그녀는 젖가슴을 드러낸 채 단풍든 상수리나무 곁에 서서 청바지의 지퍼를 내리려 애쓰고 있었다.

"안 돼. 나는 취했나 봐" 하고 그녀는 내게 지퍼를 맡겼다.

그녀는 청바지 지퍼가 터질까 봐 지퍼 위에 두 개의 옷핀을 꽂아두었는데 그걸 뽑아달라는 주문이었다. 무릎을 꿇고 옷핀을 뽑는 대신 나는 우선 그녀의 배꼽에 입을 맞추었다.

"간지러워. 얘는, 아아."

그렇게 말하면서도 정은이는 나의 머리를 세게 틀어쥐어 제 몸 쪽으로 끌어당겼다. 넘치는 침으로 그녀의 배꼽을 질척하게 적시면서 나는 혀끝으로 오래도록 배꼽 속과 주위를 다 찔러댔다. 그러면서 옷핀 두 개를 차례로 뽑고 지퍼를 내리고, 근육의 수축으로 딱딱하게 굳어 있는 둥글고 부드러운 두 쪽의 엉덩이를 꼬집듯이 움켜쥐었다. 팬티는 없었다. 내가 양말까지 다 벗겨주자 그녀는 두 다리를 오그리고 비틀면서 윗몸을 뒤로 젖혀, 마치 서브하는 테니스 선수처럼 둥글게 휘면서 넘어질 듯 휘청거렸다.

청명한 가을 하늘을 배경으로 한 그러한 그녀의 몸을 나는 풀밭 위에 꿇어앉아 그녀의 종아리를 잡은 채 목을 젖히고 쳐다보았다. 여자의 무릎 아래 몸을 굽히고서 그 모든 우주의 떨림에 나를 맡기고 있었던 것이다. 다른 모든 것은 그만두더라도, 참으로 그녀의 몸은 자연이 그려내는 진정한 조화를 빛 속에서 극명하게 드러내 보여주고 있었다. 나뿐만이 아니라 어느 누구도 이러한 장면을 있는 그대로 묘사할 재주는 없을 것이다. 사과처럼 단단하던 젖가슴과 땀에 젖어 미끄럽던 등줄기의 살결을 두 손으로 만지면서 나는 그때에도 그렇게 생각했었다. 본다는 것, 만진다는 것, 냄새 맡는다는 것. 그리고 그러한 것이 서로 뒤엉킨 어우러짐 속에서 몸부림칠 때 우리는 아아, 이게 내가 굴복해야 할 대상이로구나, 세상의 끝이로구나, 나로서는 말할 수 없는 것이로구나, 하는 겸허한 마음에 이르게 되는 모양이다.

내 것과 정은이의 청바지는 키 작은 상수리나무 위에 널려 있었고, 따사로운 햇살이 내리비치는 풀밭 위에 우리는 아무것도 걸치지 않은 알몸으로 마주 보고 꿇어앉았다.

"너 잘할 수 있니?" 하고 그녀가 숨을 몰아쉬며 말했다.

여위고 굶주린 사슴의 목소리였다. 입 밖에 내지는 않았지만 나는 그녀의 눈을 들여다보며 사슴아, 사슴아, 하고 되뇌었고, 그러자 나는 내 온몸이 허공으로 붕 떠오르는 듯한 기이한 초탈감에 빠져들었다.

"그래, 그래. 아주 죽여줄까?" 하고 내가 바짝 마른 입술로 간신히 말했다.

정은이는 너무나 진지해서 두려운 생각이 들 정도였다. 혹시

울어버리지나 않을까, 이대로 까무라쳐버리지나 않을까 염려되어 나는 두 손으로 그녀의 턱을 감싸들고서 그녀의 눈썹과 속눈썹, 그리고 눈시울을 다 찬찬히 만져주었고, 그러자 그녀는 온몸의 긴장을 서서히 풀면서 펼쳐둔 등산점퍼 위에 반듯이 누웠다. 검은 머리카락을 후광처럼 펼친 채 팔과 다리를 펼쳐 늘어뜨리고 눈을 감았다. 온몸은 부르르 떨리다가는 가만히 멈췄다.

우리는 교미기를 맞은 산새가 짝짓기를 하듯 그렇게 오랜 동안 아기자기하게 사랑을 하였다. 점퍼 밑에서 버석대는 마른 풀과 가끔씩 살살 불어오는 바람결과, 가을 산의 냄새 때문에 소리를 지르며 거칠게 하는 건 격에 맞지 않았다. 정은이의 몸은 아주 잘 익어 있어서 음모의 숲과 그 아래 샘에서는 농익은 다래맛이 났다. 그리고 나의 성기는 푸른빛이 돌 만큼 굵고 딱딱해져서 그녀의 몸에 들어갔다가 돌아나올 때마다 으깨어진 다래의 즙을 줄줄 흘려 점퍼를 다 더럽혔다. 사랑을 마치고 나서는 서로의 냄새에 전 몸을 바람에 씻어야 했다. 정말 내 몸은 그녀가 음부로 뿜어낸 숭늉 냄새와 비스킷의 짠맛으로 절어 있었고, 반대로 그녀의 젖가슴 사이에서는 정액의 진한 밤꽃 냄새가 풍겨나고 있었다.

점퍼에 묻은 송진 때문에 투정을 부리며 돌아오니 토끼는 울음을 그치고 바위 위에 무릎을 세우고 앉아 멀리 단풍 든 산봉을 바라보고 있었다. 어쩐지 그녀는 아무런 표정도 없이 우리를 바라보았고, 성욕을 다 털어버린 듯한 차분함으로, 죽음마저도 싱겁고 부질없기 그지없다는 그런 눈빛을 하고 있었다. 정은이는 입에 물고 있던 옷핀을 내게 건네주며 자신의 사타구니께를 가리켰다.

산을 이야기하고자 할 때 나는 사실 정은이가 아니라 다른 여자를 생각하고 있었는데 어쩐지 이야기가 정은이 쪽으로 흘러서 이렇게 되고 말았다. 어쨌든 기분이 한결 나아진 것 같다. 그러므로 이제 이야기를 시작하여야겠다. 수만 송이 나팔꽃이 피어나고 스러지는 억겁과 찰나가 공존하는 바다로 가야만 할 때다. 그래서 정은이에 관한 이야기가 아니라 내가 진짜 쓰고자 했던 이야기, 정신병을 앓고 있던 친구 누나와 내가 거의 미친개처럼 광희의 성교를 나누었던 파주 근방의 가을 산 풍경에 대해서는 다음 기회로 미루어야 하겠다. 정신병원에서 퇴원한 뒤 아세톤 여러 병을 사 마시고선 밤새도록 몸부림치다가 죽어버렸다는 누나에 관해서는, 그 누나가 색연필로 그린 분홍색 동그라미만 가득 찬 그림 한 장을 아직도 내가 간직하고 있다는 말을 여기에 적음으로써 이만 그치겠다.

자아, 이제 오늘의 고백을 시작하여야 하겠다.

지난해 가을 오래 앓던 결혼생활을 정리하고 고향인 이곳 항구 도시의 독신자 아파트에서 혼자 살고 있다는 나의 근황에 대해서는 나를 아는 사람이라면 대개 알고 있을 것이다. 그러나 최근 내가 한 처녀와 그녀의 약혼자로부터 결혼식 주례 청탁을 받았다는 사실과, 그 어처구니없는 경우만큼이나 기막힌 사랑을 경험했다는 내밀한 근황까지 아는 사람은 없을 것이다.

몇 달 전 봄철, 어느 흐린 날 정오가 막 지난 시각이었다. 늦게까지 잠을 자고 일어나 밥을 할까 식당으로 갈까 하고 고민하던 차에 애림이로부터 전화가 왔다. 비가 올 것 같아서 술을 마시고 싶은 기분이 되었다며 선생님은 어떠시냐고 그녀가 전화기 저편에서 물었다. 밖을 내다보니 쥐어짜면 물이 주르륵 흐를 것만 같이 잔뜩 찌푸린 하늘은 금방 비를 뿌릴 듯한 날씨였다.

"드디어 비가 오누나" 하고 내가 말했다.

해안을 따라 늘어선 횟집보다는 운치가 있을뿐더러, 나로서는 아는 사람의 이목을 피할 수 있어서 그 여관은 그야말로 안성맞춤이었다. 휴일도 아닌 그런 우중충한 날 대낮에 어린 여자아이와 술을 마시고 있는 내 꼴을 누군가가 본다면 아마 그는, 저 자식은 저러려고 이혼을 했나 봐, 하고 손가락질할 게 틀림없기 때문이었다. 애림이와 그 방에 들었던 건 이미 두번째였다. 저번에는 둘이 아니라 애림의 약혼자인 해군 중위가 애림이 곁에 앉아 있었다.

"뭐 하세요, 선생님. 무슨 꽃을 좋아하냐니까?"

애림은 비에는 관심이 없는 모양이었다. 관심이 없다기보다는 저의 생각에 충실하고 그리고 심각한 걸 참지 못하는 성격인데, 그녀 자신의 말대로 던졌다가 떨어질 때 나무 막대든 리본자락이든 어디를 잡아도 큰 탈 없이 넘어가는 리본말고는, 이를테면 곤봉이라든가 후프나 공을 다루는 리듬체조 종목에는 불리할 게 틀림없는 그런 성격이었다.

"비가 와" 하고 내가 다시 말했다.

비는 문득 당연하다는 듯이 부슬부슬 가늘게 흘러내리기 시작
했다.

"난 칸나가 좋아요."

무슨 꽃을 좋아하느냐고, 내게 먼저 물은 건 그녀였다. 그러나
내가 미처 대답하기도 전에 그녀는 그렇게 말하면서 나를 바라
보았다.

"좀 야하죠?"

나는 그 말뜻을 알지 못했다.

"아니, 뭐가? 뭐가 야해?" 하고 나는 나무젓가락을 모두어 쥐
며 그녀를 바라보았다.

나는 우리가 앉아 있는 창가 바로 아래에 놓여 있는 바다를
내려다보며 나팔꽃을 생각하던 중이었다. 야하기는커녕 내 기분
은 아찔함, 허전함, 짜릿함 같은, 여러 가지 복잡하고 미묘한 감
정 사이에서 가늘게 떨며 멈출 자리를 찾고 있었다. 나는 순간
죽어버릴 수 있다는 생각, 산뜻하게 끝낼 수 있다는 짜릿한 충동
같은 걸 부슬비에 패고 있는 바다의 표면을 내려다보며 느꼈던
것이다.

"칸나꽃을 보면 뭔가 생각나는 게 없어요?"

애림이라는 여자아이는 스물두 살이었다. 저의 말에 따르면 서
울에 있는 여자대학의 체육교육학과를 다니고 있는데 지금은 휴
학중이라 하였다. 현재는 이 도시에 있는 사회복지원에서 유급
봉사원으로 일하고 있고 나와 만난 곳도 거기였다. 나는 그 사회
복지원과 관계 있는 장애인협회에서 장애인들의 프로젝트를 거

들어주는 중이었고, 일 주일에 한 번씩 사회복지원 이층에서 열리는 수화 강습회에 참석하고 있었다. 그녀는 본명이 있음에도 애림이라는 자작의 애칭을 쓰고 있고, 처음 나를 만나던 날도 애림이라는 이름과 호출기 번호를 내게 적어주었다. 그녀의 성격처럼 특별한 의미가 있어서 호출기 번호를 적어준 건 물론 아니었으리라 여겨진다. 그냥 적어준 것이다.

"선생님은 그런 상상이 안 되세요? 칸나꽃을 보면 여자의 성기 같구나 하는 생각이 안 드세요?"

천연덕스럽게, 소설가라는 사람이 그만한 상상력도 없느냐는 듯이, 학구적이고 진지한 투로 애림은 말했다.

"그런가?" 하고 나는 모듬회 접시 언저리에 놓여 있는 오이쪽을 나무젓가락으로 집으며 말했다. 솔직히 말하면 이 아이가 떨고 있구나 하고 짐작은 하고도 남았지만, 나는 떨림도 흔들림도 없었다.

그날로부터 한 보름 전쯤에 나는 애림이와 그녀의 연인인 해군 중위를 시내에 있는 레스토랑에서 만났다. 내가 그 자리에 나간 건 참 싱거운 일이었다. 집으로 전화가 왔고, 친구와 술을 마시고 있는데 친구가 나를 만나고 싶어한다며 꼭 좀 나와주시라고 애림은 전화를 통해 말했다. 물론 거절해야 했지만 어린아이에게 나를 일일이 설명하기 귀찮았다. 나는 서른아홉 살이나 먹은 사람으로 이 지역 사람들의 이목을 경계하지 않으려야 않을 수 없는 그런 처지였다.

"꽃은 참 섹시해요. 무슨 꽃이든 다들. 선생님은 무슨 꽃을 좋아하세요?"

그러면서 애림은 단숨에 소주잔을 비웠다. 그녀가 멍게 속살을 집은 나무젓가락을 접시 전두리에 걸쳐놓기 전에 대답을 해야만 한다고 나는 생각했다. 가만 있다가는 무슨 말이 또 터져나올지 모른다. 그리고, 모든 꽃들은 다 섹시하다는 그녀의 말은 옳은 말이었다. 꽃은 바기나와 페니스를 함께 가지고 있으니까 말이다. 꽃은 식물의 성기인 것이다.

"저길 봐. 나팔꽃이야."

내가 눈으로 창 밖의 바다를 가리켰다. 비가 내리기 전까지는 유리면처럼 반들반들하던 수면이 바야흐로 떨어지는 부슬비에 깨어지고 있었다. 그래서 그곳에는 수만 송이 나팔꽃이 피었다가 스러지고, 스러지고 피어나고, 스러지고 또 피어나는 장관이 펼쳐지고 있는 중이었다. 애림의 빈 잔에 소주를 따르고 그리고 나팔꽃밭을 바라보면서도, 그러면서도 나는 아주 지독한, 표현하기 곤란한 불쾌하고도 짜증스런 기분에 빠져들었다. 이러한 기분이 끝나고 나면 그 끝에는 언제나 말할 수 없는 허탈, 텅 빔, 극도의 우울, 그리고 울고 싶지도 않은 슬픔이 자리하고 있다는 걸 나는 경험으로 알고 있어서 그 지독한 불쾌감을 더 심하게 삭여야만 했다. 언젠가 시(市)에서 주최하는 백일장에 심사하러 갔다가 만난, 시를 쓰는 후배는 제딴에는 아주 심각한 연애 얘기를 오래도록 내게 들려주는 것이었다. 이웃에 있는 약사 아가씨를 짝사랑하고 있다는 이야긴데 그 동안 아무런 말도 하지 못하고 저만이 미칠 듯이 좋아하고 있다고 했다. 해마다 그녀를 맨 처음 만났던 날이면 익명의 러브레터를 보낸다는 사연인데, 어제 그 네번째 편지를 보냈다고 하며 시집 책갈피에서 꺼낸 편지의 복사본을 나더러 읽어보라고 내밀었다. 나는 웃으면서 읽고 나면 가슴이 아플까 봐 싫다고 거절했다. 그때에도 이러한 기분이 되었다. 미칠 것 같은 불쾌감에 이어 뒤에는 깨끗이 끝낼 수 있다는 느낌이 허탈감과 함께 밀려왔던 것이다.

"그리고 달맞이꽃이요."

그 말에도 핑크빛 뉘앙스가 있다는 걸 나는 알아챘다. 달맞이꽃, 하는 순간에 나는 벌써 여자의 성기를 상상했으니까 말이다. 언젠가 나는 사진작가 아가씨와 사랑을 나눈 적이 있었다. 그녀의 성기는 손가락으로 살짝 집어올려 입을 만든 만두꼭지같이 생겨 있었다. 나는 속으로 웃으며 관계를 했고 끝나고 나서 함께 샤워를 하던 중에 그녀의 성기를 씻어주면서 네건 꼭 만두꼭지같이 생겼다고, 나로서는 귀엽다는 뜻으로 말했던 것인데, 그 표현이 불쾌했던 때문인지 말하면서 웃었던 때문인지 그녀는 아주 심하게 화를 내며 머리에 쓰고 있던 비닐 커버를 벗어 거칠게 타일벽으로 내던졌다. 그때에도 그랬고 그 뒤에도 나는, 왜 그때 그녀에게 만두꼭지 대신 달맞이꽃같이 생겼다고 말해주지 못했을까 여러 번 후회했었다.

애림은 월광욕에 대한 이야기를 시작했다. 예전 우리나라 여인네는 일광욕이나 해수욕보다는 월광욕으로 피부관리를 했었다는 이야기를, 어디서 얻어들었는지 고색창연한 배경을 그려가면서 오래도록 말했다.

"너 생리중이냐?" 하고 불쑥 그녀의 말을 자르며 내가 말했다. 아마 보름달에 관한 연상작용과, 그리고 참을 수 없는 불쾌감 때문이었을 것이다.

"어머, 아뇨. 어머, 아니에요."

그녀는 조금 놀란 모양이었지만 금세 침착해졌다.

"왜 그러세요?" 하고 웃었다.

"아니, 그런 것 같아서."

"선생님이 그런 것 같은데요."

기분은 더욱 나빠져 권총이 있다면 마구 쏴버리고만 싶은 심정이 되었다.

"아니에요. 그리고 선생님, 하나 맞혀보실래요?"

"뭘?"

"내가 이 청바지 안에 무얼 입었는지. 한번 맞혀보세요."

그건 이미 내가 아는 문제였다. 자신은 생리가 끝나면 며칠 동안 청바지 안에 아무것도 입지 않는다는 사실을 그녀는 이미 보름 전에 이 방에서 자신의 약혼자라는 중위의 팔에 안긴 채 내게 말하였던 것이다. 그때 술에 취해서 자신이 그런 말을 했던 걸 모르는지, 아니면 알면서도 그러는지, 어쨌든 나는 그녀가 팬티를 입고 있지 않다는 걸 이미 알고 있었다. 애림과 중위는 저희들은 곧 결혼할 거라 하면서, 저희들 결혼식에 나를 주례로 모실 거라고, 빈말이 아니라는 걸 거듭 강조하며 말하였었다. 나는 물론 새겨듣지 않았지만 두 사람은 굳이 승낙을 강요했다.

"무슨 쓸데없는 소리야, 왜?" 하고 내가 짜증을 냈다.

그러자 중위와 애림이 함께 말했다.

"선생님은 말씀을 잘하시잖아요. 아주 잘하실 거예요."

그러면서 철없는 중위는 도무지 군인답지 않은, 제딴에는 무슨 연예인이라도 된 듯한 말투로 중언부언했던 기억이 난다.

"나는 사실 코스모스를 좋아한단 말이야" 하고 내가 한숨을 쉬며 말했다. 이어서 애림이 미처 대꾸하기도 전에 연달아 길게 말을 늘어놓았다.

"가을날 인적 드문 오솔길 모퉁이에서 만난 코스모스. 비가 오지 않는다면 물기라고는 없는 그런 마른 땅에 억지로 피어난 손가락보다 키 낮은 코스모스 한 포기. 단 한 줄기 가지에 단 한 송이의 작은 꽃을 달고 있지. 예쁘지 않아? 당돌함. 치기. 유치. 그런 아름다움. 그 코스모스가 안고 있는 온 우주. 그 우주만한 크기의 슬픔. 아찔함. 잠깐이라는 순간의 쾌락."

그렇게 말하다 보니 기분이 이상해졌다. 내 절망의 근원인 고독으로부터 벗어나고 있다는 느낌이, 우주가 통째로 나를 이해하고 있다는 느낌이, 조울증의 또다른 한 증세가 안개처럼 일어나고 있었다.

"아냐, 난 장미를 좋아해. 활짝 핀 분홍색 장미. 예전에 시(詩)에다가 이렇게 쓴 적이 있지. 난 시든 분홍색 장미를 좋아한다. 그 속에 들어가 울고 싶다. 장미 꽃잎은 음순을 닮았거든. 다른 꽃도 대개 그렇지만. 핑크빛 음순. 탐스러운 핑크빛 음순의 보들보들하고 따뜻한 촉감" 하고 나는 씹어뱉듯이 지껄여댔다. 나도 모르게 웃음이 터져나왔다.

내가 웃고 있는 동안 애림이도 맞장구를 쳤다.

"장미는 사랑의 꽃이거든요."

"그렇기 때문에 사랑해줘야지. 아름다움이 오래도록 시들지 않으려면 만져주고, 입맞춰주고, 맛보아주고…… 그런데 칸나는 어째서 성기와 같다는 거지?"

"그렇지 않으세요?" 하고 그녀는 되물었다. "아주 섹시한데."

"그런가?"

그 체육교육과 학생은 표현력이 부족했던 것 같다. 지금 생각해보니 그녀는 아마 칸나꽃 끝 부분을 발기한 제 성기의 돌기에 비유했던 모양이다. 아니면 칸나꽃의 포개진 꽃잎의 생김새를 흥분한 음순에 비유했는지도 모른다.

"난 스카이라운지라든가 절벽 끝이라든가 그런 델 가면 휙 뛰어내리고 싶은 그런 기분이 된단 말이야. 바다가 보이면 더 그래. 깨끗이 끝낼 수 있다는 그런 기분이 가슴 벅차게 밀려와. 예전에는 기차를 타고 가다가 보면 철교를 지나지. 철교를 지날 때, 철교 아래 새파란 물을 내려다볼 때, 그럴 때면 그런, 휙 다이빙하고 싶은 기분이 들었는데 요즘엔 기차를 탈 일이 없으니까 그런 적은 없지만, 베란다에 나서면 종종 휙 다이빙을 하고 싶어진단 말이야. 그냥 뛰어내리는 것도 아니고, 휙 다이빙."

말하고 나서 술을 마셨다. 요설이 된 까닭은 혼돈 때문이었으리라 짐작된다. 혼돈이라는 말 그대로 무언지도 알 수 없는 엉킴이었다. 지금도 나는 감정의 정돈을 위해서는 혼돈의 요설 속을 지나야만 한다.

애림이 같은 요즘 여자아이들은 내숭과 교태 따위는 훌쩍 건너뛰고 대신 상대방의 마음을 열어젖히는 솔직함을 정직하게 드러내 보인다. 어느 것이 더 자극적이고 효과적인지는 상대에 따라 다르겠지만 어쨌든 이제는 남녀간에 선택하는 쪽이나 선택당하는 쪽, 유혹하는 쪽이나 유혹당하는 쪽이 가려지지 않는다는 사실이다.

"우습죠?" 하고 그녀가 말했다.

"뭐가?"

"내가 유혹하는 거."

"아니."

"그럼, 좋으세요?"

"그래" 하고서 나는 안경을 벗어 탁자 위에 놓았다.

"당돌하죠?"

애림이 다시 물었다.

"아니."

"당돌하죠? 남들이 다 나보고 겁이 없다고 그래요. 저도 그렇게 생각하구요. 국민학교부터 중학교까지 배구 선수를 했거든요. 그래서 무서운 걸 몰라요."

순간 그렇겠다는 생각이 들었다. 피를 말리는 승부의 한 점을 스스로의 몸으로 겪으며 소녀 시절을 보냈다면, 그녀는 당연히 보통 사람보다는 담대할 거라는 짐작이 되었다.

애림은 한쪽 손을 뻗어 내 뺨을 만졌다. 손가락 끝을 나무둥치에 대듯이 어떤 뜻도 감정도 없이 만졌기 때문에 나 역시 아무렇지도 않았다. 비가 내리기 전 바다의 표면처럼 나는 아주 잔잔한 기분이 되었고, 그건 애림이도 마찬가지인 것 같았다. 말하자면 이제는 아무런 말도 필요없었고, 또 무슨 말을 하든 별 감정의 동요가 있을 수 없는 상태가 되었다. 이런 심리상태를 무어라 하는지 모르겠다. 그러므로 소설가답게 이러한 심리적 상태를 묘사함에 있어서 말이 아니라 상황으로 표현해보자면 나는 두 가지 장면을 여기에 그려 보일 수 있다.

첫번째 장면은 아메리카 서부개척 시대의 어느 시골 소읍에 있는 살롱이 무대다. 먼지를 뒤집어쓴 낯선 총잡이 사나이가 살롱의 문을 열고 들어선다. 카운터 보드에 한쪽 팔을 세운 채 단지 검지만을 세워 위스키 한 잔을 주문한다. 대머리 바텐더가 위스키 글라스를 내민다. 그럴 때 이층 계단에서 주름치마를 입은 깡마른 창부가 걸어내려와 사나이에게로 다가간다. 역시 한쪽 팔을 보드에 세우고 손바닥으로 턱을 괸 채 사나이의 눈을 바라보며 말을 건넨다.

"리차드? 아니면 존?"

총잡이는 말없이 위스키를 털어넣는다. 창부는 그의 어깨를 털어준다.

"그래, 슬픈 눈을 가진 지미. 어때요. 지미. 메어리에게도 한 잔."

사나이는 허리에 차고 있던 총열 긴 권총을 천천히 꺼내 장전하여 여자의 이마를 겨눈다. 그러면서도 여자를 바라보지는 않는다. 시선은 여전히 술잔에 담겨 있다. 다시 천천히 손을 움직여 권총을 허리에 꽂는다. 여자는 입을 다문 채 웃음기 띤 눈으로 남자의 눈을 바라보고만 있다. 남자는 바텐더에게 검지와 장지를 세워 내밀어 보인다. 바텐더가 건네준 두 잔의 위스키잔을 들고 사나이와 여인은 무표정하게 건배한다. 술값을 보드에 올려놓고, 그리고 사나이는 여인을 안아들고 발소리를 내며 이층의 계단을 올라간다. 깡마른 창부의 치렁치렁한 머리카락과 주름치마, 그리고 사나이의 부츠에 달린 박차와 허리 아래로 길게 늘어진 탄띠가 몹시 인상적인 장면이다.

다음 장면은 아프리카 초원에서 떼지어 풀을 뜯고 있는 영양떼와 그 영양떼를 물끄러미 바라보고 있는 숫사자의 무표정한 눈으로부터 시작한다. 사자는 천천히 걸음을 옮긴다. 코를 들어 바람의 방향을 재지만 고요만큼이나 바람은 없다. 영양떼와 가까운 거리에 다다르자, 수풀 뒤에 서서 다시 오래 그들을 바라본다. 그리고는 천천히, 조금씩 속도를 더하면서 영양떼를 향해 나아간다. 영양떼는 우르르 몰려 도망치기 시작하고 사자는 갈기를 출렁이며 질주를 시작한다. 단 하나 그가 노리는 한 마리의 어린 영양을 향해 사자는 살같이 달린다. 멈춤과 구부러짐에도 온몸의 긴장은 조금도 풀리지 아니하면서, 사자는 몰리고 흩어지며 일렁이는 영양떼의 물결에 실리어 흘러가듯 필사의 질주를 펼쳐 보인다. 단 하나의 목표, 단 하나의 결과를 향해 그 이외의 존재, 그 이외의 상황에는 관심을 가질 수조차 없다. 영양도 마찬가지다. 사자의 목표가 된 어린 영양 이외에는 단지 흐름일 뿐이다. 필사적인 건 사자와 어린 영양 둘뿐이다. 드디어 사자와 어린 영양은 어깨를 겨누며 함께 달리게 된다. 사자가 어깨를 기울이고 턱을 벌려 영양의 목을 움켜잡을 때까지 다른 영양은 초원을 짓밟으며 달리고만 있다. 그리고 몸을 떨던 어린 영양이 초원에 몸을 누이며 사자의 발 앞에 누울 때 그들은 모두 달리기를 멈추고 먼지가 내려앉은 초원으로 머리를 숙이고서 다시 풀잎을 뜯기 시작하는 것이다. 아무도 돌아보지 않는다. 어린 영양의 목에서 흘러나와 풀잎과 흙을 적시는 붉은 피와 고요한 초원, 누운 영양 곁에 우뚝 선 사자의 무표정한 눈빛, 그리고 다시 평상으로 돌아간 영양떼, 이러한 모든 것이 결국은 이 장면이 말하고자 하는 모두다.

너스레가 너무 길어진 듯하다. 그러나, 그러나 어쩔 수 없다는 수식어를 앞세우면서 한 가지 더 털어놓을 게 있다. 나도 이 장면이 자신의 경험이 아니라 어느 영화의 한 장면이었더라면 좋았을걸 하고 지금도 생각하고 있다. 그러나 이제까지의 내 삶이 꿈이나 허구가 아닌 만큼 이 장면은 생생한 내 삶의 한 부분이 아닐 수 없다.

내가 군대에서 제대한 다음해였으니까 지금으로부터 십삼 년 전의 일이다. 제대복으로 입고 나온 개구리복 바지를 그대로 입고서 나는 제대 뒤 두 달 동안 네 편의 단편소설을 써서 신춘문예에 응모했는데 그게 다 보기 좋게 낙선하고 말았다. 그래서 술 마실 돈도 벌고 늘 함께 붙어 있던 자살 충동도 떼어버릴 겸 오징어배를 타고 바다로 나가기로 했다. 집에 누워 있으면 하루에도 수십 번씩 죽어버리고 싶어 나일론 끈을 들고 개천가에 선

소나무 아래로 가서 서성이다가 울면서 돌아오는 밤이 연일 계속되던 때였다. 두타산 아래에 있는 돼지막을 개조해 꾸민 쪽방에 누워 책을 볼라치면, 쌍용양회 동해공장에서 날아온 시멘트가루가 눈과 콧구멍, 목구멍을 콱 틀어막는 것 같은 느낌이 들어 한없이 캑캑거리곤 했었다. 어떤 사람들은 왜 그다지도 가난했는지 의아해하겠지만, 그런 게 세상살이의 일면이다. 그래서 나는 지금도 가난이란 경제 현상이라기보다는 운명이라는 생각을 한다. 하여튼 나는 시멘트 냄새가 풀풀 나는 방에 누워 밤새도록 책을 읽었고, 그러다가도 몰아치는 자살 충동 때문에 가만히 눈을 감고 누워서 숨을 죽이고, 그야말로 죽은 듯이 누워 내 자신이 어쩌나 지켜볼 적이 많이 있었다. 한참 그러고 있노라면 바닥에서 붕 떠오른 내가 천장에 등을 붙인 채 방바닥에 누워 있는 나를 물끄러미 내려다보는 지경에 이른다. 누가 진짜 난지 분간이 가지 않는 그런 상태가 되어버리는 것이었다. 그렇게 밤을 보내다가 해가 뜨면 잠자기 시작했고 문 앞에 석간신문 떨어지는 소리를 들으며 잠에서 깨어나곤 했다. 무슨 배짱으로 신문 구독을 시작했는지는 모르지만 그 석간신문 구독료는 할머니가 개울가에 심었던 호박을 따다 판 돈으로 갚았다는 소리를 나중에 들었다. 그때는 돈도 일자리도 친구도 희망도 신념도 없던, 그야말로 나만이 있던 그런 시절이었다. 죽지 않으려고 미친 듯이 책만 읽어댔고 나중에는 읽을 책이 없어 할머니 농에 들어 있던 족보를 꺼내 낱낱이 읽기도 했었다.

그러다가 오징어 채낚시 조업선에 승선 계약을 하고 사무장으로부터 선금을 받았다. 나를 소개해준 친구 삼촌의 지시에 따라 우선은 어구와 침낭과 밑반찬 몇 가지를 사서 배에 실어놓고 나머지로는 진창만창 술을 마셨다. 진창만창이래봤자 비렁뱅이나 다름없는 뱃사람들과 어울려 실내 포장마차라는 우스꽝스러운 주점에서 막걸리에 콜라를 섞어 마셨는데, 물론 여자도 있었다. 하루 스물네 시간 술에 절어 횡설수설하는 주인 여편네와 다리를 저는 불구의 노처녀와 남편이 오징어배를 타고 나갔다는 젖통이 큰 아낙네가 그들이었다. 남자 쪽은 어땠는가 하면, 주인 여편네의 서방 노릇을 하는 친구의 삼촌과 나, 그리고 뒷날 시내 굴다리 밑에서 깡통을 앞에 놓고 비렁뱅이 노릇을 하던, 당시에는 그나마 멀쩡했던 서른예닐곱 먹은 사내와 주인 여편네의 동생 되는 덩치만 컸지 어린아이만도 못한 얼뜨기, 그리고 그중에서 기중 정신이 온전한 서른다섯의 알코올 중독자가 우리 패거리였다. 참 지금 생각해보면 만화도 그런 만화가 없었던 듯싶다.

　태풍 경보 때문에 우리는 근 열흘간이나 시간을 까먹으며 그 술집을 드나들었고, 나중에는 돈이 떨어져 주인 여편네와 그녀의 얼뜨기 동생 눈치만 살피다가 한 잔씩 막걸리를 얻어마시곤 했다. 나로서는 밖에 나가면 친구들이 없는 바는 아니었지만, 이미 친구들은 나를 사람 구실 못할 놈으로 취급하는 처지였고, 또 나는 당시 잠깐이었지만 이미 의식 자체가 걸인이 다 된 상태였다. 걸인이 되어보았던 사람이면 이해하겠지만, 막상 걸인이 되고 나면 걸인이 된 자신과 걸인이 아닌 사람의 분별이 희미해지고, 또 걸인은 걸인 나름대로의 사회와 그 사회를 유지하는 질서가 있는 법이어서 의식이든 활동이든 우선은 당장 내 앞에 놓여 있는 그 현실이라는 범위 안에서 이루어지는 것이다. 그래서 그 비렁뱅이들 중에서도 나는 아주 유식한 체하면서 이를테면 대접을 받았던 셈인데, 그래서 덜 비렁뱅이 같은 알코올중독자는 늘 제 곁에 나를 앉히려 했으며 내가 고등학교까지 나왔고, 또 병장으로 군대에서 제대했다는 사실을 한 자리에서도 여러 번 강조하곤 했다. 사실 그들 가운데에서 안경을 쓴 사람은 나밖에 없었으므로 내 자신도 그런 대우를 당연하다고 생각했던 것 같다.

하고자 하면 한없이 쓰겠지만, 그 실내 포장마차에서 만났던 하루살이 같던 사람들, 더욱이 여자들과 그 여인들의 짐승 같았던 몸매와 교성에 대해서는 다음 기회에 적겠다.

비렁뱅이 노릇에도 지칠 대로 지쳤고, 막걸리에 취해 뱃사람들과 겨울 항구를 서성댄 지도 여러 날이 지난 어느 날이었다. 그 전날 밤은 어쩐지 갑자기 바다가 잔잔해져 나는 알코올 중독자를 따라 그가 아는 사람의 배라고 하는 뎅구리배에 올라 기관실에서 잠을 잤다. 어선 출입통제소를 지키는 해경의 눈을 피해 입항부두 쪽에서 배에 올라 엮여 있는 배를 건너고 건너 항구 한가운데 떠 있는 배 안에서 잠을 잤고, 다음날 눈을 뜨니 한낮이었다. 한낮이었지만 부슬비가 내리는 겨울날이라 부두는 텅 비어 인적이라고는 없었다. 알코올 중독자는 더듬거리며 우유를 사오겠다고 일어섰고, 내게는 낚시를 하라 이르면서 갑판에 서 있던 낚싯대를 건네주었다.

"우유말고 베지밀을 사는 게 좋지요. 빵도 사고" 하고 내가 말했다.

내가 이 말을 기억하는 까닭은 허기 때문에 그렇게 말해놓고서도, 낚싯대를 드리우고 뱃전에 앉아서 곱씹었던 자신의 처지와 비굴에 대한 스스로의 냉소 때문이다. 그리하여 나는 지금도 베지밀이라는 말을 뼈저린 부끄러움의 대명사로 여기고 있다.

허기와 숙취로 인해 뱃속은 쓰리다 못해 찢는 듯이 아팠다. 어제 쓰다 갑판에 버려져 있던 새우를 낚싯바늘에 끼우면서 웬만하면 몇 마리 집어먹고 싶다는 생각을 할 정도였다. 허기보다는 복통 때문이었다. 먹든가 토하든가 해야 할 것 같은데 먹을 것도 토해낼 것도 없었다. 그런 경우 고통을 참는 방법은 고통에 대한 무관심이다. 나는 오히려 빙그레 웃으며 부슬비 흩뿌리는 뱃전에 앉아 낚싯대를 드리우고 망연히 수면을 바라보고만 있었다.

부슬비긴 하지만 연일 비가 내렸는데도 어쩐지 그날의 바다는 거울처럼 맑고 잔잔했으며, 그 위로 가는 빗줄기가 소리 없이 쏟아져내려 바다는 파문의 꽃으로 가득 찬 거대한 꽃밭이었다. 너무 복통에 몰두해 있었던지 처음에는 아아, 바다로 들어가는구나, 하고 나는 속으로 내게 말하였다. 그녀는 이미 내가 그렇게 알아보기 훨씬 전부터 줄줄이 엮여 있는 작은 고기잡이배의 뱃전을 건너 항구 한가운데로 나아가고 있었다. 그녀가 맨 끝에 있는 배에 다다를 때까지, 그러니까 나는 단지 눈으로만 바라보았을 뿐, 또다른 어떠한 판단이나 분별은 마련하지 않고 있었던 것이다. 내가 아아, 하고 느꼈을 때 그녀는 이미 뱃전으로부터 몸을 던져 지척에 있는 바다로 살짝 들어가고 만 뒤였다. 그런데도 나는 낚싯대를 잡고 가만히 앉아서는 그걸 바라보고만 있었다. 그녀가 떨어질 때 파문은 일었으나 내 낚시의 찌에까지는 도달하지 않았기 때문이다. 그녀는 카키색 바바리코트를 입고 있었고 손수건인지 스카프인지 천조각 한 장을 손에 들고 있었는데, 그러나 떨어지는 순간에 모든 게 사라져버리고 말았다. 그녀가 뛰어내린 배는 일렁이는 물결을 타고 출렁출렁 흔들렸지만 내가 앉아 있는 배에까지 일렁임은 오지 않았다. 그녀가 나를 보지 못했는지 아니면 보아도 나처럼 의식 없이 보았는지 그건 알 수 없다.

조금 있다가 그녀가 수면에 나타났다. 그때에는 아주 오랜 시간이 지난 듯 생각되었지만 아마 잠깐 사이였을 것이다. 물 밖으로 나온 손이 허공을 휘저었다. 무언가 잡으려는 손짓이었다. 배는 여자의 손 가까이 있었지만, 그러나 그녀가 일으키는 파문이 파장에 밀려 건듯건듯 놀리듯이 허우적대는 그녀의 손에서 비켜났다. 물에 젖은 머리통은 아주 작아서 나로서는 머리보다는 휘저어대는 손과 흰 팔뚝이 더 인상적이었다. 소리는 없었다. 물론 내가 아무런 소리도 내지 않았던 이유와 그녀가 아무런 소리도 내지 않았던 이유는 달랐을 것이다. 멀었기 때문에 그녀가 휘저어 부수는 물소리도 나는 듣지 못했다. 찌를 보듯이 바라보는 사이에 그녀는 다시 수면 아래로 사라졌고, 이번에는 하얀 팔목만이 잠깐 나왔다가 들어가더니 그 뒤로 다시는 나타나지 않았다. 일렁일렁하면서 저편의 배들은 나로부터 더 멀어져갔고, 아무리

기다려도 여자는 다시 나타나지 않았다. 대신 내 찌가 갑자기 쑥 수면 아래로 사라져버렸고 나는 벌떡 일어서며 거칠게 낚싯대를 채쳤다. 무거웠다. 그리고 그놈은 온몸을 감싼 흰 비늘을 뻔쩍이며 수면 가까이 물밑에서 긴 곡선을 그리며 빠르게 달려가고 있었다. 아주 커다랗고 잘생긴 맹이 놈이었다.

다시 멀리 낚시를 던져두고 가만히 앉아 있었다. 바다 위에서는 수만 송이 나팔꽃이 피었다가 스러지고, 스러지고는 피어나고 있었다. 내 몸에서도 부슬비가 쉼없이 깨어지고 있었다. 그리고 저쪽으로 밀려갔던 배가 물의 흐름을 타고 다시 내 가까이로 다가오고 있었고, 피었다가 스러지고 피었다가 스러지는 그 속절없는 꽃밭 한가운데를 향해 갈매기 두 마리가 아무런 움직임도 없이, 마치 나무로 만든 새같이 천천히 흘러들어오고 있었다. 그러더니 그들은, 어쩌면 조류의 흐름에 실렸었는지도 모르지만, 어쨌든 내 쪽으로 방향을 틀었다. 그들이 가까이 다가올수록 내 복통은 사라졌고, 그리고 의식은 또렷해졌다. 갈매기를 뒤따라 꽃무늬 손수건이 천천히 흘러오고 있었던 것이다.

그게 다다. 그날 저녁 무렵 선주가 쓴 뇌물 덕택으로 우리 배는 다른 또 한 척의 배와 선단을 지어 북지나해를 향해 출발했다. 그러나 우리는 그날 밤 용기포 앞바다에서 폭풍우를 만났고, 스물일곱 명이 타고 있던 배 한 척이 소리없이 사라졌다. 내가 타고 있던 배는 보름 동안 동해를 헤매며 실종된 배를 수색하다가 짧은 항해를 마치고 부산항으로 돌아왔다. 배에서 내려 나중에 들은 바로는 항구에 떠오른 여자의 시신은 폭풍의 밤 동안 날뛰는 배와 배 사이에서 깨어지고 터져 머리통이 산산조각 나 있었다고 한다. 그리고 더이상의 내막은 아는 사람도 없었고 나도 알아보지 못했다.

마른 체격의 처녀들이 다 그렇듯이 애림의 젖가슴도 둥글게 드러나 보이지는 않았지만 손바닥으로 움켜쥐어 만지자 아주 부드럽고 풍부했다. 그리고 속으로 들어가 있던 젖꼭지도 입술을 대고 부벼주자 금방 튀어나왔다. 설익은 앵두알처럼 야물고 연분홍빛을 띤 젖꼭지였다.

"내일까지 이렇게……" 그녀는 튀어나온 저의 젖꼭지를 만졌다. "튀어나와 있을 거야."

이미 서너 번씩이나, 으깨어지는 감귤 알갱이처럼 팍팍 터져버리는 성교를 마친 다음이었다. 얼마 전 약혼자와 누웠던 침대에서, 주례를 부탁했던 내게 몸을 맡기고서, 한쪽 손으로는 저의 젖꼭지를 주무르고 다른 손으로는 남자의 성기를 틀어쥐고 누운 채 그녀는 그렇게 말했다. 나는 한없는 평화 속에서 아무런 말도 하지 않았다. 다만 담담한 심정으로 결혼이라는 걸 생각해보았다. 결혼이라는, 인간이 만든 이 극한의 구조적 폭력에 대해서 이제는 미워하지도 두려워하지도 않을 것만 같다는, 그리고 그래서도 안 된다는 생각을 했다. 삶에 찌들지 않은, 삶을 두려워하지도 않는, 뭐 그런 수식어가 생각났다. 얼굴로 애림의 어깨를 부빌 때였지만 애림을 위한 수식어는 물론 아니었다. 애림이보다는 나이 든 여자라고 나는 생각했다.

"선생님, 다음엔 엎드려서 하겠어요" 하고 애림이 말했다.

우리는 이미 성 지침서에 소개된 거의 모든 체위를 다 거친 다음이었다. 체위가 문제가 아니라 애림은 어린아이처럼 무언가 자꾸 지껄이고 싶은 것이다.

"그리고 그 다음엔……."

떠드는 여자는 싫지만 애림은 왠지 밉지 않았다.

"창문을 열고 비를 맞으면서…… 그리고 그 다음엔 변기에 앉아서…… 그리고 그 다음엔 구두를 신고 하겠어요. 응?"

군대에 가기 전에 해수욕장에서 만났던, 서양 인형 같은 얼굴에 작고 가벼운 몸을 가진 계집아이가 생각난다. 삼십 킬로그램쯤 될까, 깃털처럼 가벼운 몸무게가 나의 성욕을 자극했던 아주 특별한 경우였다. 그 계집아이는 교성을 지를 때를 빼고는 계속 입을 열어 짜증이 날 정도로 떠들어댔었다. 짜증을 내지 못하고 나도 따라 응대하지 않을 수 없었던 이유는 그녀가 육손이었던 때문이다. 신체적 결함을 요설로 감추려는 애처로운 심사였겠지만, 나로서는 그녀의 말솜씨보다는 약지에 매달린 또하나의 작은 손가락이 훨씬 아름다워 보였고 자극적이었다. 그 여름나비는 지금쯤 어디서 날아다니고 있을까? 조그마한 덧손가락을 가진 예쁜 딸을 낳았을까? 지금도 떠들면서 성교를 하는가? 하하, 그리워진다.

애림의 성기는 그녀의 몸 한가운데 자리하고 있었다. 내가 상상했던 것보다는 붉었으나 칸나꽃보다는 연했다. 역시 칸나꽃 끝부분 같은 돌기가 솟아 있었고, 그리고 칸나꽃잎 같은 연홍빛 음순은 짐작보다 풍부하게 겹겹이 포개져 있었다. 나만이 아니

라 그녀의 꽃 이야기를 듣게 될 수많은 남자들은 그녀의 꽃 앞
에 와서는 모자를 벗고 저고리와 바지를 벗고, 그리고는 머리를
숙이고서 그 꽃을 보고, 만지고, 냄새 맡고, 그리고 먹으리라. 애
림이와 내가 이 세상에서 종적 없이 사라지고 난 다음, 그 다음
에도 나라는 그 누군가는 애림이라는 애칭을 가진 여자의 꽃 앞
에서 무릎을 꿇고서 그 꽃잎이 버는 소리에 귀를 기울이리라. 나
는 평화 속에서 무료를 달래듯 그러한 생각을 하고 있었다.
　다시 한번 하기 전, 침대에 엎드려 엉덩이를 들면서 그녀가 물
었다.
　"좋으세요?"
　"넌?" 하고 내가 되물었다.
　"그래요. 아주 아주 좋아요."
　그리고는 얼굴을 내 쪽으로 틀었다.
　"집에 그냥 있었으면 죽고 싶었을걸. 전화하길 잘했어요. 집에
그냥 있으면 뭐 해. 지나가면 오늘은 그만인걸. 다시는 오지 않
을 텐데."
　그러면서 낮은 목소리로, 삶에 대한 어떠한 욕심도 원한도 없
는 나이 든 여자처럼 제 이야기를 내게 들려주었다.
　"어제 생리가 끝났어요. 깨끗하게 씻고 나서 마스터베이션을
했어요. 난 늘 그래요. 그러고 나면 기분도 몸도 깨끗해지거든
요."
　나는 신혼의 남편이 된 기분으로 애림의 이야기를 신부의 내
밀한 고백처럼 듣고 있었다.

"그런데도 어제는 그렇지 않아서, 미쳐버릴 것 같았어요. 아빠를 유혹하고 싶은 생각이 들 정도였고…… 어떤 땐, 어떤 때 꿈에는 아빠와 그러기도 해요" 하고는 도로 얼굴을 돌렸다.

"그래서 전활 했어요. 용서해주세요, 선생님. 미워하지 말고."

단단함, 버림, 가벼움 같은 느낌이 들었다. 허공에서 떠돌던 몸을 단정하게 땅으로 내려놓으려는 뜀틀 체조 선수처럼 애림과 나는 착지라는 고난도의 마지막 묘기에 심혈을 기울이고 있었다.

나는 언젠가 텔레비전을 통해 아메리카의 어떤 마을에서 벌이는 침대달리기 시합을 본 적이 있다. 저마다 각각으로 예쁘게 꾸민 침대 위에 잠옷을 입은 아름다운 여인이 누워 있고, 그 침대를 달려 순서의 우열을 가리는 놀이였다. 그렇다. 나이를 먹으면서 우리는 모두 삶의 희열, 쾌락의 정점, 우리가 우리 자신을 던져 얻어낼 만한 가치 같은 것이 결국은 어린 시절 국민학교 운동장에서 벌이던 줄다리기 직전의 흥분에 미치지 못한다는 사실을 알아차리고 마는 것이다.

애림은 줄곧 흐느꼈다. 내 뿌리가 꽃잎을 열면서 자신의 몸 속으로 뻗어들어갈 때마다 엉덩이를 들어 흔들면서, 침대보를 틀어쥐면서, 침대보에 파묻은 얼굴을 흔들면서, 돌풍에 휘날리는 한 떨기 나무처럼 산지사방으로 떨어대다가는 긴 한숨을 내쉬면서 오래오래 흐느꼈다. 그리고는 침대에서 일어나 걸어가서는 창문을 열어젖혔다. 우중의 냉기를 깊이 들이마시며 머리카락을 털더니 창턱에 두 팔을 걸치고, 한쪽 다리를 의자 위에 올리고서 나를 돌아보았다.

　말없이, 천천히 한쪽 손만을 뻗어, 그녀가 나를 불렀다. 나는 침대에서 일어나 그녀에게로 걸어가면서 아아, 아름답구나, 하고 속으로 내게 말하였다. '아름답다'라는 말의 어원은 '나답다'라고 한다. 참나무다운 참나무, 도마뱀다운 도마뱀처럼 애림은 그 누구도 아닌 애림이다운 애림이었다. 눈물은 그녀의 볼을 따라 빗물처럼 흘러내리고 있었다. 바람에 날린 부슬비는 그녀의 어깨 위로 쉼없이 떨어져 내리고 있었다. 그리고 나는 그녀에게로 다가가고 있었다.

　애림의 몸은 아직 뜨거웠다. 나는 그녀의 등에 배를 붙이고 서서 손을 뻗어 젖가슴과 배를 만졌다. 그리고는 바다를 바라보았다. 그녀도 나처럼 망연히 바다를 바라보고 있었다. 수억만 송이 나팔꽃이 피어나고 스러지고 다시 피어나고 있었고 그 곁에서 나는 눈물에 젖은 한 여인의 알몸을 부둥켜안은 채 다시 오래도록 아름다움을 생각하고 있었다.

사방천지는 온통 밤꽃 냄새로 진동하고 있었다. 나는 그 진한 욕정의 냄새를 가슴 가득히 들이마시며
어린아이처럼 팔뚝으로 눈물을 닦았다. 그러면서 나는 내가 재우쳐 묻기 전에 얼른 내게 대답하였다.
"아무것도 아니야. 그냥…… 밤꽃 냄새 때문이야. 비에 젖은 밤꽃 냄새가 나를 울리네."

"세 사람이 껴안았거든요. 근데 거기에서 난 남편에게도 아내로서의 감정 같은 건 전혀 없었어요. 난 다만 남자 하나에 여자 둘이 그렇게 껴안고 있다는 그런 접촉감이 좋았거든요. 그러다가 내가 더 적극적으로 시도한 거예요."

옥희의 목소리에 배어 있는 안도감은 어둠에 뒤덮여 보이지는 않지만 가까이 바다가 있다는 사실 때문이라고 나는 짐작했다. 손수건 대신 탁자 옆에 놓인 휴지로 눈물을 훔친 모양이었다. 눈물에 젖은 휴지를 구겨든 한쪽 손을 다른 손으로 받쳐들고서 그녀는 격정도 욕망도 다 털어버린 얼굴로 다소곳이 앉아 있었다. 그대로 '이제는 돌아와 거울 앞에 선 내 누님 같은' 모습이라고 나는 생각했다. 허리께에 주름이 잡힌 검은 바지 위에 받쳐입은 연자줏빛 블라우스는 하오의 가을빛에 물든 꽃잎처럼 처연하고도 애잔한 느낌을 불러일으켜주었다. 그리고 너른 이마와 커다

란 눈, 얼굴을 가득 채우는 오똑한 콧대와 입술은 넉넉하다는 인
상을 한껏 풍겨냈다. 그녀는 그렇게 홀로 앉아 테이블 위에 두
팔을 세우고서 울고 있었던 것이다.

이제는 지극히 정돈된 심정인 듯, 막 울음을 그친 젖은 목소리
로 그녀는 자신이 꾸었던 꿈을 이야기하고 있었다.

"그 여자에게. 응…… 그런데 그 여자의 혀가, 그 혀의 끝부분
이 굉장히 도돌도돌하고 자극적이었어요. 그래서 내가, 굉장히
혀가 발달했군요, 그러니깐, 아 그럼요, 그래요. 뭔가 육감적으
로, 쾌락적으로 굉장히 발달한 육체를 가진 여자였어요. 혀의 돌
기가 내 혀에 닿을 때 느껴지는 느낌이 굉장히 자극적이고, 이
제까지 느껴보지 못했던 촉감이고 그렇더라구요. 그리고 내가
그 여자의 가슴, 젖을 만졌을 때, 굉장히 육체적 경험이 많은 여
자로구나 하고 느꼈어요. 아마 젖꼭지의 느낌 때문이었을 거예
요. 탱탱하고 오돌도돌한 느낌이었거든요. 그래서 나랑 그 여자
가 함께 애무를 시작하니까 남편이 자리를 비켜줬어요."

그럴 필요가 없었는데도, 옥희는 내게로 향했던 눈길을 내리
깔고 앞에 놓인 식은 커피를 한 모금 마셨다. 자정이 지난 시각
이건만 스카이라운지는 대낮의 해변처럼 붐비고 있었다. 우리
테이블 곁에 앉은 노부부는 새까맣게 탄 소녀 둘을 데리고 있었
다. 얇은 티셔츠와 반바지 차림인 비만한 노인은 껄껄 웃으며 또
다시 아이스크림을 주문하려고 웨이터를 손짓해 불렀다. 옥희가
커피잔을 들고 있는 동안 나는 새까맣게 탄 계집아이의 등을 바
라보았다. 작고 까만 알몸 위에 걸친 꽃무늬 원피스의 어깨끈 사

이에는 X자 모양의 수영복 자국이 그을은 등짝 위에 하얗게 도드라져 보였다.

옥희가 다시 꿈 이야기를 시작했다.

"내가, 이제…… 응, 그 여자의 성기를 만지니까 내게 더 적극적으로, 내게 요 부분을 요러요러한 방법으로 만져야 더 좋다고 내 손을 유도하는 거예요. 그래서 그런 즐거움을 만끽하려 하는데, 그 찰나에 아들녀석이 갑자기 방문을 열고 들어온 거예요. 거기서 깜짝 놀라 아무 일 없었다는 듯이 이러고, 이렇게 옷을 당겨 몸을 가리던 그런 꿈이었거든요."

"우리 나이만한 여자들은 다들 그런 꿈을 꿀 거야. 잠재된 욕구나 육체의 내밀한 떨림이랄까, 무의식의 작용이겠지" 하고 내가 말했다.

"떨림?"

"그래. 존재의 가벼운 떨림" 하고 말하며 나는 웃었다.

"왜?"라고 또 물으면서도 옥희는 웃지 않았다.

"불완전한 존재의 떨림."

이십 년 만에 만난 남자의 품에서 잠깐 바둥대다가는, 못내 뿌리치고 달아나던 여자의 어쩔 수 없는 거역과 그 거역에 대한 자괴의 눈물이 나로서는 다 가엾고 우스웠다. 그녀가 달아나버린 빈방에서 나는 천천히 옷을 주워 입으면서 생각했다. 사랑이라는 말이나 정이라는 말의 허허로움과, 시간이라는 말의 스산함과, 불륜이라는 말의 느낌에 관해서도 생각했고, 그 새콤한 정사 직전에 달아나버린 여자의 진정에 대해서도 생각했다. 그리고는 그녀를 찾아 스카이라운지로 올라왔다. 옥희는 먹빛 어둠 밖에 보이지 않는 창 밖의 바다를 바라보면서 눈물을 흘리고 있었던 것이다. 마주 앉으면서 나는, 식은땀이 있듯이 아마 지금 이 여자의 눈물이야말로 식은 눈물이 아닐까 생각했고, 눈물에 젖은 볼을 만져보고픈 충동마저 가졌다. 격정의 혼돈 끝에 흘러내린 식은 눈물의 온도를 알아보고 싶었는지도 모른다.

그녀가 꿈을 이야기하기 시작하고, 그 식은 말을 들어주면서도 나는 뭔가 산뜻한 설명으로 그녀의 식은 마음을 데워주어야 한다고, 달래어 유혹해야 한다고 다짐했지만 마음대로 되지 않았다. 나 자신의 식은 마음에서 흘러나오는 미지근한 문어체의 관념적 표현에 괜히 나만이 싱겁게 웃고 있었다.

"남편이 윤리 도덕이라는 억압의 상징이라면 여자는 잠재된 욕망의 상징이겠지. 남편이라는 상징을 부수어버린대도 여전히 아들이라는 사회적 책임의 상징이 버티고 있다는 걸 그 꿈이 말하는 것 같군."

"흥, 그럴까? 그럴지도 몰라. 그건 꿈이니까. 그렇지만 남자들은 몰라…… 남자들은 다들 아는 체하지만 하나도 몰라."

옥희는 그렇게 말했다. 당신은 남자이기 때문에 하나도 모른다고 내게 말했다. 그리고 그녀는 다시 우울한 삼십대 후반의 여자, 한 남자의 아내, 자녀를 가진 주부로 만족한다. 밤 깊은 피서지의 콘도미니엄 스카이라운지에서 이십 년 전의 남자를 만나서도 결국은 남편과 아이들, 그리고 꿈 이야기밖에는 할 수 없는, 이제는 그 어떠한 교활함으로도 젊음을 되찾지 못할 한 나이든 여인으로 물러앉는다. 이십 년 전, 고등학교 이학년 시절 옥희는 자신의 꿈이 스튜어디스라고 말했다. 바다와 호수가 내려다보이는 산정의 울창한 소나무 숲속에 앉아 칠월의 반달을 바라보면서 나는 그 말을 들었다. 진정이었는지는 지금도 모르겠다. 이후 그녀가 살아온 걸 보면 괜한 말이었던 것 같다.

"그럼 어쩌면 다시 만나지 못할지도 모르겠다."

여하튼 그때 나는 그렇게 말했었다.

"왜?"

"그런 직업, 스튜어디스가 된다면 말이야. 바쁠 테니까…… 한 이십 년쯤 뒤에 우리가 다시 만나볼 수 있을까?"

그 시절의 나는 스튜어디스라는 직업인은 별과 같이 먼 곳에서 반짝이며 내가 손을 뻗어 만져볼 수 없는 세계에서 날아다니는 사람들이라 여겼던 모양이다. 아니면 감쪽같이 발그레한 볼을 가진 계집아이를 유혹하여 만져보기 위해 감상을 과장했던 것인지도 모르겠다. 옥희는 예뻤고 공부도 잘했지만 유독 기타를 잘 치던 여학생이었다. 우리들의 유희에 끌려든 이유도 유별난 기타 실력 때문이었던 걸로 나는 기억한다.

"아이 추워" 하고, 이십 년 전의 여름날 밤에 옥희가 말했다.

자신의 젖가슴을 부둥켜안으며 옥희는 곁에 앉은 나의 눈을 바라보았다. 사실은 조금도 춥지 않은, 무더운 밤이었다.

그날 밤의 무더위를, 무더위보다 더 견디기 힘들던 우리들의 욕정을, 욕정이 풍겨내던 눅눅한 비린내를 이제 이야기하여야겠다. 소나무 숲속에 서서 연달아 몇 번이나 정액을 토해냈던 뜨거운 여름날의 자위를, 울고만 싶은데도 헉헉대는 신음뿐 끝끝내 눈물은 흘러나오지 않던 열기 속의 오열을, 텅 비어 있는 시가지 위로 이글거리던 지열의 흔들림을 말하여야겠다. 가을이 오기 전에 여름이 있었고, 그리고 그 여름은 얼마나 길고 무더웠던가를 잊어버리기 전에 몽땅 이야기하여야만 하겠다.

설사 누군가 불빛을 발견한다 하더라도 감히 달려오지 못할 만큼 높은 산정의 숲속에 우리는 두 채의 군용 텐트를 치고 무더운 여름밤을 지새우고 있었다. 사고나 저지르고 다니던 남학생이 넷, 우리만큼이나 놀기 좋아하던 여학생이 넷, 그러나 모두들 자신이 나쁜 아이라고 생각지는 않았다. 그러한 생각은 오랜 세월이 지난 지금도 마찬가지다. 살짝 바람든 여고생이나 그들을 꼬여 숲속으로 몰고 온 내 친구들이나, 그들은 다들 천진난만한 평화주의자가 아니었던가 나는 생각한다. 이성의 육체에 대한 탐욕 이외에도 공통으로 품고 있었던 것은 보다 근원적인 울림, 세속으로부터의 탈출, 그리고 경이에 대한 갈망 같은 것이었으니까 말이다. 그래서 우리들이 숨어들었던 그 여름 숲속의 인상은 이제까지 아무도 밟아보지 못한 우리만의 땅, 이후에도 그 누구의 방문도 받아들이지 아니한 이제는 사라져버린 우리들만의 땅이라고 나는 아직도 막연히 생각하고 있다. 돌이켜보건대 그날 밤 우리들이 숨어 있던 숲속은 신비하면서도 무시무시했고 질척하고도 어두웠다. 키 큰 나무들이 빽빽이 들어차 있던 그곳에는 우리의 욕정을 간지르는, 비할 데 없이 화려한 새들의 노랫소리가 떠돌아다니고 있었던 것이다.

116

요즘에도 어쩌다 그 시절 나만한 아이들을 만난다. 잔뜩 몸을 웅크린 채 배낭을 한쪽 어깨에 걸치고 히히덕거리며 몰려다니는 녀석들이나, 영화 포스터 앞에 서서 남자배우의 얼굴을 쳐다보며 몸을 비트는 여자아이들이나, 지하철 승강장 바닥에 발을 부비며 브레이크댄스를 추는 그런 녀석들을 만날 때마다 나는 이 짐승 같은 녀석들이야말로 참다운 평화의 조성자이자 수혜자가 아닐까 하는 생각에 빠진다. 그리고 며칠 전, 성당 담벼락에 면한 골목길을 걸어내려가다가 나는 한 계집아이를 만났다. 초등학교 삼학년이나 사학년쯤 되어 보이는 그 아이는 담벼락에 붙어 무언가 낙서를 하다가 나를 보자 얼른 얼굴을 돌리며 골목 저편으로 달아났다. 아이가 달아난 자리의 내 가슴께 담벼락에는 흰 분필로 적은 '보좌신부님은 미남이시다'라는 낙서가 또렷하게 남아 있었다. 그 낙서를 보면서 나는 슬픔이라기보다는 서러움에 가까운 감정이 되어버렸다.

"난 그런 꿈의 경험이 자주 있거든요. 그러니까…… 그럴 때마다 느끼는 건데 남자보다는 동성과의 그런…… 그런 욕망이 강하고 그럴 때 쾌감이 더 느껴져요. 그런 접촉의 쾌감이 더 강한 것 같애요."

끝난 줄로 알았던 옥희의 꿈 이야기가 다시 이어졌다. 그리고 나는 이어지는 그녀의 꿈 이야기를 들으며, 아 오늘 밤 이 여자를 차지하긴 틀렸구나, 하는 판단을 서둘러 내렸다. 꿈 이야기를 할 때면 굳이 겸양조의 어미를 사용하는 그녀의 완고함으로 보아 결코 하룻밤 만에 무너지지 않으리라는 판단, 강제해봤자 서로 아픔밖에는 남을 게 없으리라는 판단, 그러한 판단이 굳어져 가면서 나는 울어버리고만 싶은 심정이 온몸에 넘실대는 걸 느꼈다.

"아마 내가 가진 수컷에 대한 이미지, 그 무모함과 강한 힘에 대해서도 나는 충족하지 못하나 봐요."

"흐흠. 수컷. 힘센 수컷. 그럼 힘센 파트너로 바꿔보지 그래."

"아냐. 그건 아냐. 그건 아냐. 어떤 땐 커다랗고 붉은 뱀을 끌어안고 있는 그런, 뱀과 섹스를 하는 그런 꿈을 꾸기도 하는 걸 보면……."

"……."

"그건 아닌데, 그건 아닌데……."

그녀는 저 혼자 그게 아닌데, 그게 아닌데를 되풀이하며 왜 그렇게 자신의 마음을 몰라주느냐는 표정을 지었다.

"그게 아닌데, 그게 아닌데…… 힘도 파트너도 문제가 아닌데."

"그럼?"

내가 그렇게 황망히 물었던 것은 나로서도 알 수 없었기 때문이었다. 어쨌든 수컷이니 붉은 뱀이니 동성이니 하는 추상적 대상으로부터 그녀를 구출하고 싶다는 마음이었다.

"진정이야? 남자의 진정?" 하고 나는 또 물었다.

"그것도 아니고."

"정신적인 힘이야? 육체가 아니라 정신적인 힘?"

"으음, 그거…… 그게 아니고."

"그럼 남자가 당신에게 예속되기를 바라는 거야?"

"그것도 아니고."

"그럼 당신을 끌어안고 억압하고 지배하기를 바라는 거야?"

"그것도 아니고. 몰라, 지배하는 건 아니야. 첫눈에 나를 사로잡는 오싹하고 짜릿한 느낌. 그런 거 있잖아요. 눈빛으로만, 흥!"

그녀는 이십 년 동안 내가 알지 못하는 그 어떠한 숲속을 헤매이고 있었던 것이다. 이제는 모든 게 텅 빈 가을 벌판 같다는 느낌이 울고만 싶어 허덕이는 내 허전한 가슴으로 굽이치며 밀려들어왔다.

"그것만은 아니지만 어떤, 흘려버릴 수 있는 거."

여전히 애처롭게 웃으며 옥희가 덧붙였다. 나는 깨끗이 포기하기로 작정했고 성욕을 포기하자 몸도 마음도 다 나른해지며 피곤해졌다. 그러자 그녀가 얄미웁게 여겨졌다.

"모르겠다. 말이 다가 아니니까" 하고 그녀는 또 말했다.

옥희와 나는 만나서부터 지금까지 이렇게 서로의 감정을 더듬으면서 이십 년의 간극을 메우려 애쓰고 있었던 것이다.

"정말이야. 이십 년이 하루 같애. 어저께 만났던 사람 같애. 그리고 이렇게 이런 얘길 할 수 있는 사람이 이 세상에 존재하고 있었다는 게, 그게 믿어지지 않아. 참 좋아. 아주 다행이라는 생각이, 난 지금이 아주 좋아."

난 그렇지 않았지만 옥희는 우리의 만남을 위안 정도로 여기고 있었다.

"정말 모를 거야, 너는. 얼마나 위안이 되는지 너는 정말 모를 거야. 이건 무슨 남자와 여자의 관계가 아니라……."

웨이터는 옥희의 식은 커피잔에 덤으로 주는 커피를 따라주고 돌아갔다. 나는 그녀의 재미없는 이야기를, 고백도 호소도 아닌 얄궂은 칭얼거림을 들어주고 있었다. 식어빠진 커피를 마시며 괜한 꿈 이야기를 주절대고 있는 여자 곁에 대책없이 앉아 있었다. 그리고 이십 년 만의 만남 그 자체에 짜증을 내기 시작했다.

이만큼 써둔 어느 비 오는 이른 여름날 나는 한 여자의 냄새를 만나러 해변의 숲속 깊숙이 숨어 있는 여관에 갔었다. 유난히 향수를 좋아하는 여자였다. 그녀는 내가 쓰는 소설에 관심이 많았고, 나는 가끔 여자에게 소설쓰기의 어려움을 잔뜩 부풀려 토로하기도 했다. 그날도 그랬던 모양이다.

"내가 말해줄게요. 어때요, 바람을 쐬는 게. 밖으로 나가 바람을 좀 쐬고 다시 시작하든가, 호숫가에라도 나가면 기분이 달라질 거야. 당신은 소설가라지만 여자 마음을 너무나 몰라" 하고 여자가 말했다.

끔찍이 향수를 좋아하는 만큼 여자는 퇴폐적이면서도 낭만적인 허영이 있었다. 비 오는 날마다 남몰래 만나는 것도 그렇고, 밤나무 숲속에 위치한 여관도 그렇고, 침대에 누워 바라보는 밤나무 가지 끝에 매달린 바다의 색깔도 그렇다. 허영에는 지나친 불균형이 필요하다. 연상의 여자라는 사실도, 선배의 부인이라는 사실도, 비 오는 날마다 옷을 벗고 만난다는 사실도, 낮은 교성 사이로 파고드는 빗소리나 거친 성교 뒤에 밀려오는 백합향이나, 빗속으로 쓸쓸히 돌아간다는 사실도 모두 허영을 위한 불균형일 뿐이었다.

평소답지 않게 서둘러 사정하고 나서 나는 침팬지마냥 인상을 쓰며 담배를 피우고 있었다. 남은 흥분으로 여전히 붉은 볼을 한 여자는 제가 대신 내 소설을 걱정하고 있었다. 땀에 젖은 뜨거운 가슴과 배를 내 허리에 붙이면서 그녀는 내 모든 걸 누님처럼 걱정하고 달랬다. 나보다 다섯 살이나 나이를 더 먹었으므로 사실은 누님이라 할 만한 관계였다.

"그럴 기분이 아니야."

소설 속의 주인공처럼 나는 아주 맥이 빠진 상태로 대꾸했다.

"그래도 호숫가에 나가서 바람을 쐬면 좀 달라질 거야. 그리고 당신은 꼭 섹스를 해야 한다고 생각하는데 그게 나빠. 살짝 키스만 하든가, 아니면 발목을 가만히 쥐어본다든가, 그것만 해도 여자는 다 느껴요. 그게 더 자극적일 수도 있단 말이지."

나이 탓인지 여자는 분위기를 가라앉히기도 하고 북돋우기도 하는 기술이 있었다. 여자는 연상의 나이를 부담스러워하면서도, 그런 저의 기술을 즐기는 버릇이 있었다. 내 소설마저도 저가 품어 달래어줄 수 있다는 자만을 수시로 드러내 보이곤 했다.

"드라이브나 한번 하든가. 밤바닷가로."

여자는 서둘러 몸을 씻고 먼저 여관을 나갔다. 여자가 나간 다음 옷을 입으면서 탁자 곁에 서 있는 여자의 우산을 보았다. 검정 물방울 무늬가 있는 다홍색 우산이었다. 짜증 내는 연하의 정부를 달래면서 서둘러 남편에게로 돌아가느라 그녀는 정신이 없었던 모양이다. 다시 한 개비 담배를 피우고 나서 그녀가 잊고 간 우산을 알뜰히 접어 들고서 여관을 나왔다. 비는 그쳐 있었다. 돌아오는 길에 차 안에서 문득 손수건에 대한 생각이 났다. 여자의 말대로 호숫가로 나가기로 했고, 이십 년 전의 그날처럼 손수건을 깔고 그 위에 그녀를 앉히리라 작정했다. 그렇게 소설을 이어나갈 수 있다고 생각하자 기분이 좋아졌다. 바닷가 벼랑길에 차를 세우고 조수석에 던져놓았던 여자의 우산을 들어 냄새를 맡았다. 무슨 냄새인지는 알 수 없었으나 쾌감을 불러일으키는 감미로운 냄새였다. 만날 때마다 그녀는 내 몸에 진한 향수 냄새를 덜어주었기에, 이혼한 지 일 년도 안 되는 아내의 체취는 아무리 기억하려 해도 떠오르지 않게 되었다. 깊이 들이마셨던 냄새를 한숨처럼 한꺼번에 토해내고서 차에서 내렸다. 보이지는 않았지만 벼랑 아래편에는 바다가 있었고, 그곳 단애의 밑바닥에서 깨어져 흩어지는 파도 소리가 들려왔다. 나는 벼랑 끝으로 달려나가면서 절벽 아래 바다를 향해 힘껏 우산을 내던졌다. 다홍색 우산은 잠깐 날아가더니 이내 어둠 속으로 사라졌다. 바다에 떨어졌을 것이다.

"여기쯤이었을 거야."

차에서 내리면서 내가 말했다. 먼저 차에서 내린 옥희는 불빛이 어른대는 검은 호수 한가운데를 바라보면서 서 있었다. 손을 들어 무언가를 만지는 듯 허공을 쓰다듬으면서 그녀가 말했다.

"호수가 줄어들었나 봐. 여기쯤 버드나무가 한 그루 있었는데."

그러면서 나와 내 뒤쪽을 눈길로 더듬었다. 이십 년 전 내 손수건을 깔고 앉아 있던 호숫가를 그녀는 그렇게 기억하고 있었다.

"최근에 준설공사를 했거든. 더 커졌지. 호수는 예전보다 더 커지고, 물론 인공적이지만. 그러면서 그 버드나무가 없어졌나 보다."

이십 년 전의 어느 여름날 밤처럼 호숫가 풀포기 위에 손수건을 펼쳐놓으면서 내가 말했다. 손수건 위에 그녀의 몸을 앉히고서, 그리고 나는 그녀의 몸에 기대어 어두운 호수를 바라보았다. 그녀의 어깨를 껴안자 자연 그녀의 살냄새가 풍겼다.

"그날 밤 넌 우주인 신발 같은 걸 신고 있었는데."

한참 만에 내가 옥희의 어깨뼈를 만지던 손을 멈추며 말했다.

"뭐?"

"내가 그 신발끈을 묶어줬잖아. 몇 번이나."

"그래 애. 넌 별걸 다 기억하고 있구나. 그 신발을 신고 산꼭대기까지 올라갔으니까, 참."

배낭을 메고 그녀의 꽁무니에 붙어 따라가면서도 나는 그녀의 신발끈이 풀리기만 기다렸던, 그런 기억이 났던 것이다. 망사로 된 보기 드문 형태의 신발이었고 어쩐지 끈이 자주 풀리는 신발이었다. 여러 번 다시 끈을 묶어주면서 그녀의 복숭아뼈를 만져보았던 기억도 있다.

"아주 묘한 기분이다, 지금 나는."

몸을 비틀어 내 팔을 벗기면서, 그러면서 옥희는 말했다.

"어떤 기분인지 아니?"

그녀는 내 손을 끌어당겨 제 두 손바닥 안에 움켜쥐면서 말했다.

"좋아?" 하고 내가 물었다.

"뭐가?"

"기분이?"

"넌 지금 내가 왜 그러는 줄 모르지?" 하고 그녀는 웃었다.

"바보."

그녀는 입술을 내밀며 나를 빤히 바라보았다.

"말해줄까?"

옥희는 두 손으로 움켜쥐고 있던 내 손을 내게로 던졌다.

"바보. 난 지금 빨래하는 기분이란 말이야."

깜찍한 추파였다. 이런 경우를 마주칠 때마다 새삼 통감하는 것은, 여자는 남자보다 훨씬 다양하고도 풍부한 분비물을 저의 육체에 저장하고 있다는 사실이다. 여자는 사정한다기보다는 분비하는 것이다. 그리하여 쉽없이 돌변한다.

"빨래할 때 기분이야."

그건 이런 뜻이었다. 지금 그녀가 깔고 앉은 손수건 밑의 풀포기가 그녀의 음부를 치찌르며 자극하고 있다는 표현이었다. 그래서 그건 마치 쪼그리고 앉아 빨래를 주무를 때 발뒤꿈치에 부딪치는 느낌과 같다는 것이다. 돌연 이러한 말을 하다니, 하고 나는 내심 놀라면서도 우울해졌다. 희롱당한다는 기분이 몰고 온 우울이었다. 여자는 참으로 남자와 너무나도 다르구나, 하는 생각을 속으로 곱씹었다.

"어때?" 하고 옥희가 내게 물었다.

"뭐가?"

정말 나는 아무렇지도 않았다. 그러한 말 한마디로 허탈에 잠긴 남자의 기분을 일거에 되돌려놓을 수 있다고 생각했다면, 그거야말로 여자의 착각이다. 여자가 교활하다면 남자는 그만큼 아둔한 것이다. 나는 흥분과 침착, 우울과 유쾌의 감정 사이를 그렇게 손쉽게 오갈 수 있는 사람이 아니었다.

"너두 늙었나 봐. 무드가 없다, 애. 옛날 같지 않아."

"그렇겠지……"

오늘 이 해변의 콘도미니엄에서 이십 년 만에 다시 만난 사람은 우리 둘만이 아니었다. 말하자면 단체로 마련한 밀회인 셈인데, 그러므로 이제 이 글에서 밝히는 이름은 당연히 가명이라고 이해하여야 한다. 화투를 칠 줄 모르는 우리 두 사람을 뺀 나머지 세 쌍은 지금도 화투판에 머리를 박고 있을 것이다. 앞장서서 이 자리를 주선한 세기와 윤미말고도 피아노학원 원장인 돈우와 전자공학과 교수인 세완, 그리고 주부인 영희, 독신으로 지내며 철판구이 음식점을 운영하고 있는 정옥, 이들은 다 이전에 우리와 함께 칠월의 숲속에서 밤을 지새웠던 바람난 아이들이었다. 영화배우가 되겠다던 세기는 지금 폐차장 사장님이 되어 있으며 아들 하나를 둔 학부형이다. 그와 근간에도 지속적으로 연애를 계속하고 있는 윤미는 이혼 위자료를 밑천으로 시내에서 레스토랑을 운영하고 있다. 그녀는 이전부터 장래의 꿈이 카페 주인이었던 만큼 가장 확실하게 저의 꿈을 이룩한 사람이다.

　그들이 벌인 화투판 뒷전에 물러나 있던 이혼한 삼류 소설가와 서울에서 월급쟁이 남편과 살고 있는 주부는 다른 방으로 자리를 옮겼다. 고향에 있는 대학교 국문과를 졸업하자마자 일찍 결혼해버린 옥희는 벌써 중학생짜리 아들이 있었다. 그 아들이 야구부 사번타자라는 자랑을 몇번째 되뇌이고, 얼굴을 찡그리며 딱 반 잔의 맥주를 마시고, 그리고는 젖가슴 사이의 블라우스 자락을 집어 펄럭이면서 그녀는 땀을 식히는 척했다. 입술을 오므려 젖가슴 사이로 자꾸 찬바람을 불어넣었지만 기실 냉방된 방은 그다지 덥지는 않았다.

　"넌 뭔가 그런…… 예술가가 될 것 같은 인상이었다. 그래, 루이제 린저의 소설도 너 때문에 읽었었지. 그 책 생각나?"

　"응."

　"그 책에 적어준 말도?"

　"그래? 그건 모르지."

　담배를 눌러 끄고 그녀 곁에 다가앉아 어깨와 가슴을 만질 때까지만 해도 옥희는 가만히 있었다. 그러다가 왜 돌변한 것일까. 컴퓨터 공부를 시작했다는 남편에 관해 이야기를 늘어놓을 때 나는 웃옷을 벗어 텔레비전 수상기 위에 걸쳐두고 욕실에 가서 오줌을 눴다. 그녀의 이야기를 들어주느라 나는 소리나지 않게 변기 가장자리에 빗대어 오줌을 누고, 그리고 돌아와 다시 한 잔의 맥주를 마셨다. 옥희는 여전히 열심히 이야기하고 있었다.

　"성적이 좋거든. 가을쯤엔 승진하게 될 거야."

　허리를 잡아 일으켜 세운 다음 목을 당겨 입술을 맞추자 옥희는 한 번 신음하더니, 입술을 비키면서 대신 온몸을 통째로 내 품에 기대었다. 뜨겁고 무거운 몸이었다. 출렁대는 커다란 젖가슴이 고스란히 느껴졌고, 그리고 언뜻 새치 몇 올이 눈에 띄었다. 그때 한 발 더 나아가야 했는데, 이 여자를 침대에까지 안고 가려면 너무 무겁겠구나 하는 배부른 걱정을 나는 너무 오래 하고 있었다. 살이 찌고 주름이 일기 시작한 그녀의 목에 혀를 댄 채 너무 오래 있었던 것이다. 내 품에 안겨서 숨을 몰아쉬고 있던 그녀가 돌연 몸을 떨치고 물러나 돌아서버리고 말았다.

　"그 어떤 대상에 있어서도, 상대방의 가벼움으로 인해서 상처받고 싶지 않다는 거. 감정의 가벼움에 동의가 안 되니까."

　어두운 호수를 바라보면서 옥희는 이제 그렇게, 내 가슴을 밀치고 돌아설 수밖에 없었던 좀전의 제 심정을 이야기했다.

　"그러한 의식만이 관계를 지배하는 건 아냐."

　나는 내 욕정이 비단 가벼움만이 아니라는 걸 말하려 했다. 그러나 말이 잘 되지 않았던 이유는 거짓말이었기 때문이다. 나의 모든 것은 오직 가벼움뿐이었다. 천연덕스러운 거짓말도, 서러움으로 가득 찬 가슴도, 물론 가벼움의 일부분이었다. 그걸 다 알고 있을 만한 이 여자의 그럴듯한 교언도 어쩌면 가벼움 때문일 것이다.

　"난 그런 의식이 더 많은 걸 지배해. 나 자신도 가벼워졌으면 하고 바라지만 그게 잘 안 돼. 고정관념과 소원이 서로 톱니가 안 맞아."

"그럼 어쩌나. 자신 앞에 닥친 운명이나 세상살이를 좀더 냉소적으로, 가볍게 바라볼 수 없나?"

우리는 함께 앞을 바라보고 있었다. 호수의 맞은편 나이트클럽과 상가의 불빛은 밤늦은 시각임에도 여전히 휘황찬란했다. 불빛은 호수의 검은 수면 위에서 꽃가지처럼 흔들렸다. 물론 이십 년 전에는 이렇지 않았다. 귀기울여 들으면 호숫가에 앉아 소곤대는 목소리가 호수의 수면을 타고 멀리 대안에까지 가만가만 들릴 정도였다.

"나는 냉소보다는 따뜻함이 필요해요. 지금은."

옥희는 집요했다. 마치 자신의 정체를 규명하기 위하여 나와 다투는 것 같았다. 필요 이상으로 저의 상태를 과장하여 설명하려 애썼다.

"냉소적인 시선이나 가벼움이 더 건강하다는 증거일 수도 있어."

"나는 안 그래. 냉소적인 게 따뜻함일 수 없어."

"그게 산다는 건데."

"당신처럼 갈등 없이 그럴 수만 있다면 오죽 좋겠어. 남자들처럼. 난 그게 힘들단 말예요, 그게. 난 아직 환상주의자고 꿈을 꾸고, 속물이고, 꿈속에서는 그게 가능한데, 무의식의 세계에서는 가능한데. 그래서 나 혼자 막 이러는 거예요. 당신한테도 투정을 부리고, 넋두리를 하고, 아이들처럼 칭얼대고."

"괜찮아. 나는 괜찮아."

"뭐가?"

　"칭얼대는 거. 꿈을 이야기하는 거. 그게 다 유혹으로 들려서 기분이 좋아. 여물지 않은 유혹이지만."

　"그렇다 하더라도, 유혹이라 하더라도 치열한 뭔가가 없이는 안 된다는 거지. 지금 내 의식 상태로는. 남자는 그게 가능하겠지만. 그러나 여자는 안타까움이 없이는 안 돼. 떨림이 안 와. 경직되고 말아. 그런데…… 넌 내가 좋아? 좋아서 그러는 거야?"

　"그럼."

　"지금? 지금 그런 감정이 있단 말이야?"

　"그럼."

　"이십 년 전 이야기가 아니고, 지금도?"

　"그럼."

　"아, 그래요. 좋아. 나도 아주 좋아. 난 그런 줄은 몰랐지."

　"……"

　"그런데 그런 감정은 얼마나 강렬한 건데? 나에 대한 이미지는 어떤, 무엇인가요?"

　"남자는 여자보다 사실은 더 유약하단 말이야."

　"아아, 여자의 입술이나 가슴이나 따뜻한 체온 같은 거 때문에?"

　"아니, 아니. 믿음 같은 거."

　"믿음?"

　"이러한 존재도 있구나 하는 안도감……"

　"그건 따뜻함? 대상은 없는데도 자신만이 느끼는 그런 막연한 따뜻함?"

"아니. 너에 대한 이미지가 그렇다는 거지."

"그래요? 내가 따뜻해?"

그녀는 갑자기 커다랗게 소리를 질렀다. 소리를 질러야 할 상황이 아니었는데도 옥희는 그랬다. 당황한 내가 변명하듯이 말했다.

"내가 널 그렇게 생각한다는 거지."

난 허둥대고 있었다. 내가 생각해도 앞뒤가 어긋나는 말을 함부로 지껄이고 있었다. 그리고 영악한 체하긴 하지만 여자 쪽도 마찬가지일 거라고 자위했다. 아마 옥희도 제가 하는 말이 무슨 뜻인 줄도 모르고 내면의 갈등을 그렇게 거친 숨으로 내뿜고 있을 뿐이라고 나는 생각하였다.

"그러니까 그게 문제라는 거야."

"뭐가?" 하고 이번에는 내가 커다랗게 소리질렀다. "뭐가 문제야?"

"그거. 쉽게 생각해주는 거."

"참! 여자란 참!"

후유—, 하고 나는 길게 한숨을 내쉬었다. 담배를 꺼내물고 불을 붙였다. 담배연기를 한 모금 빨아들이자 한편으로는 실없다는 생각도 들었고 한편으로는 유쾌한 기분도 들었다.

"미안해, 미안해……" 하고 옥희는 연달아 미안하다는 말만 계속하며, 내 겨드랑이에 손을 끼어서 내 몸을 당기더니 머리를 내 어깨에 기댔다.

"너무나 힘들고 사실 눈엔 눈물이 흐르지 않지만…… 눈물은 눈으로만 흘러나오는 게 아니고 콧속으로도 흘러내리는 거 있지. 그래서 눈물도 흘리지 않고 혼자 우는 거야. 그런데 넌 언제까지 여기 있을 거야. 서울에는 언제 올라오지?"

"……몰라."

여자의 충고대로 옥희의 발목을 잡아보았다. 옥희는 가만히 있었다. 생애 처음으로 성적인 충동을 가지고 사람의 발목을 잡았고, 복숭아뼈를 만져보았다. 별다른 반응이 없는 걸로 보아 옥희는 복숭아뼈가 성감대가 아닌가 보았다. 그렇지 않다면 그녀는 이미 노출된 신체부위를 통해서는 성감을 가지지 못하는, 미세한 성감은 이미 퇴화해버린 여자라는 증거인지도 모른다. 복숭아뼈를 단지 신체를 이루는 관절의 하나로만 여기는지도 모른다. 그리하여 언젠가는 모든 감각기관이 다 생존만을 위한 신체의 일부분이라고 여기게 될 날을 맞이할지도 모른다고 나는 옥희의 발목을 잡고서 생각했다.

언젠가 텔레비전을 통해 중국의 한 무덤에서 발견되었다는 여인의 미라를 본 적이 있다. 보관 상태가 양호한 그녀는 육백 년이 지났건만 피부의 탄력이 느껴질 정도였다. 의사는 그녀의 직접 사인을 심장마비라 밝혀냈고, 심장마비를 불러일으킨 고질병은 심각한 위궤양이었다고 증명했다. 아울러 오십대 초반인 그녀의 신분은 귀족이었으며, 당시 중국 귀족사회의 식생활을 대입하여 그녀의 심각한 위궤양은 바로 그 식생활에 근거한다는 결론을 내리고 있었다. 그러나 아무도 그녀의 육신에 충만해 있던 욕정에 관해서는 말하지 못했다. 설사 그녀의 두 다리를 벌리고서 음순의 형태를 세밀히 관찰했다손 치더라도 그녀가 자신의 온몸에 담고 있었던 농밀한 떨림의 강도에 대해서는 누구도 짐작지 못할 것이다. 목숨과 함께 육신에서 이탈해버린 욕정의 모양을 관찰할 수 있다면, 참으로 그 광경은 비극적이라 하지 않을 수 없다.

옥희의 복숭아뼈를 만지면서 나는 줄곧 그런 생각을 했다. 이렇게 순식간에 모든 것이 퇴화하여, 식고, 마르고, 오그라들어 결국에는 남루한 노구만이 남는다면, 수수만년에 걸쳐 갖가지 성체위를 개발했던 인간의 노고란 얼마나 허망한가를 생각했다.

누군가 다른 사람도 나와 같은 생각을 가지고 있는지는 몰라도, 나는 인간의 성을 단순한 육체관계라 단정치 않는다. 그것은 육체적 결합이자 정신적 결합이라는 게 내 생각이다. 우리의 정신이란 두뇌라는 신체의 일부분에서 생성하는 그런 단순한 것이 아니라, 눈과 코, 혀와 내장, 살갗을 이루고 있는 모든 세포가 다들 저마다 지닌 독자적 욕구를 두뇌라는 기관을 통해 수집하고 분별하여 배출하는 무형의 분비물이라는 것이다. 그러므로 정신이란 결국 신체의 모든 기관과 그 기관을 이루는 말단세포의 지각으로부터 비롯된 것이며, 따라서 정신과 신체는 분별하여 나눌 수 없는 하나인 셈이다.

우리는 누구나 사랑을 하며, 많은 사람들은 사랑을 단지 정신작용이라 믿는다. 남자와 여자, 여자와 남자라는 인간 이성간의 사랑에 있어서도 마찬가지다. 그러나 사람들이 생각하는 대로 사랑이 정신적 교류일 수만은 없다. 물론 인간은 다른 동물과는 달리 상상을 통하여 정신을 운용하기도 하지만, 그 상상이라는 것도 사실은 본능이나 경험을 통한 신체적 움직임에 불과하다. 신이 인간에게 베푼 모든 아름다움은 당연히 인간의 신체를 매개로 하고 있다. 사랑이라는 아름다움도, 성이라는 아름다움도 마찬가지다. 사랑의 뿌리가 성은 아닐지라도, 그러나 사랑은 그 주체인 인간 개체간의 유대를 강화하기 위하여 부차적으로 성을 사용한다. 개체의 불연속성과 소외, 고독을 연속성과 합일성으로 변화시키며 개체간의 유대를 이끌어내고자 하는 사랑이라는 인간의 행위는 비록 상상이나 제삼의 매개를 통해서라도 성이라는 육체적 결합을 거치지 아니할 수 없다는 사실이다.

자, 이제 나는 그 무덥던 여름밤의 사랑에 대해서도, 눅눅하던 숲속의 밀회에 대해서도 부끄러워하지 않겠다. 생각날 때마다 눈을 질끈 감아버리던 버릇을 떨쳐버릴 수도 있고, 그 모든 장면장면을 비록 남들 앞에 내보이지는 못하더라도 최소한 기억에서 지워버리고 싶다는 속된 감정을 걷어차버릴 수 있다.

옥희와 내가 짝이 된 건 순전히 우연이었다. 나머지 세 친구는 어떡하든 여자의 몸을 차지하려 하였고, 감기 기운이 있던 나는 그러지 않아도 된다고 일찍 포기해버렸기 때문에 여자애들을 통솔하던 윤미가 내게 옥희를 짝지어주었던 것이다. 옥희를 내 짝으로 지명하며 윤미가 내게 다짐했었다.

"걘 아다라시다. 너 알지? 걘 그냥 보내줘야 돼 응?"

"알았어. 알아, 알아."

나를 대신하여 세기가 윤미에게 고개를 끄덕여 보이며 동시에 내 어깨를 투덕였다.

"알아…… 빼줄게. 할 건 하고 말 건 말아야지."

세기는 윤미와 내가 함께 들으라고 그렇게 말했고, 정작 내 의사는 듣지도 않고서 다짐이 되었다는 듯이 거래를 끝냈다. 돌아서던 윤미가 주먹을 들어 보이며 하던 말은 지금도 잊혀지지 않는다.

"얘, 너 개 오빠 알지? 잘못하면 죽어."

옥희에게 기타를 가르쳐준 그 오빠 되는 이는 지금 고향에서 시의원을 하고 있다. 그 선배는 지금이나 그때나 주먹과 머리를 다 잘 쓰는 한량 타입의 건달인 셈이다. 그건 그렇고, 당시 나는 오빠가 무서워 여자를 포기할 정도는 아니었다. 감기에 걸렸고, 어쩐지 그 아이가 좋았고, 그리고 친구와 약속을 했기 때문에 나는 의리를 지키려 했다. 밤늦도록 어울려 놀던 자리가 파하고 다들 짝지어 숲속으로 숨어들어버린 뒤에도, 혼자 웅크리고 앉아 담배를 피우던 나는 먼저 텐트 안에 들어간 옥희를 내가 지켜주고 있다는 생각에 아무런 의심도 가지지 않았다. 본 사람이 없으므로 믿어달랄 수는 없지만, 진실로 먼저 유혹한 쪽은 오히려 그녀였다. 그걸 유혹이라 말할 수 있을지는 모르지만, 어쨌든 텐트에서 기어나온 그녀가 내 가까이 다가와 앉으며 내게 말을 걸었으니까 말이다.

"뭘 좀 물어봐도 될까, 요?" 하고 그녀는 경어를 썼다.

웃으면서, 너까짓 동급생 정도는 어린아이로밖에는 보이질 않는다고 그런 당돌한 눈빛으로 그녀가 내게 말했다. 하늘에는 별과 그리고 반달이 또렷한 모습으로 박혀 있던 밤이었다.

"뭘?"

나는 어쨌는가 하면, 목을 빳빳이 세우고 눈길을 비스듬히 내리깔며 조소와도 같은 웃음으로 남학생을 대하는 이런 도도한 여학생도 막상 무너지면 걷잡을 수 없이 맹탕이 되어버리고 만다는 사실쯤이야 이미 경험으로 다 알고 있는 아이였었다.

"넌 착한 것 같더라. 다른 애들보담은."

"감기에 걸렸잖아."

"그것말고도."

"그럼 뭐가?"

"얌전한 것 같애."

"웃기지 마."

삼류 소설가가 된 내 현실에 비추어 그날 밤 옥희가 내게 물었던 것이 무엇이었던가는 말하지 않는 게 좋겠다. 아니라고 버텨도 눈을 질끈 감게 하는 기억은 여전히 남아 있다. 그런 부끄러운 기억이지만 옥희로서는 내 답변이 흥미 있었던 모양이다. 조금씩 호감을 보이면서 오래도록 이야기를 나누었다. 나는 그 며칠 전 앙드레 모로아의 글을 읽었는데, 지금에야 기억할 재주가 없지만 우정에 관한 어떤 단상을 외우고 있었던 모양이다. 내가 분위기를 잡고 그걸 이야기하자 옥희는 아주 감상적인 얼굴이 되었다. 아마 그 단상은 우정이라는 당의 속에 허무라는 내용물을 담고 있었던 듯하다. 그 허무가 무더운 숲속의 기운과 어울려 그녀의 낭만을 자극하였을 것이다.

“이슬이 내릴 텐데” 하고 내가 하늘을 쳐다보며 말했다.

옥희도 쪼그리고 앉았던 몸을 일으키며 역시 하늘을 쳐다보았다. 고개를 쳐든 채 그녀가 말했다.

“잊혀지고 싶지 않다는 생각이 들어.”

“그것도 다 이기심일 뿐이야.”

나는 엉터리 현학을 과시했다. 그런 유치함이 대단한 효과를 발휘했다. 왠가 하면 우리는 논리보다는 생리로 모든 걸 받아들이는 나이였기 때문이다.

“그래도 그러고 싶어. 아마 오늘 밤의 기억은 없었다고 툭 털고 돌아가기에는 어쩐지…… 그래.”

그로부터 이십 년이 지난 오늘에 이르러 보면 옥희의 말은 적중했다. 그녀는 절대 그날 밤을 툭 털고 달아날 수 없게 되었다. 옥희가 먼저 텐트 속으로 들어간 다음 한순간 나는 어느 쪽 텐트로 들어가야 하나 잠깐 망설였다. 이런 걸 운명이라고 한다면 정녕 운명은 찰나에 달려 있다고 하겠다. 내가 둘 가운데 하나를 택한 건 실로 찰나였다. 그리고 그 찰나는 많은 걸 포함하고 있었다.

옥희의 작은 어깨를 내리누르며 가슴 위로 내 몸을 포개자 둥글고 풍부하면서도 단단한 젖가슴이 느껴졌다. 그녀는 저항도 호응도 하지 않았지만, 나는 벌리지 않은 그녀의 입술에 대고 나로서는 읍(泣)이라도 하는 심정으로 정성들여 입맞춤을 했다. 그러면서 손을 뻗어 사타구니를 만져보니 이미 흥건히 젖어 줄줄 흘러넘치고 있었다. 매끄럽고 뜨겁고 통통한 성기였다. 옥희도 나와 같이 부르르 몸을 떨었다.

그리고 이십 년의 세월이 흐른 것이다.

"그래도 넌 그건 남아 있구나" 하고 옥희가 말했다.

"뭘?"

그녀의 발목에서 손을 떼면서 내가 물었다.

"다른 애들하고는 달라. 응? 소설가는 왜 화투 치면 안 되니?"

"칠 줄 몰라. 재미도 없고."

"그런 게 달라. 예전에는 여자라면 몸살을 앓던 애가 교수가 돼서는 여자보담은 화투에나 매달리는데, 그런데 너는 여전히 그래."

"뭐가?"

"여전해. 원시적이야, 너는. 그래서 그나마 예전의 모습이 조금은 남아 있구나 하는 생각이 든다, 애."

"느껴져?"

"그럼, 얘는 내가 뭐 석년 줄 아니."

하하하하, 하고 나는 웃었다. 옥희가 실없이 웃어대는 나를 어떻게 보았는지 그건 모르겠다.

"혼자 사는 재미가 어때?"

"웃기지 마."

"웃겨? 내가? 너야말로 웃기지 마."

"그저 그래."

"혼자 사니까 좋아?"

"흥!" 하고 나는 코방귀를 뀌었다. "웃기지 마."

"재혼은 안 할 작정이니?"

"웃기지 마."

"내가 어디 알아볼까?"

"넌 참! 내가 무슨…… 아내가 싫어서 헤어진 줄 아니?"

"그럼?"

"난 말이야. 독신주의자도, 독신주의자가 아니지만 혼자 사는 사람도, 한 번쯤 결혼하는 사람도, 어쩌지 못해 그냥 사는 사람이나 어쩌지 못해 이혼하는 사람이나 다 이해해. 하지만 재혼하는 사람은 아직 이해를 못 해. 난 재혼하려고 이혼한 게 아냐. 결혼이라는 게 불편해서야. 짝을 지어 살아야 한다는 게 웃기지 않아? 징그럽지 않아? 다 큰 사람들이 뭐가 무서워 짝을 지어서는 서로 웃기고, 괴롭히고, 감시하고, 상처받고, 그러고 껴안고 위로하며 살아야 하는지. 그거 참 알 수 없는 일이야."

"너도 그랬잖아."

"그러니까 말이지."

옥희는 저의 가슴녘을 더듬던 내 손을 손끝으로 집어 벌레를 버리듯 내던졌다. 그러면서 내게 쏘아붙였다.

"마나님한테나 잘해주지 그러니."

미친년, 하고 나는 속으로 웃었다. 기분이 좋아졌다. 악의 없는 욕설도, 옥희의 반응도, 감정 없는 나의 손길도 모두 가벼운 바람결 같은 것이었다. 아주 편안한 마음으로 나는 호수의 밤 풍경을 바라보고 있었다.

"늘 돌아갈 수 있는 사람이 있다는 것도 좋은 거야. 아버지처

럼 기다려주는 남자가 있다는 게 좋아. 나를 위해 숲속에 텐트를
칠 수 있는 남자. 그런 남자.”

말을 하면서 옥희는 내 눈을 바라보았다. 호수면에 반사한 헤
드라이트 불빛에 언뜻 옥희의 발목이 드러났다. 발등에 도드라
진 파란 핏줄이 보였다.

“잊혀지지 않고 싶어. 오래도록 잊혀지고 싶지 않다는 그런 심
정이 들어.”

“야. 웃기지 마. 몇 살 먹지도 않은 게 자학하지 마.”

“이런 이야기를 할 수 있다는 것만 해도 어디니. 정말이야. 이
럴 수 있다는 게 얼마나 좋은지 넌 모를 거야. 남자들은 그걸 몰
라.”

옥희는 편안함 이외에는 아무것도 주려 하지 않았지만, 손수건
위에서 일어나기 전 소름이 돋은 팔뚝을 쓰다듬으면서 내게 말
했다.

“내가 키스해줄까?”

그러고서는 두 팔을 뻗어 내 목에 매달렸다. 입술을 열고 혀를
내밀어 내 이빨을 더듬으면서 오래도록 아주 뜨거운 입맞춤을
정성스레 해주었다. 나는 마치 지난 이십 년이라는 세월을 부둥
켜안듯이 그녀의 무겁고 비대한 엉덩이를 두 손으로 들어올린
채 흐느끼고만 싶은 심정으로 조금 떨고 있었다.

“좋아?” 하고 입술을 떼며 그녀가 물었다.

“그래.”

“그럼 그만 돌아가자. 비가 올 것 같아.”

호숫가에서 일어난 우리는 해변도로를 따라 드라이브를 했다. 눅눅하고 차가운 바람이 불고 있었다. 늦은 시각까지 밤바다를 즐기려는 피서객들이 반라의 몸으로 뛰어다니는, 길 양쪽에 늘어선 승용차로 한껏 좁아진 아스팔트 길을 따라 천천히 차를 몰았다. 연상의 여자가 내게 일러준 대로 밤바닷가의 드라이브는 효과적이었다. 몸도 마음도 신선해지는 느낌이었다. 옥희는 운전석에 앉은 내 어깨를 줄곧 만지고 있었다.

"비가 오려나 봐."

드라이브를 마치고 콘도미니엄에 도착할 때쯤 우리는 바람에 섞인 비의 냄새를 맡았고, 거칠어진 파도 소리를 들었다. 하늘에는 달과 별이 다 사라지고 어둠만이 원근도 없이 펼쳐져 있었다.

다음날 아침 늦게 잠에서 깨어났을 때 창 밖에는 물먹은 대기가 낮에 드리워져 있었고 부슬비가 내리고 있었다. 밤을 새운 투전꾼들은 점심때가 되어서야 아침밥을 먹고, 그리고는 횟집 구석방에 모여 소주를 마셨다.

"여기까지 머리카락이 있었다는 표시인가 보다."

이 사람 저 사람을 꼬집으며 농담을 하던 영희가 훤히 대머리가 벗겨진 피아노학원 원장의 머리를 가리키며 말했다. 그 말에 여자들은 모두 깔깔거리고 웃어댔다. 영희의 지적대로 대머리가 벗겨진 돈우의 앞머리에는 몇 올의 머리카락이 예전에는 여기까지 머리카락이 번성했었다는 표시처럼 남아 있었다. 그래서 털 이야기가 비롯된 것이다.

"너 혼자 나이먹은 것 같털."

아직 노처녀인 정옥이 장난을 시작했다. 정옥은 분방하게 연애
하는 대신 결혼을 단념하고 지금은 시 외곽에서 철판구이 음식
점을 운영하고 있다.

"웃긴털."

"머리털이 적털."

"잠이 오나 보지털. 더 자지털" 하고 정옥은 하품하고 있는 세
기를 가리키며 말했다.

"좋털."

정옥의 농담을 받은 건 대머리 까진 피아노학원 원장인 돈우
였다. 돈우는 대학에 가지 못했지만 음대 출신 아내와 결혼해 아
내가 운영하는 피아노학원의 합승버스를 운행하고 있다.

"나도 좋털?"

방바닥을 때리며 웃어대던 영희가 되받았다. 영희 남편은 인근
도시에서 부동산업을 하는데 사기꾼에 대단한 바람둥이라는 소
문이었다.

"니도 좋털?"

"왜 여자는 대머리가 없고 남자만 대머리가 까진털?"

"대머리라 하지 마털."

"그럼 뭐라 할털."

"전반두부모발이탈증…… 털."

"좋털."

"여자는 대신 다른 털이 없털."

교수인 세완이 말했다. 여자들은 배를 잡고 웃어댔지만 남자들

은 천천히 소주를 마시며 그들의 말놀이를 들어주고 있었다.

"다른털? 무슨털?"

"그털."

"아래털."

"열털."

"나도 웃겨보지털" 하고 누군가 훈수를 들었다.

"무모증은 여자에게만 있털. 남자는 무모증이 없털. 그건 몽고족 여자들에게만 나타나는 증상이거든. 다른 종족에게는 무모증이라는 게 전혀 없지. 몽고인종 여성은 대개 십삼분의 일 정도가 없털. 무모증이라는 거야. 그러니까 없더라도 부끄러워하거나 두려워할 필요가 없털. 증상일 뿐이지 병은 아니니까 말이야."

"곧 거기 바르는 발모제도 개발될 거야. 털이 죽순처럼 자라는 발모제가."

원장선생님이 자신의 대머리를 쓰다듬으며 말했다.

"기다려보지털."

이십 년 만에 떼를 지어 만났건만 이제는 욕정이나 열정보다는 농담이 우선하는 그런 사이가 되어 있었다. 성교보다는 도박에나 탐닉하고, 넓어지는 대머리보다는 금전적 수입과 지출에 골몰하는 한심한 나이가 되어버린 것이다. 성교를 위해 상대방의 손을 이끌 염치가 차마 없어, 기껏 밤을 새워 화투나 치고, 늦게 일어나 아침밥을 먹고, 생선회에 소주를 마시며 음담패설이나 나누고, 음담패설 사이사이에도 천연덕스럽게 신상을 이야기하며 걱정과 염려를 주고받는 그렇고 그런 사이가 되어 있었다.

"죽이더라고. 한 열흘 됐나. 일요일이었거든. 밤낚시를 마치고 아침 일찍 해장국집에서 소주를 한잔하는데 말이야. 동냥을 하러 들어온 거야. 야, 참 이쁜 얼굴인데. 행색이야 거지꼴이지만 동전을 집어주면서 이렇게 보니까, 젖도 아직 탱탱해. 살결도 뽀오얀 게 죽여요, 죽여!"

세기는 며칠 전 해장국집에서 만났던 미친 여자의 몸과 그녀에게서 느낀 도착적인 성욕에 관하여 이야기하고 있었다.

"그때 왜건형 지프차를 가지고 갔었거든. 몇 번 뒤따라갈까 하고 망설였는데 조 사장 때문에 말이야, 조 사장만 아니었으면 쫓아갔을 텐데."

"그 철물점 하는 조 사장?"

"그래. 그 양반하고 같이 갔었거든. 에이, 그냥 놓치고 말았지."

"몇 살이나 먹었는데?"

"우리 나이쯤 됐지."

"그래? 미칠 나이도 됐구만 뭐."

"그렇지. 조 사장말고 너만 같았어도 그냥 지프차로 따라붙는 건데."

"야, 아깝다."

"어이구, 이 짐승들. 남자란 놈들은 그냥, 그냥, 똥이고 된장이고 가리질 않아요. 아주 이제는 비렁뱅이 미친년까지 밝히는구만."

"야, 한번 하는 데 미치고 안 미치고가 무슨 상관이야. 응? 하는 데는 미추의 개념이 없어요. 성의 천국에는 미추의 개념이 없단 말이야. 개울물에 깨끗이 씻어서 한번 따먹으면 그만인데 뭘 그래."

"씻기는 왜 씻어. 씻으면 무슨 맛으로 빨어."

"개자식들……"

"다음주에는 나 혼자 다시 한번 가봐야지."

"야, 임마! 같이 가자. 나도 갈게."

"야, 그 조 사장이라는 친구 부도 났지?"

영화배우가 되겠다던 세기가 폐차장 사장이 된 건 순전히 그의 호색 때문이다. 남들이 한창 예비고사를 준비할 때 그는 사면발이에 걸려 수험공부를 망쳐버리고 지방대학의 체육교육과를 다니다 말다 한 것이다. 자취방으로 찾아갔더니 녀석은 팬티를 벗고서 사면발이에 걸린 환부를 내게 보여주었다. 음모를 몽땅 밀어버린 불두덩에 초라한 살덩이 하나가 매달린 보잘것없는 부위였다. 그 민둥성이 불두덩에 살충제를 뿌리자 모공마다 하얗고 작은 벌레가 반짝이며 기어나왔다. 그래서 당시 그의 별명은 사면발이였다. 그 뒤로도 그는 자주 성병을 치러냈고, 성기에 해바라기 수술을 받아, 친구들의 표현에 의한다면 그야말로 좆을 좆같이 만들어 다방아가씨들에게 용돈을 얻어쓰며 방위병 생활을 마친 것도 그런 병력이 이유였다.

물론 그 시절에는 내게도 세기 못지않은 호색의 성품이 있었다. 거기에 대한 지난 이야기 한 토막을 이 기회에 털어놓아야겠다. 아직 누구에게도 말하지 않았던, 어쩌면 내가 소설가라는 직업을 가지지 않았던들 영원히 혼자만이 간직했을 이야기를 이 자리에서 고백하여야겠다. 소설을 빙자하여, 고등학교 이학년 여름방학이 끝나가던 어느 무덥던 여름날 밤의 소나기에 대하여 이야기하여야겠다.

내가 고등학교를 다니던 도시에는 시가지 한쪽에 커다란 하천이 있었고, 그 하천에는 길고 폭이 넓은 콘크리트 다리가 놓여 있었다. 친구집에서 놀다가 하숙집으로 돌아오던 밤길에 나는 그 다리 아래에서 결코 잊지 못할 화려한 사랑을 경험했었다. 다리가 끝나는 방죽의 중턱 풀밭에서, 교량의 상판이 만든 그림자를 등에 지고서 나는 내 또래의 미친 비렁뱅이 계집애와 땀을 뻘뻘 흘리며 성교를 나누었던 것이다. 늦게까지 끌던 무더위가 내내 기승을 부리던 여름날의 늦은 밤이었다. 저녁 나절에 그친 소나기 때문인지 방죽에는 사람의 모습이 보이지 않았다. 발 아래에서는 소나기로 불어난 거친 물줄기가 어둠 속에서 출렁거리며 흘러가고 있었다. 바람도 없이 눅고 찌는 더위로 숨이 막힐 지경이었지만, 비렁뱅이 계집애는 얌전하게 누워만 있었다. 미친 여자들이 다 그런지는 몰라도 그날 밤 그녀는 믿어지지 않을 만큼 순종적이었고, 그러한 무방비의 순종 속에 저만의 무한한 교태를 침묵과 함께 숨기고 있는 듯했다. 다리의 상판이 그어놓은 부채꼴의 그림자 안에 몸을 누인 채 그녀는 숨도 쉬지 않고 가만히 누워 있었다. 후텁지근한 공기 때문이었는지, 웃자란 풀잎의 비린내 때문이었는지, 멀리 수면 위에서 일렁이던 불빛 때문이었는지, 그것은 지금도 짐작하지 못한다. 이것도 저것도 아니라면, 그렇다면 내가 사주기로 한 밀가루부침 때문이었는지도 모르겠다.

그녀는 밤도 깊어 인적이 끊긴 시가지 쪽 방죽의 돌계단에 앉아 있었다. 시장통으로 내려가는 돌계단에 쪼그리고 앉아 어두운 저편의 골목을 내려다보고 있던 미친 여자애를 나는 나를 따라오면 밀가루부침을 사준다는 언약으로 유혹하여 다리 아래까지 끌고 갔던 것이다. 순순히 끌려와 내게 모든 것을 맡긴 채 젖가슴과 배를 고스란히 드러낸 무방비의 그녀에게 나는 진실로 내 모든 것을 다 주리라 다짐하면서 연달아 두 번이나 사정하고서, 그리고 나서도 그녀의 몸 위에 엎드린 채 멀리 천변의 주택가에서 새어나온 불빛이 물결 위에서 넘실대는 모양을 바라보고 있었다. 몇 대의 자동차가 연이어 다리를 지나는 소리가 다리 위에서 들려왔다. 그럴 때에도 그녀는 눈을 뜨지 않고서 단지 몸을 조금 뒤척였을 뿐이다. 어쩌면 내가 약속한 밀가루부침의 맛을 상상하며 그 고소한 냄새에 심취해 있었는지도 모른다. 그날 이후로 나는 미친 여자에게는 막연하나마 아주 착한 사람이라는 인상을 가지게 되었다. 허튼 교태나 괜한 거부의 몸짓으로 짜증을 불러일으키는 여자들과는 격이 다르다는 인상을 가지게 되었던 것이다. 이와는 다르지만 미친 여자는 좀체 더위를 느끼지 않는다는 점은 여전히 풀지 못한 의문이다. 아마 그러한 정신적 상태에 처한 사람은 기온의 변화 따위에는 무관심한지도 모르겠다.

이제껏 겪었던 다른 여자들과는 달리 어쩐지 그녀의 얼굴은 아직도 또렷이 기억난다. 옷이라면 더럽고 얇은 스웨터밖에는 떠오르지 않지만, 보퉁이에 우산 두 개를 끼워 들고 있었다는 점과 얼굴만은 어제 본 듯하다. 때에 절었으나 검고 길던 머리카락과 너른 이마, 먼 곳을 바라보는 듯한 눈과 주근깨 박힌 콧대, 그리고 조금 일그러진 입은, 전체적으로 다 안다는 듯이, 싱겁다는 듯이 웃고 있는 인상이었다. 세월이 흐르고 그 흘러간 세월에 대한 연민이 조금은 미화됐겠지만, 그러나 내 기억 속의 그녀는 그렇게 아름다운 얼굴로 남아 있다. 포도알만큼이나 크던 젖꼭지와 무성하던 음모의 감촉도 생동생동하게 살아 있다. 그런데 그녀는 왜 그런 꼴이 되었는지 모르겠다. 무슨 곡절이 있었을까? 그때는 미처 유념치 못했지만 이제와 돌이켜보니 궁금하기 그지 없다.

그러한 의문은 후회와 그 후회를 이끌어낸 사죄의 마음에서 비롯됐으리라 여겨진다. 나는 이제껏 이런저런 여자들을 만나 사랑하고 헤어지면서도 그 여자에게 나쁜 사람으로 기억되지 않으려 애썼다. 육신의 본능 때문에 때론 뺨을 때리고, 팬티를 찢고, 욕설을 퍼부었을지라도 상처를 주기보다는 차라리 내가 상처받는 쪽을 택하곤 했었다. 그러나 그날 밤 그 아름다운 계집애에게만은 기어이 돌이킬 수 없는 죄를 남기고 말았다는 사실을 나는 오늘 이 자리에서 슬픈 마음으로 털어놓아야겠다.

세번째 사정을 마친 뒤, 욕심을 채우고 나자 비로소 후두둑거리는 빗방울 소리가 들려왔다. 얼른 그녀의 몸 위에서 일어나 교련복 바지의 단추를 다 잠근 다음 이마의 땀을 훔치며 나는 돌아섰다. 소나기가 쏟아지는 둑방 위로 뛰어올라가면서 문득 뒤돌아보았을 것이다. 거기에는 어두운 그림자 속에 웅크린 미친 비렁뱅이 계집애가 가슴과 배를 고스란히 드러낸 더러운 몸을 막 일으켜 세우고 있었다.

"가지 마" 하고 그녀가 말했다고 기억한다.

발치에 있던 보퉁이와 우산을 집어 사타구니를 가리면서 그녀가 다시 말했다.

"가지 마."

낮고 쉰 목소리였으며 그 지방 특유의 억양이었다.

"가지 마."

나는 그 소리를 들었다. 하지만 그때 나는 너무 어렸던 것 같다. 그렇게밖에는 변명할 여지가 없다. 어렸기 때문에 아무것도 몰랐다고 말하는 수밖에는 사죄할 방법이 없다. 아니면 쏟아지기 시작한 굵은 빗방울 때문이었다고 한다면 구차하나마 변명이 될지도 모르겠다. 빗방울을 맞으며 다시 둑방을 내려서서 나는 그녀 곁으로 다가갔다.

"나중에 사줄게. 나중에 진짜 부침개 사줄게. 정말."

그러면서 그녀의 보퉁이에 꽂혀 있던 우산 하나를 뽑아들었다. 정확하지는 않지만 검은색 계통의 길다랗게 생긴 싸구려 우산이었다. 그녀는 이상하게도 우산에는 집착하지 않았다.

"싫어. 가지 마."

가지 말라는 말만을 집요하게 되풀이했다.

"나중에, 나중에 꼭 사줄게."

그렇게 말하고서는 다시 돌아서서 둑방으로 뛰어올라갔다. 내가 둑방에 올라서자 그녀는 아주 커다란 소리로 울어대기 시작했다. 울음이라기보다는 절제없는 흐느낌이었다. 거침없이 흐느끼는 그녀를 나는 잠깐 뒤돌아보았다.

"가지 마아……" 하고 그녀는 흐느끼면서 또 외쳤다.

그러나 나는 우거진 풀포기를 밟고서 둑방 위로 올라섰고 서둘러 우산을 펼쳐들었다. 우산은 잘 펴지지 않았다. 아니나 다를까 살이 죄다 부러진 망가진 우산이었다. 그러나 그걸 고깔처럼 머리에 뒤집어쓰자 우선은 비를 피할 수 있었고, 그리고 미친 비렁뱅이 계집애의 흐느낌도 들려오지 않았다. 짧은 시간에 서둘러 세 번이나 사정했기 때문에 배꼽 아래가 몽땅 녹아내린 것 같았다. 예방주사를 맞은 듯 뻐근한 양쪽 엉덩짝을 주무르면서 나는 다리 건너 하숙으로 뒤뚱거리며 달려갔다. 하늘에서는 천둥번개가 몰아치면서 칠흑 같은 어둠을 뒤흔들었고, 그 사이로 장대 같은 빗줄기가 언뜻언뜻 드러나 보였다. 하숙으로 들어가는 골목 어귀에서 나는 우산을 벗어던졌다. 하천으로 흘러가는 도랑물에 우산을 쑤셔박고는 골목으로 달려들어갔다.

당연히 그녀와의 관계는 그걸로 그만이었다. 일 주일인가 이 주일인가 지나 성기와 그 주위가 가렵고 따가워 콘딜롬에 걸린 걸 알았다. 시기로 봐서 그녀와 관계했기 때문에 생긴 질병이 아님에 틀림없었는데도 나는 소금물로 성기를 씻어내면서 미친 비렁뱅이 계집애를 원망했었다. 콘딜롬의 부스럼딱지가 다 떨어지자 이번에는 심한 가려움증을 동반한 피부병이 온몸으로 번지기 시작했다. 그해 가을 내내 이쁜 계집애들을 하나도 따먹지 못한 건 순전히 온몸으로 번진 지독한 피부병 때문이었다. 피부병 때문에 하숙방에 틀어박혀서는 궁리만 하고 있던 소설 두 편을 어거지로 써냈다. '개미는 소리쳤다'라는 제목의 한 편과 '피노키오의 코'라는 제목의 짧은 소설이었다. 소설이라기보다는 사실 소설 비슷한 작문 수준의 글이었는데 문방구에서 사온 붉은색 원고지에 검은 볼펜으로 정갈한 글씨로 써서는, 그 탈고의 기쁨으로 오랜 동안 자만에 빠져 지냈다.

　소설 이야기를 더 하자면, 그 뒤 삼학년 이학기에도 역시 두 편의 소설 비슷한 걸 썼는데 제목은 '술꾼들'과 '임당동 86번지'였다. '술꾼들'은 청량리역에서 동대구역까지 야간 보급열차를 타고 가면서 목격했던 술 취한 승객들의 이야기였고, '임당동 86번지'는 자취생활을 하던 임당동 한국은행 지점 관사의 흉물스런 풍경을 배경으로 한 이야기였다. 나는 그때 신축건물이 들어서기 전 몇 달 동안 비워둔 한국은행 지점 관사에서 그 폐가를 지킨다는 조건으로 공짜로 살고 있었다. 여름날 깊은 밤 블록담장을 넘어 옆집 뜰로 숨어들어간 처녀가 모과덩이를 훔쳐온다는 이야기가 소설의 줄거리였다. 치마를 입은 채 뒷집 뜰에 선 모과나무에 기어올라 가슴녘 셔츠 속으로 저의 젖가슴같이 둥글고 단단한 모과를 한 알, 두 알, 세 알, 한없이 따넣는 처녀와, 담장 이편의 처마밑에 서서 딸아이의 도둑질을 지켜보며 초조함에 애태우면서도, 모과의 신맛에 진저리치는 늙은 과부가 두 명의 등장인물이었다. 퇴락한 기와집과 초조함 속에서 벌어지던 모과

도둑질과, 모과나무에 매달린 처녀의 흰 팔목을 비추던 달빛을 공들여 묘사하고, 달빛만이 들이비치는 모기장 안에서 낄낄대며 모과를 깎아먹는 모녀의 탐식을 마지막 장면으로 한 작품이었다.

유부녀와 연애를 지속하려면 무엇보다도 그 여자의 집안에 변고가 없어야 한다는 나의 의견에는 모두들 수긍하는 편이었다.

"흔히 일어날 수 있는 일에도 여자들은 필요 이상으로 의미 부여를 하거든. 그래서 아이가 아프다든가 남편이 부도를 당해도 그걸 저의 외도 때문에 생긴 죄과라고 믿어버리고 마는 거야. 여하튼 여자들은 미신적인 데가 있어. 자신의 추측을 사실로 믿어버리고 저의 행동에 금방 적용해버리거든."

"넌 별걸 다 연구하는가 보다."

"어쩔 수 없지 뭐. 직업인데."

"나도 집에 전화 좀 해봐야겠다. 무슨 일이 있는지."

"이 기집애 너 어젯밤에 무슨 일 있었니?"

"남자들하고 고도리 친 것도 불륜이니? 응? 소설가 선생이 말 좀 해봐. 그것도 불륜이야?"

그러고는 운동으로, 보신으로, 해외여행으로 이야기는 이어졌다. 대머리까지 벌겋게 취기가 오른 돈우가 튀어나온 배를 쓰다듬으며 말했다.

"운동은…… 진짜 운동은 섹스야, 섹스. 그만한 운동이 없어요. 몸도 마음도 다 가뿐합니다. 아주 좋아요."

"그거보다도 지루박이 최고야, 최고! 지루박."

세기가 달려들어서는 카바레 무용담을 늘어놓았다. 취하지는 않았지만 남자들은 모두 눈가를 붉게 물들이고서, 나른한 몸을 앉은뱅이 의자의 등받이에 기대고 있었다.

"그러면 만지래. 어쩔 수 없지 않냐는 거야. 히히히."

이웃 도시에 있는 카바레에서 놀다가 돌아오는 길에 늙은 여자 하나를 승용차에 태웠다는 사연이었다. 자정이 지난 산중의 국도에 차를 세우고 손을 뻗어 만지려 하자 여자가 말을 듣지 않더라는 것이다. 완강히 버티는 여자에게 승용차 문을 열면서 말했다고 한다.

"못 만지게 하려면 여기서 내려!"

그러자 여자는 한참 동안 망설이더니, 그럼 마음대로 하라면서 그렇게 말하더라는 것이었다. 히히히히, 하고 남자는 다들 웃었다.

"여자 마음은 다 그런 거야."

"뭐가 그래? 착각하지 마라, 너희들. 그건 정말 커다란 착각이다."

"제기랄, 좋으면 좋은 거지, 뭘?"

"남자 자식들은 다들 저런다니까. 뭘 몰라요. 좋아서 웃어주는 줄 착각하지 마."

"야, 뭐 섹스는 혼자 하는 거냐?"

"모르는 소리 좀 하지 마. 남자하고 여자는 아주 달라. 시작이 다르다고. 뭔가 흔들리는 거. 뭔가 떨리는 게 없으면 남자처럼 그렇게 개나 도나 되는 게 아니에요."

"그건 그래. 그렇지만……."

"그렇지만 뭐?"

나는 언젠가 길을 가다 마주친 여자의 눈빛에 대하여 이야기하려다 말았다. 남편의 팔짱을 끼고 길을 걸어가면서도 다른 남자에게 흘낏 던지던 그 눈빛의 의미에 대하여 말하고 싶었지만, 역시 순간의 착각일지도 모른다는 생각에 그만 입을 다물어버렸다.

이제 이만 이야기를 마쳐야겠다.

오후가 되자 비가 개었다. 공항에 전화를 걸어 항공기의 운항을 확인한 다음 나는 옥희를 공항에까지 바래다주었다.

"서울에는 언제 오니?" 하고 공항으로 가는 솔밭길에서 옥희가 물었다.

"서울에는 안 가."

"왜?"

"서울이 싫어."

"아이는? 아이는 서울에 있다며? 가끔 만나?"

"응. 한 달에 한 번씩 내려와."

"그러니? 아이 엄마도?"

"그럼. 말 시키지 마, 난 지금 음주운전이야."

옥희는 필요 이상으로 나의 가정생활에 관심을 보였다. 나는 굴곡이 심한 길을 가느라 운전대와 몸을 자주 비틀어야 했다.

"어때?"

"뭐가?" 하고 나는 눈을 돌리지 않고 되물었다.

"아이나 아이 엄마를 만나면?"

"한 달에 한 번씩 만나니까 좋아. 아주 반가워. 친한 느낌이 들고. 함께 부대끼면서 살 적보다 훨씬 정이 든다니까. 넌 그런 심정 모를 거야."

"모르지 내가 어떻게 알겠니."

"연애할 때 기분이야."

"서울엔 정말 안 올 거니?"

"몰라. 언젠가 가게 될는지."

"오거든 내게도 전화해라."

"그래."

공항 입구를 가리키는 입간판을 지나치면서 옥희가 말했다.

"어쩜 다시 만나지 못할지도 모른다는 생각이 들어. 다시 만날 수 있겠니? 아무 생각 없이 그냥. 그래 줄래요? 날 잊지 않고 바다처럼 호수처럼 기다려줄래요?"

옥희는 내 허벅지를 움켜쥐었다. 아프지는 않았지만 힘이 느껴졌다. 그녀는 주차장에 차를 세울 때까지 그렇게 내 허벅지를 틀어쥐고 있었다.

"당신이라는 사람이 있다는 게 많은 위안이 돼. 당신이 행복하길 빌게. 물론 지금도 행복하지만 더, 더욱더 행복하기를 빌게. 응? 난 정말 얼마나 좋은지 몰라" 하고 그녀는 이별의 인사 대신 저의 심정을 말했다.

"그래, 안녕."

나는 간단히 작별했다.

"우리 다시 만날 수 있을까? 이십 년 뒤에도. 지금부터 이십 년 뒤에도 이렇게, 이런 감정으로 만날 수 있을까?"

이십 년 전 숲속에 앉아서 그녀에게 물어보았던 말을 이제 그녀가 내게 돌려주고 있었다. 나는 빙그레 웃었다. 곧 마흔의 나이가 되고 이십 년 뒤에는 예순이 된다는 계산에 나는 웃으면서 탑승자 대기실로 들어가는 대열에 선 그녀를 두고 밖으로 나왔다. 차에 올라서 시동을 걸고 핸드브레이크를 풀다가 그녀의 우산을 발견했다. 아침 나절 나와 함께 그 우산을 들고 옥희는 횟집이 늘어선 해변의 길을 걸었다. 삼단으로 접게 되어 손 안에 쥐어지는 작은 우산이었다. 잘다란 붉은 꽃무늬가 박힌 병아리색 우산 안에 든 옥희의 얼굴은 여학생처럼 어려 보였다. 조수석 바닥에 떨어져 있는 우산을 발견하고서 어쩔까 잠시 망설였지만, 그만 달아나버리기로 했다.

서둘러 공항을 빠져나오느라 거칠게 핸들을 틀면서 울었다. 어쩐지 가슴 한가운데가 탁 터져버린 것 같은 느낌이었고, 그곳으로 장마통의 봇물 같은 뜨거움이, 서러움이, 두들겨 패고만 싶은 여름날의 초조함이 걷잡을 수 없이 터져나오는 것 같았다. 길가에서 차를 멈추고 운전대에 엎드린 채 어린아이처럼 팔뚝으로 눈물을 씻어내면서 또 울었다. 눈물은 멈추려 애쓸수록 멈추어지지 않았다. 그러면서도 나는 옥희의 우산을 집어 얼굴에 대고 냄새를 맡았다. 내가 맡은 건 여름의 냄새였다. 비의 냄새, 사랑의 냄새, 여자의 냄새, 부드러운 살결의 냄새, 그런 것이었다. 우기(雨期)가 남기고 간 우산이라는 유물의 냄새라고 나는 생각했다. 옥희가 탄 비행기가 날아오를 때까지 나는 그렇게 우산을 얼굴에 부벼대고 있었다.

  기수를 쳐들며 이륙한 비행기는 바다 쪽으로 행로를 잡고서 날아올랐다. 그러나 나는 비행기 안에 있는 그녀가 지금쯤 나를 찾아 허둥대고 있을 거라는 지극히 이기적인 추측을 버리지 않았다. 황망히 차에서 내린 나는 옥희의 꽃무늬 우산을 들고서 하늘을 쳐다보았다. 햇살 때문에 눈이 아팠다. 한숨을 쉬면서 우산을 펼쳐 머리 위로 높이 쳐들어보았다. 비행기는 이내 바다 쪽으로 멀리 사라졌다. 그러자 다시 더워졌다. 한여름의 뜨거운 햇볕은 지면의 물기를 공중으로 말아올리고 있었고 흔들리는 지열 탓인지 정신도 어질어질했다. 덜 가신 술기와 덜어내지 못한 성욕이 온몸에 고스란히 남아 있기 때문이라고, 옥희가 남기고 간 우산을 접어들고 차에 오르며 나는 그렇게 생각했다.


  글을 마무리하기 전, 이만큼 써두고서 며칠 동안 술을 마셨다. 여러 날 힘들여 썼건만 글은 종내 마음에 차지 않았다. 그러다가 비가 왔다. 여름의 시작을 알리는 비였다.

  빗길을 달려 밤나무 숲속에 숨어 있는 여관으로 여자를 만나러 갔다. 출출거리는 비가 흐드러지게 핀 밤꽃더미 위로 흘러내려 여관으로 들어서는 오솔길은 비릿한 밤꽃 냄새로 진동했다. 자극적인 그 냄새는 골이 아플 정도로 심했다. 주차장에 차를 세워두고, 방 열쇠를 받아쥐고서는 다시 차 안에 들어앉아 여자를 태운 택시가 나타나기를 근 삼십 분이나 기다렸다. 뒤늦게 나타난 여자는 내 감청색 우산으로 얼굴을 가린 채 먼저 방으로 올라갔다. 여자는 역시 내 소설이 어느 만큼 완성됐는지 궁금해했다. 스타킹을 벗으면서, 몸을 숙인 채 얼굴만 들어 나를 쳐다보면서 물어댔다.

"다 썼어?"

"쓰긴 다 썼지."

"그런데?"

"잘못 썼어."

"잘못 쓰다니?"

"재미가 없어."

"왜애?" 하고 여자는 걱정스런 눈빛으로 또 물었다.

"낸들 아나, 잘못 쓴걸. 내가 보기에도 엉망이야. 내가 읽어봐도 재미가 없어. 읽어보기도 싫어."

그러면서 먼저 욕실로 들어가버렸다. 정말 말하기도 싫은 심정이었고, 그래서 흠뻑 술에 취해버리고만 싶었지만, 엉망으로 구겨진 기분은 그것마저 용납치 않았다. 그런데 마침 비가 내린 것이다. 이런 기분에는 여자의 살결에 파묻히는 허영이 최상의 치료법이다. 다른 사람의 여자를 몰래 만나 코피가 터지도록 성교를 하고, 여자의 목덜미에 뜨거운 땀방울을 마구 흘려놓고, 그리고 소리를 지르며 사정을 해버린다. 여자보다 먼저 달려와 삼십 분이나 기다린 것은 그런 이유였다.

"무인도라 생각하고 있는데도 이상하게 실제로는 우리나라 시골마을이야. 어쨌든 내 생각으로는 무인도였는데. 당신이 온다고 다들 기다리는 거야. 나만이 아니라 다른 여자들. 아주 이쁘고 어린 여자들이. 그중에는 탤런튼가 배운가 하는 그런 계집애들도 보이고 말이지. 늘 당신이랑 무인도로 가고 싶다고 생각했는데, 막상 꿈속에서는 경쟁자들이 그렇게 많이 나타난 거야. 어때요?”

나는 대꾸하지도 않았다. 작정대로 아무 말도 하지 않고서 시작부터 거칠게 달려들었다. 그러자 여자는 입을 닫고 턱을 젖히면서 눈을 감았다. 구석구석 부비고 깨물면서, 나는 늑대처럼 민첩하고 집요하게 파고들었다. 이마에서 솟은 뜨거운 땀방울이 여자의 젖가슴에 두둑두둑 떨어져내렸다.

숨을 쉬느라고 잠시 운동을 멈추고서, 여자의 귀를 입안 가득히 물어 혀끝으로 귓구멍을 틀어막았다. 내 뜨거운 입김과 숨결 때문에 여자의 몸에는 잔뜩 소름이 돋아났다. 손바닥으로 그 소름을 쓰다듬으면서 나는 다시 시작했다. 윗몸을 세우고 여자의 발목을 잡은 자세로 아주 천천히, 코끼리처럼 우아하고 장엄하게 허리를 움직이면서, 네 개의 복숭아뼈를 차례로 자근자근 씹어주었고 발가락을 하나하나 침으로 적셨다. 여자는 곧 울기 시작했다. 나의 허탈하기 이를 데 없는 심정을 이해하지 못하는 여자는 눈꼬리로 눈물을 흘리면서도 저의 감동을 하염없이 호소했다.

“좋아?”

“뭐가?” 하고 나는 숨찬 목소리로 되물었다.

“으응, 나처럼, 나처럼 당신도 좋아?”

여자의 목소리는 당연히 몸의 율동에 따라 흔들렸다.

"……."

"나는…… 나는 너무너무 좋아. 응? 석녀가 아니었구나 하는 생각."

여자는 땀에 젖은 팔을 뻗어 내 머리를 감싸안으며 말했다.

"당신이 있어서 얼마나 좋은지 몰라. 아무것도 없어도 좋아. 아무것도 아니어도 좋아. 잠깐이라도. 잠깐만 있다가 사라진대도 그만이야."

여자는 거친 교성을 지르고 나서 다시 나를 바라보며 말했다.

"꿈이라도, 꿈보다도 좋아. 이건…… 꿈을 꾸는 것보다 더 좋아."

성교를 마치고 나서 침대에 엎드린 채 나는 이러한 허영의 불균형이 아니라 어떠한 형태든 절실한 사랑에 푹 빠져보고 싶다는 생각을 했다. 서러움과 허탈이 다 싫었다. 미움도 후회도 분별도 다 싫었다. 그러나 여자는 나와는 달리 저의 몸에 떨어져내리는 남자의 뜨거운 땀방울의 온도가 좋은 모양이었다. 긴 숨을 몰아쉬면서 그녀가 말했다.

"처음에는 그냥이었지. 그냥 날 시험해본 거야. 내던져본 거지. 그런데 그게 좋았어. 이전에는 정신적인 관계가 우선해야 육체적인 관계가 있을 수 있다고 생각했는데 그게 아니었단 말이야. 억울하다는 생각도 들어. 억울하다는 생각도 들고…… 한편으로는 내가 석녀가 아니었구나 하는 안도감도 있어. 내 본성을 내가 아껴주지 않는다면 누가 아껴주겠는가 하는 그런 생각. 이럴 때면 남자하고는 달라. 남자에 비해 여자는 아주 근본적인 문제에 봉착하게 된단 말이야."

여자는 까무라친 듯 몸은 조금도 움직이지 못하면서, 여전히 저의 흥분을 설명하고 있었다.

"당신이 내 귀를 통째로 물고 있을 때, 내 온몸은 결박당한 것 같았어요. 꼼짝할 수가 없어. 당신이 나를 통째 씹어먹어버릴 것만 같은 기분이었거든요. 당신은 남자라서 그 기분은 모르실 거야. 귓구멍이 꽉 막힐 때의 기분…… 요즘엔 가만히 있다가도 당신을 생각하기만 하면 생리하는 것처럼 질퍽하게 흘러내려. 내 온몸에서 뭔가가 마구 흘러나오고 있어. 아주 활발하게 분비되는 거야. 여자라는 모든 것이…… 통째로…… 맹목적인, 그냥 던져버리는 관계를 하고 나니, 그게 모든 걸 생기있게 해줘요. 여자로서, 암컷으로서, 동물로서, 육체적인 쾌감을 맛보게 된 거야. 나는 그게 다 좋아."

그러나 나는 아무것도 좋은 게 없었다. 엉망이 되어버린 소설 때문만은 아니었다. 울고 싶어도 울음이 터져나오지 않는 그런 꽉 막힌 답답한 증세가 있었다. 여자는 손을 뻗어 내 머리카락을 만졌다. 그리고 내 이마의 땀을 닦아냈다.

"오늘은 밤꽃 냄새도 아주 좋았어요."

나는 여자의 인중과 입술에다가 사정했던 것이다. 그래서 그녀는 내 정액을 삼켰다.

"너무너무 진한 냄새였어요."

나는 여자의 손을 뿌리치고 침대에서 내려섰다. 몸에는 아직

땀이 남아 있었지만 씻고 싶은 기분도 아니었다.

"당신 우산은 버렸어."

"괜찮아. 잘했어."

여자는 여전히 흥분을 떨쳐버리지 못한 상태였지만 나는 서둘러 옷을 주워입기 시작했다.

"왜?" 하고 여자가 물었다.

"바다에 버렸어. 멀리 던졌으니까 아마 바다에 떨어졌을 거야."

"왜 그래?" 하고 여자는 여전히 코맹맹이 목소리로 다시 물었다.

"……."

"가지 마."

"……."

"가지 마."

나는 말없이 돌아섰다.

"싫어! 가지 마!"

나는 손에 든 양복 윗도리로 이마의 땀을 훔치며 뒤돌아보지도 않고 방을 나왔다. 밖에는 여전히 출출대는 비가 내리고 있었다. 우산을 들고 나오지 않았다는 생각이 들었지만 그냥 달아나기로 했다. 아마 여자가 어딘가 바다에 멀리 던져주겠지 하는 생각을 하면서 나는 비를 맞으며 걸어갔다.

걸어가면서 울었다. 얼굴에 부딪치는 차가운 빗방울 탓이었겠지만 눈물은 놀랄 만큼 뜨거웠다. 눈물은 볼을 따라 입술에까지 흘러내렸다.

"왜 울어?" 하고 나는 자신에게 물어보았다. "왜?"

사방천지는 온통 밤꽃 냄새로 진동하고 있었다. 나는 그 진한 욕정의 냄새를 가슴 가득히 들이마시며 어린아이처럼 팔뚝으로 눈물을 닦았다. 그러면서 나는 내가 재우쳐 묻기 전에 얼른 내게 대답하였다.

"아무것도 아니야. 그냥…… 밤꽃 냄새 때문이야. 비에 젖은 밤꽃 냄새가 나를 울리네."

# 밀려남

말이 먹히지 않고 힘으로도 밀리게 되면 그녀는 고양이처럼 가슴을 내밀고 상대방의 턱밑으로 다가선다.

송곳같이 날 세운 손가락으로 삿대질을 해대면서 앙칼진 경조 억양으로 한 걸음 다가드는 게 전술의 시작이다.

그리고는 마주 선 사내놈의 코앞에서 치렁치렁한 검은 드레스 자락을 아래로부터 말아올려

허물을 벗듯 머리꼭지 위로 벗어던지는 게 이어지는 비법이다.

대개는 기가 막히다는 표정으로 침을 뱉으며 물러나게 마련이었다.

나는 언제나 나라는 한 개인으로부터 인간의 이야기를 시작했
었다. 그러나 오늘은 내가 아니고 또다른 어떤 사람도 아닌, 한
동물에 대한 이야기로부터 인간의 이야기를 펼쳐나가려 한다.

내가 말하고자 하는 동물은 보노보라는 침팬지의 한 종이다.
보노보는 사람과 상당히 가깝다고 여겨지는 영장목 오랑우탄과
(科) 침팬지 중에서도 특별한 부류다. 아프리카 자이레 중부의
깊은 열대우림에서 살고 있는 보노보는 피그미침팬지라는 이름
으로도 불린다. 이 별종 침팬지는 고릴라보다도 오히려 사람에
가깝다고 한다. 염색체 수나 생김새, 혈액 등 생화학적 성질이
사람과 상당한 근연성을 나타낸다고 한다.

그러나 내가 보노보를 여기에서 언급하는 까닭은 그러한 사람
과의 생화학적 근연성에 대한 것이 아니라, 보노보라는 동물이
스스로 진보시켜온 성에 대한 특징 때문이다. 사람과 같이 보노

보도 성의 오랜 역사에서 가히 혁명적이라 할 만한 발전을 이룩한 동물이다.

보노보의 성은 물론 그 일차적 기능은 번식이다. 그러나 이들은 성에 있어서 또하나의 기능을 진화를 통해 얻어냈다. 번식이 아니라 사회적 목적으로 성을 이용한다는 것이다. 보통 동물은 발정기가 일 년에 얼마 동안으로 정해져 있지만 밀림에 사는 야생 보노보는 매일 언제라도 성행위를 할 수 있다고 한다. 이들의 성이 항상 노출돼 있다는 사실은 굳이 설명하지 않아도 누구나 짐작할 만한 일이다. 사람을 제외한 모든 동물이 그러하니까 말이다. 그러나 보노보는 이렇게 항상 노출돼 있는 성을 이용하여 간단한 애정 표현에서부터 계급 구조 형성, 그리고 집단의 질서와 평화를 유지한다. 이용한다기보다 영향을 미친다는 표현이 더 나을는지도 모르겠다. 이들의 성은 관념적 이성에 의한 것이 아니라 진화된 본능에 의한 것이니까 말이다.

더욱 흥미 있는 점은 이들이 사람과 같이 다양한 성체위를 구사하며, 그러한 다양한 성체위를 통해 기쁨을 얻어낸다는 사실이다. 우연이 아님은 물론이다. 놀라운 현상은 또 있다. 보노보는 사람처럼 암수가 서로의 눈을 바라보며 얼굴과 얼굴을 맞대고 성교를 가진다고 한다. 이건 다른 영장류에 있어서도 극히 드문 경우다. 오직 사람과 보노보, 그리고 다른 두 종류의 유인원만이 이런 친밀한 자세로 성교를 가질 뿐이다.

성에 있어서 보노보의 특징은 이것만이 아니다. 사람을 포함한 어떠한 동물도 이룩하지 못한 성의 자유 방임을 이룩해낸 지구상의 유일한 동물이 바로 보노보다. 이들은 대개 서른 마리에서 여든 마리에 이르는 안정된 사회적 단위를 이루고 살아가는데, 이 단위집단 내에서의 성관계는 완전한 자유 상태에서 이루어진다고 한다. 나이를 구별하지 아니하고 모든 암수가 아침 인사를 하듯이 교미를 한다. 성교든 교미든 여기에서는 동일한 표현이다. 유전자 전달을 위한 생식 행위가 아니라는 뜻이다. 집단 내에서의 지위나 계층 따위는 가리지 않는다. 이러한 행위에서 제외되는 경우는 혈연과 근친관계에서 부모자식과 형제자매뿐이다. 다시 말하거니와 이들에게 있어서 이러한 성행위는 단지 의사 전달의 수단이며, 사람들의 아침 인사와 같이 많은 것을 전달해주는 소통 방식일 뿐이다.

보노보 사회에서는 성교를 위한 싸움은 존재하지 않는다고 한다. 다른 동물 사회에서 볼 수 있는 공격성을 이들에게서는 찾아볼 수 없다는 것이다. 보노보는 특별하게 진보된 성을 통해 그들 사회에 존재하던 폭력을 제거해버린 셈이다. 만일 무리 내에서 싸움과 같은 사태가 벌어지면 이들은 긴장을 해소하기 위해 성행위를 한다. 그러므로 보노보는 다른 침팬지 무리와는 달리 싸우는 일이 거의 없다고 한다. 다른 침팬지는 먹이를 주면 가끔 먹이를 놓고 심한 싸움이 벌어진다. 하지만 보노보는 먹이를 먹기 전에 먼저 집단 성행위를 하고 나서 사이좋게 나누어 먹는다는 것이다. 보노보는 지구상에 존재하는 어떠한 생물도 이룩하지 못한 평화와 화해, 공존의 방법을 극히 이기적일 수밖에 없는 성이라는 매개를 이용하여 이룩한 유일한 생물이다.

보노보에 한정된 한 가지 예에 불과하지만 성이 이처럼 처음에는 존재하지 않던 새로운 의미를 가질 수도 있다는 사실이 나를 흥분케 했다. 그 모든 공존의 방법을 탐구하고 실험하고 진보시켜왔으면서도, 아직도 자신의 몸에 도사리고 있는 지극히 강렬한 성적 이기심을 극복하지 못한 사람이라는 생물 가운데 하나인 나는, 보노보의 특별한 성적 진보에 부러움을 가지지 않을 수 없었다. 사람들은 그토록 성에 집착하면서도 어째서 그 안에 숨어 있는 해답의 열쇠를 발견하지 못했을까 하는 안타까움이 내겐 있다. 내가 오늘 나의 이야기를 통해서 말하고자 하는 바는 바로 이러한 나의 슬픔에 대한 연민이다.

나는 이전에 쓴 다른 글에서, 하던 이야기를 중동무이할 때마다 기회가 있으면 다음 언젠가 그 전말을 털어놓겠다고 여러 번 약속했었다. 그 가운데에서 성도착 증세를 가진 유 마담에 관한 이야기와, 내가 오징어 채낚시 조업선을 타고 바다로 나가기 전 달포 가까운 나날을 제집처럼 드나들던 실내 포장마차라는 우스꽝스런 이름을 가진 주점에서 만났던 짐승 같은 여자들에 관한 이야기를 지금 여기에서 털어놓으려 한다. 더 읽어나가다 보면 깨닫게 되겠지만, 이들 두 부류의 여자를 굳이 이 자리에서 말하고자 하는 이유는 간단하다. 이들이야말로 그 동안 내가 만났고 사랑했던 많은 여자들 가운데 가장 길들여지지 않은 순수한 성과, 그러한 성으로 얻어낼 수 있는 쾌락을 구현하던 여자였기 때문이다.

유 마담은 내가 웨이터로 일하던 지하 룸살롱에서 열다섯 명의 호스티스를 거느리고 이른바 마담 노릇을 하던 여자였다. 왠지 검은 옷을 즐겨 입던 유 마담은 그러니까 고등학교를 졸업한 내가 책방 점원이며 디스크자키, 나이트클럽 조명사, 카바레 웨이터, 공사장 잡역부 따위의 직업을 전전하다가 마침내 룸살롱 웨이터로 그나마 안정된 자리를 잡고 일하던 시기에 만난 여자였다. 나는 당시 스무 살짜리 천둥벌거숭이였고, 그녀는 서른이 넘은 나이였다. 술집을 돌아다닌 지 십여 년이 되었기 때문에 그녀는 누구와 어떤 일로 대적해도 절대 호락호락 넘어가는 여자가 아니었다.

물론 술 취한 남자와 몸으로 다투어봤자 승부가 될 리 없었지만, 그녀는 이른바 화류계 곤조라는 게 있어서 어떤 찍짜꾼이나 건달이라도 간단히 요리해내는 나름대로의 비법을 터득하고 있었다. 말이 먹히지 않고 힘으로 밀리게 되면 그녀는 고양이처럼 가슴을 내밀고 상대방의 턱밑으로 다가선다.

"그래, 해볼까? 이 양아치 자식아, 해보아?"

송곳같이 날 세운 손가락으로 삿대질을 해대면서 그렇게 앙칼진 경조 억양으로 한 걸음 다가드는 게 전술의 시작이다. 그리고는 마주 선 사내놈의 코앞에서 치렁치렁한 검은 드레스 자락을 아래로부터 말아올려 허물을 벗듯 머리꼭지 위로 벗어던지는 게 이어지는 비법이다. 열이면 열, 어떠한 날건달도 그 꼴을 당하고는 기가 질리지 않을 수 없다. 대개는 기가 막히다는 표정으로 침을 뱉으며 물러나게 마련이었다.

"이런 미친년, 그래 좋다. 잘 먹고 잘 살아라. 에이 더러운 년!"

대개 이러한 욕설이 물러서는 취객의 일반적인 악담이다. 그러면 싸움의 발단이 된 금전적 이해관계에 있어서의 이득은 당연히 유 마담 몫이 되는 것이었다. 거웃과 젖꼭지가 다 드러나 비치는 얇고 가느다란 팬티와 브래지어 차림으로 허리에 양손을 걸친 채 독스럽게 버티고 선 그녀는 응당 이렇게 맞받아치며 승전을 마무리한다.

"짜식! 맛도 없게 생긴 짜아식이……"

어쩌다 좀더 기분이 좋다든가, 보는 사람이 많아 쑥스러울 땐 한마디 덧붙이기도 한다.

"병신! 주제에 사내놈이라고 나를 웃기네. 나를 웃겨요."

그리고는 바닥에 내동댕이쳤던 검은 드레스를 집어 머리꼭지부터 뒤집어쓴 다음 옷매무시를 다듬고 샐죽 웃으며 평상으로 돌아가는 것이었다.

왜 옷을 벗어던지는 것일까? 그때에는 그녀만의 술버릇이라든가 취객들과 싸우는 요령쯤으로 생각했는데 이제와 다시 돌이켜 보면 아주 기이하다는 생각이 든다. 그리고 그 무엇이 성난 사내들을 돌아서게 했을까? 그 점도 역시 의문이 아닐 수 없다. 욕정을 불러일으키는 반라의 여체에 어떠한 형태의 힘이 숨어 있었으며, 그 힘이 어떠한 형태로 작용했기에 상대방을 그토록 쉽사리 물러서게 하였던 것일까? 나는 오늘 그 까닭을 알아보고 싶은 것이다.

그리고, 실내 포장마차에서 만났던 여자들에 관해서 이야기하자면, 그 역시 미묘한 점이 한두 가지가 아니다.

군대에서 제대한 지 석 달도 못 된 내가 배를 타겠다고 나서서 만난 동료 가운데, 종일 막걸리에 취해 횡설수설하며 붙어다니던 사람은 세 명이었다. 비렁뱅이에 진배없는 마흔이 다 된 배씨와 서른대여섯 먹은 알코올 중독자와, 나이는 오십밖에 안 됐지만 늙은이에 가까운 오씨가 그들이었다. 알코올 중독자는 달아난 아내가 남기고 간, 가구라고는 옷가지를 걸기 위해 벽에 박아둔 대못 몇 개밖에 없는 골방이 집이었고, 오씨는 아내와 아이들이 우글대는 산꼭대기 움막 한 칸이 그나마 가정이라 불리는 기숙처였다. 알코올 중독자와 오씨는 그런 집이나마 있었지만 배씨는 집도 절도 없는 그야말로 비렁뱅이 신세였다. 항구에 정박한 오징어배 선실에서 잠을 자거나 배를 타다가 알게 된 사람들을 찾아가 방구석에서 하룻밤씩 잠자리 동냥을 하거나, 이도저도 여의치 않을 때에는 화재로 버려진 영화관에 들어가 잠을 자는 게 그의 처지였다. 그런데 그런 사람들에게도 여자가 꼬인다니 참 신기한 일이 아닐 수 없었다.

우리 네 사람이 늘상 드나들던 실내 포장마차에는 저녁 늦은 시각이 되면 술 취한 사내들 옆자리에 끼어앉아 잔술이나 얻어먹으려고 나타나는 그렇고 그런 여자들이 있었다. 지금까지 내가 기억하는 여자는 세 명이다. 하마보다 더 하마같이 생긴 뚱뚱보 하나와, 심하게 다리를 저는 나이 든 처녀와, 젖퉁이 크고 얼굴이 반반하게 생긴 뱃사람의 마누라가 그들이었다.

어느 눈 내리는 밤이었다. 일찍 끊긴 술손님으로 주점에는 우

리만이 앉아 있었고, 주점 유리문 밖 골목에는 싸락눈이 수북수
북 쌓이던 섣달 어느 날이었다고 기억된다.

벽에 목발을 기대어놓고 술을 마시던 불구의 노처녀는 술이
들어갈수록 히스테릭해졌다. 젖통이 큰 아낙은 얼굴은 반반했지
만 바닷물에 불은 두 손은 거칠고 투박하기 이를 데 없어 조심
히 만져도 사포를 쓰다듬는 것 같았는데, 그녀는 그나마 얼굴값
을 하느라 그중 사람 같아 보이는 내게 호의를 보이며 내 곁에
붙어앉아 있었다. 내가 오줌누러 가는 그 젖통 큰 아낙을 따라가
변소문 앞에 서서 젖통을 좀 주무르다가 돌아왔더니 불구의 처
녀는 목발을 들어 바닥을 두드리며 내게 막 신경질을 부렸다. 불
특정한 대상을 향해 듣기 섬뜩한 욕설을 퍼붓기도 했는데, 지금
까지 그걸 기억할 재주는 없다. 그러다가 무슨 연유인지 그녀가
옷을 벗게 되었다. 아마 그 집 주인 여자가 부추겼을 것이다.

"벗어봐. 벗어봐. 다들 좋아라 죽겠다는데."

그러면서 유독 내 눈치를 살폈다. 사실 나는 불구의 처녀 맞은
편에 앉아 있었으므로 그녀가 옷을 벗는다면 내 앞에서 벗는 셈
이었다.

"만지면…… 만지기만 하면 개새끼 때려 죽일 테야" 하고 불
구의 노처녀가 말했다.

나는 그렇게 말하는 그녀의 눈을 정면으로 바라보고 있었기
때문에 그 말이 흰소리가 아님을 알았다. 처녀의 눈은 증오로 얼
룩진, 붉고 모난 모양을 하고 있었다. 그런 눈으로 비렁뱅이 같
은 사내들의 머리꼭지를 쏘아보았던 것이다. 어느 모로 보나 남

자들 앞에서 옷을 벗는 여자의 눈빛이라고 여겨지지 않는 독살스러운 눈이었다. 이 돌발적인 상황에 나와 배씨는 면구스러운 낮으로 그냥 되어가는 꼴이나 지켜보고 있었지만, 술기운이 오른 알코올 중독자와 평상시에는 쥐죽은 듯 조용하다가도 술만 들어가면 한없이 촐싹대는 오씨는 여간 즐거운 표정이 아니었다. 두 사람은 아이처럼 흥분하여 벙실벙실 웃으며 어서 벗으라고 손바닥을 들어 까불어댔다.

"벗어, 벗어. 깐늠어꺼 홀라닥 벗어."

더욱이나 아주 별스러운 장면은 주인 여자를 비롯한 다른 여자들의 태도였다. 심해어처럼 생겨먹은 주인 여자는 벗을 테면 벗어라 하는 입장을 보였지만, 하마와 젖통은 남자들보다 더 신이 올라 허둥대고 있었다. 하마는 옷을 벗으려고 길다란 나무의자 위로 올라서는 노처녀를 부축하면서 웬만하면 자신도 옷을 벗든가, 그렇지 않더라도 옷을 벗는 처녀를 정성들여 거들겠다는 태도를 취했다. 한쪽 손으로 벽을 짚은 채 나무의자에 올라선 처녀 곁에 서서 그녀가 벗어던지는 옷을 받아들겠다는 자세를 완벽하게 취했으니까 말이다. 그리고 젖통 큰 아낙은 몸을 뒤틀고 어깨를 흔들면서 나의 허벅지를 쥐어뜯어댔다. 나는 겸연쩍어서 눈길을 비틀고는 콜라를 섞은 막걸리가 담긴 대접의 전두리만 빨고 있었다.

"원한다면 이 새끼들아……" 하면서 불구의 노처녀는 드디어 옷을 벗기 시작했다.

욕설이 섞인 말을 뱉어내고 있었지만, 머리 위로 스웨터를 벗어내느라 말은 제대로 전달되지 못하고 끊어졌다.

"개새끼들아 봐라, 봐! 봐!"

안절부절못하며 출싹대던 오씨가 자리에서 일어났다.

"만지지 마. 만지지 마" 하고 오씨는 옷을 벗기 시작한 처녀 곁에 앉은 배씨와 역시 처녀 곁에 선 하마에게 손짓했다.

별다른 동요 없이 북어 대가리를 뜯고 있던 주인 여자도 역시 누군가 처녀의 행동을 중단시킬까 염려하는 표정이었다. 감정 없는 굵고 쉰 목소리로 그녀가 말했다.

"만지면 안 돼."

스웨터를 벗자 흰 내복이 드러났다. 오씨는 손을 저어 다른 사람에게 주의를 주느라 정작 저는 옷 벗는 처녀의 행동을 제대로 감상하지도 못했다.

"줘. 이리 줘" 하고 하마는 손을 내밀어 처녀의 흰 내복을 받아들었다.

내복을 벗자 브래지어가 보였고, 브래지어에 눌린 붉은 자국이 브래지어 아래로 드러나 보였다. 노리끼리한 색깔이 섞인 검고 무성한 겨드랑이 털도 드러나 보였다. 살결은 아주 맑았다. 알맞게 희고 알맞게 윤기를 띤 살결이었다. 내 예상과는 달리 처녀는 치마보다 브래지어를 먼저 벗었다. 손을 등 쪽으로 돌려 브래지어 혹을 여는 게 아니라 브래지어의 어깨끈을 양쪽 팔에서 벗겨낸 다음 브래지어를 통째로 휙 돌리더니 가슴으로 온 브래지어 혹을 간단히 벗겨냈다. 그리고는 벗어 든 브래지어로 술상을 내리때렸다.

"보이지? 보이지?" 하는 앙칼진 소리가 들렸다.

나는 눈을 들어 그녀의 빈약하기 그지없는 젖가슴을 쳐다보았다. 팥알 같은 젖꼭지를 단 간장종지만한 젖가슴은 그나마 아래쪽으로 늘어져 있었다. 제대로 발육하지도 못하고 노화를 시작한 꼴이라고나 할까, 젖가슴보다는 오히려 갈비뼈가 더 두드러지게 눈에 띄는 몸이었다.

처녀는 모두를 노려보느라 몸을 숙이지 않고 손끝으로만 치마를 벗어내고 있었다. 출싹대던 오씨도, 기뻐하던 알코올 중독자도, 내 곁에 앉아 몸을 비틀던 젖통도 지경이 그 지경에 이르자 입을 열지 못하고 우물쭈물하고만 있었다. 여전히 마른 명태 대가리에서 살점을 발라내던 주인 여자만이 변함없는 표정이었다. 처녀는 치마 안에 빨간 혼방 내의를 입고 있었다. 불편한 한쪽 다리로 위태롭게 버티면서 그 내의마저 벗어버렸다. 이제는 팬티 한 장만을 몸에 걸친, 그런 상태였다. 크고 낡고 두툼한 흰색의 팬티였다. 처녀는 손으로 벽을 짚고는 있었으나 짧은 한쪽 다리 때문에 휘청거리고 있었다. 팬티가 가리고 있는 사타구니로부터 아래로 이어진 가늘고 짧은 한쪽 다리가 다른쪽 다리와 확연히 비교됐다. 그런 꼴로 불구의 처녀는 식식대며 숨을 뿜어내고 있었던 것이다.

잠시 동안 아무런 말도 움직임도 없었다. 다들 숨을 죽이고서 뚫어져라 바라보고만 있었다. 손톱으로 이 사이에 낀 명태 가시를 뽑아내느라 애쓰던 주인 여자가 태연하게 그러한 침묵을 깨버렸다. 심해어같이 생겨먹은 생김새답게 그녀의 말은 물렁물렁한 살과 억센 뼈다귀, 그리고 예민한 촉수까지 다 지닌 듯했다.

"빤스도 벗어야지."

주인 여자가 그렇게 말하자 앙칼진 처녀의 표정이 창졸간에 일그러졌다. 그리고 곧 울기 시작했다. 눈물을 펑펑 흘리면서 그녀는 한쪽 손으로 팬티를 벗었고, 이번에는 내던지지 않고 손에 꼭 틀어쥐었다.

지금 돌이켜봐도 음울한 장면이었음에 틀림없다. 그러므로 내가 보았던 그녀의 성기에 관한 묘사는 생략하겠다.

오씨도 알코올 중독자도 멍하니 그녀의 나신을 바라보고만 있었다. 하마도 젖통도 마찬가지였다. 주인 여자만이 여전히 어금니 사이에 낀 명태 가시를 집으려 입 안으로 손가락을 쳐넣은 채 얼굴을 찡그리고 있었다. 그런데 그 순간 처녀 곁에 앉아 있던 배씨가 몸을 일으키는가 싶더니 어어, 하는 사이에 덥석 나신으로 달려들었다. 두 팔로 처녀의 허리를 부둥켜안으며 얼굴을 사타구니에 박았다. 처녀가 얼른 몸을 비틀었기 때문에 배씨의 얼굴이 처녀의 사타구니에 닿아 머물렀던 시간은 거의 없는 것과 다름없었다. 그렇긴 하지만, 처녀의 음부 근방에 배씨의 코가 닿았던 사실만은 틀림없었다. 배씨는 떼를 쓰듯 매달렸지만 머리통을 내리치는 처녀의 주먹을 이기지 못하고 곧 떨어져 바닥에 주저앉았다.

"이 새끼. 이 새끼. 이 새끼……" 하고 울어대면서 처녀는 주먹으로 배씨의 머리통을 마구 후려갈겼다.

알 수 없는 것은 다른 사람들의 태도였다. 나와 젖통을 제외한 모든 남녀가 배씨에게 달려들어 치도곤을 놓기 시작한 것이다. 주인 여자는 주방 탁자 위에 놓여 있던 식칼을 들고 미친 듯이 설쳐댔다.

"이 병신 새끼. 만지…… 만져? 만져? 이 잡새끼, 확 배따구를 쑤시주까?"

그 까닭은 지금 생각해도 알 수가 없다.

하마는 나무의자 아래로 쓰러진 배씨의 몸에 발길질을 해댔고, 그리고 오씨와 알코올 중독자는 배씨의 머리채를 쳐들고 철썩철썩 뺨을 쳤다. 전혀 그럴 사람이 아니었고, 또 그럴 사이도 아니라고 생각했기 때문에 나로서는 아주 생경한 장면이 아닐 수 없었다. 주인 여자는 이쪽저쪽 손으로 식칼을 옮겨쥐면서 정말로 배씨의 배를 갈라버릴 듯 험악한 눈으로 왔다갔다하고 있었다. 코가 떨어져나가고 눈이 터질 듯이 철썩철썩 얻어맞으면서도 배씨는 어우, 어우, 하는 신음을 뱉어내며 몸을 움츠릴 뿐 매를 피할 생각도 하지 않았다.

그런 알 수 없는 행동 때문에 나는 알몸이었던 불구의 노처녀가 다시 옷을 입는 걸 보지 못했다. 물론 거기에 대한 기억도 전혀 없다. 욕설을 내뱉으며 배씨의 몸을 여기저기 사정없이 후려패던 알몸의 처녀와, 그녀의 승냥이 같은 처절한 울음소리만이 기억에 남아 있다.

이제 내 이야기를 시작하겠다. 뭐 대단한 이야기가 아니라 앞서서 언급했던 여자들과 내가 함께 땀을 흘리며 나누었던 성교에 관한 이야기다.

먼저 유 마담을 이야기하겠다. 내게 성의 기교와 함께 환락과 슬픔, 그리고 생의 가치를 깨닫게 해준 어깨가 작고 엉덩이가 커다랗던, 이제는 잃어버린 아름다운 여자에 대해서 말이다. 유 마담은 영리하고 당돌한 여자였다. 살롱 영업이 끝나고 제 방으로 돌아갈 때가 되면 손끝으로 스무 살짜리 웨이터의 코를 탁 때리고 돌같이 딱딱한 엉덩이를 살짝 꼬집는 것이었다. 그것이 유혹의 신호였다. 화장 지운 얼굴로 스웨터를 걸친 채 전봇대 아래 어둠 속에서 그녀는 버꾹, 버꾹, 하는 새소리를 냈다. 여인숙으로 돌아가는 나를 그렇게 불러세우는 것이었다. 포도주를 사들고 여인의 살냄새 가득한 그녀의 방에 들어서면, 그녀는 우선 내 바지와 팬티를 벗기고서 짧은 꽃무늬 치마를 입혀주었다. 포도주를 한 잔 두 잔 마시면서, 그녀는 꽃무늬 치마를 들추고 귀염둥이를 살짝살짝 건드려보고는 했다. 그녀는 나의 성기를 귀염둥이라고 이름지어두었다. 장난기 가득한 웃음을 얼굴에 머금고서 금방이라도 귀염둥이를 깨물 것처럼 왕왕대기도 했다. 취할 만큼 내게 포도주를 먹이고, 그러고 나서 그녀는 어깨를 깨물어달라고 칭얼대며 조르곤 했다.

"얘, 난 가루지기가 좋아. 히히."

이렇게 장난을 치기 시작하는 건 이미 몇 번의 절정을 거치면서 까무러치듯 몽환의 지경을 헤맨 다음이다. 온몸으로 흐느끼던 그녀가 눈물을 닦으며 일어나 한숨처럼 내쉬며 하는 말이 있었다.

"응? 너두 그렇지? 땀이 너무 많이 흘러."

그러면서 그녀는 다시 침대에 올라 태아처럼 몸을 웅크리고 옆으로 누워 귀염둥이를 기다리는 것이었다.

"내가 이 자세를 좋아하는 건 널 몽땅 쳐다볼 수 있다는 거다. 그리구 엉덩이에 툭툭 떨어지는 땀방울도 좋구. 마구 쏟아져내릴 땐 더 좋구."

그런 자세로 누워 쳐다보는 그녀의 눈을 떠올리면 아직도 나는 아찔한 기분에 빠진다. 작은 어깨와 커다란 엉덩이가 어우러져 이루어내던 그 멋진 균형도 지금껏 나를 떨리게 하는 한 가지다.

나를 일으켜 물을 먹이고 다시 꽃무늬 치마를 입힌 다음 그녀는 내 발가락을 입에 물어 침으로 적신다. 입술의 감촉과 질 벽의 감촉이 같다는 걸 안 건 그때 유 마담의 몸을 통해서다. 둘 가운데 한 가지를 꼽으라면 나는 선뜻 질 벽의 감촉을 택하겠다. 그 부드럽고 따뜻한 느낌은 성기나 손가락을 통해서는 절대 알아챌 수 없다는 사실도 유 마담의 몸 속에 넣은 엄지발가락을 꼼지락거리면서 알았다.

유 마담을 생각할 때면 으레 떠오르는 또다른 기억은 그녀의 낮고 가느다란 교성과 콧망울에 맺히던 자잘한 땀방울과 그녀가 내게 만들어 먹이던 떡볶이다. 땀방울이 솔솔 맺힌 코끝을 천장으로 쳐든 채 뿜어내던 더운 숨결 사이사이로 흘러나오던 낮고 가느다라며 긴 교성의 내용은 단 한 가지였다.

"살……려……줘……."

그 간단한 한마디를 그녀의 말을 빌려 옮겨놓으면 다음과 같은 내용이 된다.

"얘, 이 기분은. 넌 모르지? 내가 어떤 기분인지? 이 귀염둥이야. 늘 산보하는 기분이거든. 자전거를 타고 숲속을 달리는 기분. 움직이는 기분. 기분이 좋아. 얘, 이 귀염둥이야. 사람들이 다 착해 보여. 아주 자연스러워. 그래서 죽겠어. 너 때문에 나는 죽어버리고만 싶어."

그러면서 유 마담은 지쳐빠진 귀염둥이를 어루만졌다. 손바닥에 올려놓은 귀염둥이를 움켜쥐었다 놓았다 주무르면서 귀염둥이와 내게 말하였다. 자신은 한껏 발기한 남근보다는 이렇게 사정한 직후 따끈따끈하고도 축축하며 말랑말랑한 녀석이 한결 좋다는 것이었다.

"얠, 이 멍청한 놈을 만질 때, 이 부드러운 느낌은 정말 최고야. 관계할 때보다도 이게 더 기가 막히다. 좋아. 좋아. 정말 좋아. 너무너무 부드러워. 관계하는 것보다도 이런 기분 때문에 정이 드나 봐. 오래오래 그리워지고 자꾸자꾸 가지고 싶고."

그렇게 쫑알대고 떠들다가는 내게 먹이려고 떡볶이를 만들기 시작한다. 그녀가 나를 위해 만든 부드럽고 따뜻하며 쫄깃쫄깃한 떡볶이를 먹으며 우리의 성교는 밤과 함께 끝나는 것이었다. 이러한 우리의 다양한 성기교는, 그러니까 그걸 세련됐다고 해야 할지 세련되지 않았다고 해야 할지 모르겠다. 어쨌든 이야기는 떡볶이하고 관련 있는데 그 이야기는 이 글의 뒷부분에서 다시 말하려 한다.

앞에서 이야기한 대로 싸락눈이 줄기차게 쏟아지던 그날 밤

실내 포장마차에서 있었던 나신의 향연은 폭행으로 끝을 맺었다. 옷을 벗었던 처녀는 택시를 타고 먼저 사라졌고, 술 취한 알코올 중독자와 오씨 역시 피투성이가 된 동료를 데리고 어디론가 사라지고 난 다음, 나는 젖통 큰 아낙의 손에 이끌려 잠을 자러 갔다. 가보니 그곳은 하마같이 생긴 여자의 집이었다. 아마 하마는 혼자 사는 여자였던 모양이었다.

젖통과 내가 벌거숭이가 되어 뒹굴면서 소리를 질러대도 이불을 뒤집어쓴 채 아랫목에 누운 하마는 본체 만체 들은체 만체 반응이 없었다. 그렇게 본체 만체 하는 하마의 존재가 더한층 강렬한 성욕을 불러일으켜 나는 평소보다 훨씬 짓궂게 굴었던 게 사실이다. 윗목 구석에 낡은 일제 재봉틀이 놓여 있던 그 됫박만하던 길갓방이 생각난다. 연탄으로 달군 따끈따끈한 아랫목에서 하마는 잠을 자는지 마는지 누워 있는데, 젖통은 조금도 개의치 않고 욕정에 몰두할 뿐이었다.

내가 거듭 다시 올라가자, 젖통은 내 귀에 대고 작은 목소리로 소곤댔다.

"가새를 긁어줘요."

'가새'는 '가장자리'라는 그 지방 사투리다. 그러니까 그녀는 내 일방적인 출입운동에는 재미가 적었던 모양이다. 꺼칠꺼칠한 손바닥으로 내 어깨를 안으며 그녀는 그렇게 말하였다. 소원대로 내가 한껏 요령을 부리며 힘을 쓰자 그녀는 둥근 몸을 꿈틀꿈틀 움직이며 또 주문했다.

"팍팍."

심한 사투리 억양이었다. 사투리 억양과 거친 손바닥의 감촉만
이 아니라, 여러 날 묵어 딱딱해진 튀김두부 같은 피부와 굴곡
없는 몸매가 어우러져 나는 마치 산돼지와 교미하는 기분이었
다. 여자는 긴장했던 온몸의 근육을 풀면서 한숨을 내쉬었다.

"아구우우……" 하면서 줄곧 들고 있던 다리를 방바닥으로 떨
궜다.

"안 돼. 들어, 들어."

이번에는 다급해진 내가 헐떡이며 소리질렀다. 그러자 얼른 다
리를 들어올리며 그녀는 부릅뜬 눈으로 뚫어져라 바라보았다.

"안 돼" 하고 그녀는 마지막 순간마다 내게 말했다. "일이 잘
못 될라면 콧물에도 애가 들어선다니까."

그 정황에도 그녀는 그런 말을 했다. 제 몸 속에다 사정해서는
안 된다는 뜻이었다. 아랫목에 누워 있던 하마가 몸을 일으켜 옷
을 벗어던지기 시작한 건 우리가 그렇게 두 번이나 끝낸 다음이
었다. 젖통과는 달리 하마는 성교가 아니라 오직 남자의 성기에
만 집착했다. 내가 잠들어버릴 때까지 내 성기를 움켜쥐고서 거
듭 되뇌었다.

"오뎅 같애…… 오뎅 같애…… 히히…… 오뎅 같애……."

내가 어서 하고 자자고 했건만, 하마는 식탐 가득한 눈을 반짝
이며 보고 만지고 냄새 맡는 데에만 탐닉해 있었다. 그리고는 정
말 오뎅을 깨물어 먹듯이 한입 가득 성기를 물었다. 내가 다시
말했다.

"빨리 한 번 하고 자자."

오뎅을 입에 물고 있던 그녀는 하마같이 불룩 튀어나온 눈으로 나를 바라볼 뿐이었다. 나는 그렇게 온몸을 두 여자에게 던져둔 채로 잠이 들었던 모양이다.

"몇 번이나 했나?"

낮이 되어 밥상을 들고 방으로 들어서면서 하마가 젖통에게 묻는 소리를 나는 이불 안에서 들었다.

"세 번."

"대단하다야" 하고 하마가 말했다. "일어나 밥 먹자."

"나는 밥 먹는 거보다는 이게 나아."

젖통은 내 몸을 부둥켜안아 제 품으로 끌어당겼다.

"이리 와."

몇 가지 더 기억나는 게 있지만 이만 그치겠다. 한 가지 확실한 것은 그 됫박만한 방을 떠올릴 때면 언제나 방의 풍경보다는 짐승의 냄새가 먼저 내 후각을 건드리며 지나간다는 점이다. 구석에 놓여 있던 낡은 재봉틀 대가리와 거기에 걸쳐져 있던 값싼 옷가지가 떠오르고, 치맛자락으로 땀에 젖은 이마를 훔쳐낼 때의 꺼칠꺼칠하던 감촉이 여전히 되살아난다.

그 다음날인가 다음 다음날인가, 그날에는 내가 자진해서 절름발이 노처녀를 쫓아갔다. 다리를 저는 여자는 하체의 불균형한 근육운동 때문에 대단한 긴자꾸라는 말에 흥미가 일었기 때문이었다. 다른 곳으로 이끌었더라도 능히 따라올 그녀였지만, 나는 수중에 돈이 한푼도 없었기 때문에 그녀를 따라갈 수밖에 없었다. 그녀를 따라 그녀의 집까지 쫓아가게 되었다. 그녀는 집 밖에 나를 세워놓고 먼저 집으로 들어가서 방 안에 불을 켠 다음 손바닥만한 창문으로 얼굴을 내밀어 나를 불러들였다.

"들어와. 다 자네."

녹슨 함석대문을 열고 들어가 부엌문을 통해 좁은 부엌을 지나자 부엌 한편에 그녀의 방이 붙어 있었다. 그녀는 내가 신고 온 반장화를 방 안 선반에 올려놓았고, 방구석의 쓰레기통을 가리키며 나중에 오줌을 누라고 일렀다. 그리고는 잠자리를 폈는데, 그녀는 자신은 두 가지 잠버릇이 있다면서 그 하나는 윗도리를 다 벗어야 잠이 온다는 것과 다른 하나는 베개 위에 다리를 올려놓아야 깨지 않고 잘 잔다는 것이었다. 그때나 지금이나 내가 그런 말을 믿어서 믿어준 건 아니었다. 나로서는 손해볼 게 없는 버릇이었으니까 그냥 그렇겠거니 했을 뿐이다. 하지만 그녀는 그런 버릇이고 뭐고 그날 밤에는 제대로 자지 못했다.

윗옷을 다 벗고 이불 위에 올라앉은 그녀가 말했다.

"우습지, 이러니까. 기생처럼 옷을 벗고. 이상하지?"

그러고는 곧 서로를 끌어당겨 껴안았으니까 두 가지 버릇이 진짜였는지 아니었는지는 알아낼 수가 없게 되었다. 식구들 때문에 소리를 삼키느라 그녀는 많은 땀을 흘렸다. 절름발이기 때문에 쫄깃쫄깃한 긴자꾸일 거라는 추측은 완전히 빗나갔다. 실제로는 그렇지 않았다. 방에서 자고 있는 식구들 때문에 조심스러웠던 탓인지는 모르나, 오히려 정상의 여자보다도 못했다. 기대했던 건착망(巾着網) 효과는 없었다. 모르는 사람을 위하여 사족을 붙이자면, 두루주머니처럼 주둥이를 꼭 조여 물고기를 잡

는 어망을 일본말로 '긴자꾸'라 하는데 우리말로는 건착망이 된
다.

소리를 지르지 않으려 이를 물고 비지땀을 흘리던 그녀가 몸
을 일으켜 앉으며 말했다.

"뒤로…… 개처럼 하자."

엉덩이를 돌려 후배위 체위를 취하면서 그녀는 나를 돌아보았
다. 지금까지 오래도록 내게 남아 있는 그녀의 인상은 그 눈빛이
다. 전날 목로에 기대서서 옷을 벗어던지던 때의 눈빛과는 판이
하게 다른 이쁘고 고운 눈빛을 둥글고 맑은 눈에 하나 가득 담
고 있었다. 내게 엉덩이를 돌리고 엎드린 그녀의 몸은 개라기보
다는 성성이나 원숭이 같았다. 사지는 가늘고 길었으며 몸은 여
위고 앙상했다. 그런 몸으로 그녀는 후배위만이 아니라 수많은
체위로 옮겨다니며 이쁘고 고운 눈빛으로 나의 눈을 바라보았
다. 참, 여자라는 존재는 어쩌면 그렇게도 판이한 눈빛을 하나의
눈에 담고 있을까 하는 의문은 아직도 여전히 내게 남아 있다.

아침이 되어서도 나는 죽은 듯이 누워 있다가, 안방 식구들이
모두 어판장으로 나간 다음에야 그녀가 차려주는 아침밥을 먹고
그 집을 나왔다. 해가 있었건만 바람이 불어대는 바깥은 지난밤
보다 훨씬 추웠다.

비렁뱅이 꼴로 부두를 돌아다닌 지 여러 날째, 밤늦게 배씨를
따라 잠을 자러 갔더니, 지금은 도로가 되어버린 곳이지만 당시
에는 개울이랄 수도 없는 시궁창가의 움막으로 나를 끌고 가는
것이었다. 콜타르칠한 종이를 잇대어 지은 검은색 움막이 시궁

창 가에 몇 채 서 있었다. 넝마주이며 양아치들이 잠자리로 이용하는 곳이라는 건 나도 잘 알고 있었다. 배씨가 그곳으로 들어간 다음 나는 달음질하여 도망쳤다. 그 움막은 국민학교에 다니던 내가 스케이트를 타러 오갈 때마다 손가락질하며 침을 뱉어대던 곳이었다. 아무리 뱃사람이 되었다 하더라도 그곳에서 잠자기는 싫었다. 더욱이 나는 그때에도 점퍼 주머니에 아쿠다카와 류노스케라는 일본 소설가의 소설집인 『나생문』이라는 문고본을 꽂고 있었다. 이를테면 그건 자존심이랄까 허영이랄까, 하여튼 그 책은 적어도 그런 곳에서는 잘 수 없다는 내 심정을 대변하는 구체적 증표 같은 것이었다. 주머니에 든 책을 움켜잡고서 눈길을 걸어 실내 포장마차로 찾아갔다. 마침 주인 여자가 있었다. 술청에 혼자 앉아 곤죽이 되도록 술에 취한 채 찔찔거리고 울면서 횡설수설하는 중이었다. 술주정의 내용인즉슨 여자의 기둥서방 자식이 오늘 밤 바로 이 주점에서 다른 여자를 꼬여서 달고 달아나버렸다는 것이었다.

"쌍년 같으니라고."

사내를 욕하기보다는 자신의 남자를 빼앗아간 여자를 그녀는 한없이 저주했다. 지금쯤 어디에선가 벌써 붙었을 거라고 이를 갈며 되풀이했다. 그러더니 비틀걸음으로 걸어가 출입문 문고리를 걸어잠그고 실내를 밝히던 백열전구마저 꺼버렸다. 컴컴해진 술청에 앉아 역시 콜라를 탄 막걸리를 거푸 들이켜면서 그녀는 여전히 욕설을 뱉어냈다.

"배를 가르고 똥창을 뽑을 년. 내 이년을……."

나는 술청의 나무의자나 목로 위에서라도 잠을 잘 욕심으로 그녀의 주정을 고스란히 들어주었다.

"야, 총각. 나도 한번 벗어볼까?" 하고 그녀가 갑자기 소리질렀다.

그러더니 정말 자리에서 벌떡 일어나 옷을 벗기 시작했다. 술청 한가운데 서서 순식간에 옷을 홀라당 벗어버리고 말았다. 실로 눈 깜짝할 사이였다.

그녀의 몸매는 이른바 통뼈라고 하는, 굵고 억센 골격이 전체적으로 사각형을 이루는 체형으로, 비유하자면 크로마뇽인의 체형이라 할 만했다. 술청 안으로 희붐하게 들이비치던 눈빛이 그런 알몸을 더욱 기괴해 보이도록 했다.

"총각, 이쪽으로 와봐" 하고 알몸의 그녀가 말했다.

내가 가는 대신 그녀가 내 쪽으로 걸어왔지만, 어쨌든 나는 그녀가 이끄는 대로 손을 뻗어 그녀의 사타구니를 만져보았다. 단지 몇 올의 음모만이 행색을 갖춘 무모증에 가까운 성기였다. 그렇기 때문에 그 맨살의 음부는 아주 따뜻하고 부드러웠으며 말랑말랑했다. 손끝으로부터 시작된 그러한 느낌은 곧 안온하고 포근한 기분을 불러일으켰고, 종내에는 뜨거운 전율로 변해 온몸을 휘감았다.

마른 생선 썩어가는 퀴퀴한 냄새가 진득하게 배어 있는 주점 곁방에서 나는 그녀를 껴안고 잠을 잤다. 크로마뇽인 같은 여자의 무거운 다리를 든 채 버둥대며 땀을 흘렸던 까닭은 잠자리를 해결하려는 단순한 필요 때문만은 아니었다. 가식이 없고, 대신 성실함이 있었기 때문에 나는 짐승과 성교를 한다는 기분에 빠져들기도 했다. 상당히 신비한 쾌감에 흠뻑 젖어 있었다는 기억이 여태껏 남아 있다. 여자도 역시 좋았던지 탁하고 느린 교성을 가끔씩 발작하듯이 질러댔다.

"죽여라! 죽여라! 죽여라!" 하는 게 그 교성의 내용이었다.

다 하고 나서는 제딴에는 남자를 위한답시고 수건으로 내 몸을 닦아주었는데, 다음날 아침 일찍 들어온 기둥서방은 세면을 하고 나서 그 수건으로 낯을 닦았다. 여자의 말대로 사내는 오입을 하고 왔던지 방 한구석에서 자고 있는 나를 보고도 별다른 말이 없었다. 여자도 벼르던 어젯밤과는 달리 무덤덤하게 놈팡이를 대했다. 그녀가 제법 그럴듯한 아침 밥상을 차려와 사내와 나를 겸상으로 마주 앉게 하였을 때에도 사내는 좋다 쓰다 말이 없이 내게 많이 먹으라는 말만 되풀이했다.

그날 아침식사를 마치고 나는 곧 바다로 나갔다. 바다 위에서 한창 조업을 하면서도 나는 실내 포장마차 주인 여자의 따뜻하던 음부와 그 안온하던 기분을 떠올리곤 했다. 밤새껏 오징어를 잡던 뱃사람들이 방창에서 잠을 자고 배는 어군을 좇아 배질을 하던 대낮에, 나는 혼자 잠에서 깨어나 고물 갑판을 뚫어 만든 배변 구멍에 엉덩이를 대고 똥을 누었다. 똥을 누면서 잠깐 울었다. 이유는 따뜻함에 대한 그리움 때문이었던 것 같다. 앞으로 어떻게 살아가든 절대로 자살하지 않으리라 맹세한 것도 그때였다.

이쯤에서 떡볶이에 대한 이야기를 하고 넘어가야겠다.

얼마 전의 일이다. 떡볶이를 해먹으려고 슈퍼마켓에 가서 냉동 떡볶이 떡을 사왔다. 끓는 물에 넣어 해동한 떡복이 떡살을 건져 내다가 나는 아주 오래된 기억의 갈피 속에 숨어 있던 촉감을 되살려냈다. 따뜻하고 말랑말랑해진 떡볶이 떡살을 손끝으로 만지면서 그 기억이 이끄는 먼 옛날로 갔다가는 되돌아왔다. 손끝을 타고 턱밑으로 치뻗어오르며 온몸으로 번져나가는 감미로운 떡살의 감촉은 그날 희붐하게 눈빛이 들이비치던 술청에서 만져보았던 크로마뇽인 같은 체형의 여자를 떠올리게 했다. 비렁뱅이꼴을 한 내게 한없는 안락감을 전해주던 그녀의 음부와, 그 음부를 만질 때의 전율이 되살아났다.

온몸으로 퍼져나가는 전율은 비단 여자의 음부를 만지던 기억 때문만은 물론 아니었다. 유 마담이 내게 만들어 먹였던 떡볶이의 맛과, 엄지발가락으로 느꼈던 질 벽의 부드러운 촉감과, 귀염둥이를 주무르며 되뇌던 유 마담의 찬탄이 함께 떠올랐던 것이었다.

"이 부드러운 느낌은 정말 최고야. 오래오래 그리워지고 자꾸자꾸 가지고 싶고……."

순쌀 떡볶이 떡은 순쌀로만 만들어서 쫄깃쫄깃하며 부드러운 맛이 일품이라고 포장지에 적혀 있다. 누구든 슈퍼마켓에 가면 그 떡볶이 떡살을 살 수 있다. 조리 방법은 우선 냉동된 떡살을 찬물에 깨끗이 씻은 다음 팔팔 끓는 물에 넣어 해동한다. 적당히 부드러워진 떡살을 건져내 프라이팬에 담는다. 거기에 기름을 붓고 고추장, 파, 마늘, 생강 등을 넣어 볶아 먹으면 된다. 그러는 중에 뜨거운 물 속에서 한껏 부드러워진 탄력 있는 떡살을 한 번쯤 만져보라고 나는 권하고 싶다. 손끝으로 느낄 수 있는 최상의 쾌감을, 그 감촉의 극치를, 그 부드러움의 환락을 맛보라고 나는 권하고 싶다.

앞선 이야기에 등장한 여자 가운데 유 마담을 제외한 다른 여자들은 배를 타기 전 실내 포장마차에서 잠시 만났을 뿐 다시는 만나보지 못했다. 그러니 그 여자들에 대한 인상은 이상에서 말한 게 전부다. 내가 웨이터 노릇을 한 시기는 군대에 가기 전이니까, 그 여자들 가운데 만난 순서로 치면 유 마담이 단연 우선한다. 만난 것만이 아니라 헤어진 것도 군대에 가기 훨씬 전이었으니 참으로 까마득한 옛날이다. 이제 그녀와 헤어지던 장면을 이야기하여야겠다.

내가 서울로 올라와 전문대학에 다닐 때 그녀는 서울에서 마담 노릇을 하고 있었다. 서대문 로터리 근방의 룸살롱에서 일하는 그녀를 몇 번인가 만났고 용돈을 얻어쓰기도 했는데, 지금 생각해보니 우리의 결별은 그놈의 몇 푼 되지도 않는 돈 때문이었던 게 틀림없다. 비렁뱅이 꼴로 학교에 다니던 어느 날 나는 퇴계로의 대한극장 건물과 맞붙은 피카소인가 채플린인가 하는 커피숍에서 유 마담을 만났다. 함께 커피를 마시고 헤어지면서 나는 돈을 빌려달라고 손을 내밀었다. 그녀는 근처에 있는 미용실에 가는 길이었고 나는 친구들과 술을 마시기로 약속해두고 있었다. 손을 내밀자 그녀는 불쾌한 표정으로 지갑에서 이만원을 꺼내 건네주며 이런 말을 했다.

"넌 어디 돈 많은 과부나 바람난 유부녀를 만나야겠다."

물론 나도 불쾌하기는 했지만 어쩔 수 없었다. 돈이 필요했던 것이다. 나는 그녀한테 얻은 이만원으로 문학이니 예술이니 하는 시시껄렁한 소리를 떠들면서 계림극장 앞 골목 안에 있는 털보집에서 조개탕에 소주를 마셨고, 밤이 깊어 잔뜩 취한 몸으로 유 마담을 찾아갔다. 그러나 유 마담은 이미 예전의 유 마담이 아니었다. 술기운과 옛 정분을 믿고 뚝심으로 달려들었건만 아침이 될 때까지 그녀는 몸을 허락하지 않았다. 몸도 마음도 다 돌변한 그녀는 빈정대는 웃음으로 응대할 뿐, 숫처녀처럼 문을 걸어잠그고서 짜증만 냈다. 다음날 술에서 깨어난 내게 돈 이만원을 쥐어주며 그녀가 단호하게 말했다.

"돌려주지 않아도 되는 돈이야. 그리고 이제 우리 더이상 만나지 않는 게 어떨까? 그게 좋을 것 같은데."

그때는 이유를 알지 못했다. 돈에 관해서도 계산법에 관해서도 무지했던 탓이었다. 그러나 오래고 오랜 세월이 흐른 지금에는 그녀의 말을 이해할 수 있을뿐더러, 슬픈 마음으로 그녀를 용서할 수도 있게 되었다.


이제 이야기를 마무리할 때가 된 듯하다. 시작이 그러했던 것처럼 오늘의 이야기는 마지막에도 보노보라는 동물을 등장시켜야겠다.

수십억 년의 지구 역사상 다른 많은 동물을 제치고 보노보와 인간만이 두드러진 성적 진보를 이루어냈다. 이러한 진보 가운데에서 같은 점은 대체로 세 가지 정도가 있다. 언제나 성행위가 가능하다는 점과 성행위를 통해 기쁨을 얻는다는 점과 다양한 성체위를 구사한다는 점이다. 반대로 다른 점도 있다. 인간과 달리 보노보는 성의 자유 방임과 공유화를 이룩했다는 점, 그리고 그러한 성을 통해 집단의 평화를 이룩해냈다는 점이다. 이 점은 단연코, 인간에게는 없는 보노보만의 특징이다. 보노보와는 달리 인간만이 이룩한 성적 진보도 물론 있다. 성욕구를 자제할 줄 안다는 점과 상상을 통해서도 성적 만족을 이루어낸다는 점과 성을 오락화하고 산업화했다는 점이다. 그리고 특히 인간은 이러한 특징을 보완하고 완성하기 위해 환상으로 성을 장식한다는 점이다.

그 장식된 환상은 대체로 오락과 예술이라는 형태로 나타난다. 성적인 측면에서 인간은 오락과 예술의 힘을 빌려 성의 자유 방임과 공유화를 끊임없이 추구하고, 그러한 결과를 통해 집단의 평화와 질서를 이룩하려 애쓴다. 보노보와는 달리 사고하는 두 뇌를 가진 인간은 상상과 예술을 통해 성을 다양하게 장식할 수 있으며, 상상 안에서도 성관계가 가능하다. 그래서 때론 감상만으로도 성적 만족을 느낀다. 상상으로 이루어진 예술품을 대할 때 사람들은 예술가와 함께 환상의 성관계를 가진다. 예술의 기능이 이러하므로 나는 예술가라는 직업인을 말할 때, 그들은 인류가 나아가고 있는 진화의 방향을 뒤틀어보려고 애쓰는 사람이라 규정한다.

그런데 오락과 예술이 아니라 실제로 성의 자유 방임과 공유화를 실현하려 시도한 인간 집단도 있었다는 걸 나는 최근에 알게 되었다. 얼마 전 잡지를 보다가 나는 캘리포니아 해변에서 집단을 이루고 있는 히피의 사진을 보았다. 사진을 둘러싸고 있는 기사 내용은 히피의 종말에 관한 설명이었다. 이미 실천을 통해 오도된 문명과 제도를 혁파하고 물질의 공유화를 이룩한 이들 히피는 최종적으로 성의 공평 분배, 나아가 성의 공유화를 이룩하고자 했다는 것이다. 그러나 그러한 실험이 결국은 그들 집단의 해체를 촉발했다고 기사는 말하고 있었다. 결국 인간은 집단의 평화를 유지하는 방법에 있어서 스스로의 한계를 증명한 셈이었다. 지극히 이기적인 인간의 성적 감정 앞에서 성의 공유화란 역시 환상에 불과했던 것이다.

보노보는 유인원의 한 종으로 우리의 선조들과 함께 넓은 평원에서 살았다. 우리의 선조들이 순열이 정해진 일부다처제를 발달시킨 반면 보노보는 무질서 그 자체였다. 하지만 결코 무질서만은 아니었다. 그들은 인간과는 달리 집단의 평화로운 운영을 위하여 성을 자유로운 상태로 진보시키는 놀라운 진화를 이루어냈다.

이제 나는 인간의 한 개체로서, 나를 포함한 모든 인간에게 묻는다.

우리 인간의 성적 진화는 과연 올바른 방향을 택했던가?

형형색색의 나비떼는 올해 봄에도 어김없이 몬테레이를 찾아왔다고 한다.
사 년이라는 기간 동안 여덟 번의 변태를 거치면서 나비는 그 먼 여행로를 어김없이 이동한다.
그중 한 번 몬테레이에서 봄을 맞이하는 셈이다.
태평양 건너 저편 대륙에서 여자는 물기에 젖은 목소리로 내게 속삭였다.
"알 수 없는 일이지만…… 너무나 아름답지 않은가요?"

방은 러브호텔이라는 이름에 걸맞게 적당히 좁고 어두워 아늑하고 포근한 느낌이었다. 신혼부부의 침실처럼 둥근 침대가 낮은 천장 아래 정갈하게 놓여 있었다. 침대 곁에 선 작고 동그란 탁자와 달걀색 철제 의자 두 개는 서둘러 벗은 바지를 걸쳐두거나 속옷을 벗어 던지기에 알맞은 가구였다.

"당신은 바람둥이인가요?"

여자는 맨발로 욕실에서 걸어나왔다. 커다란 타월로 젖가슴을 감싼 채 은은히 빛나는 호박등 앞에 서서 젖은 머리카락을 흔들며 내게 물었다. 나는 유리창에 덧댄 창틀의 나무틈 사이로 쏟아져 들어오는 정오의 햇살을 바라보고 있었다.

"아니면 고독한 사람인가요?"

나는 웃었다. 여자는 벌건 대낮에 서울 시내 한가운데 위치한 러브호텔로 남자를 따라 들어온 자신의 심정을 극적으로 치장하고 싶은 모양이었다. 어쨌건 나는 대답할 말이 없었다. 자제할 수 없는 성욕이 관자놀이로 치밀어올랐다. 여자는 오만한 척하였으나 대부분의 여자와 마찬가지로 역시 자신만은 누구보다 귀하다는 사실을 인정해주기를 바라고 있었다. 나를 탐하기 위해서는 부드러움과 따뜻함으로 예의를 갖추어달라는 여자의 허세는 위태로워 아름다웠다.

오래도록 찬찬히 머리카락의 물기를 닦아내면서 여자는 휘날리고 있었다. 그러다가는 타월을 던져버리고 잠깐 비틀대는가 싶더니, 두 손으로 머리카락을 빗질하며 내게로 다가왔다. 젖가슴은 브래지어에 감싸였을 때보다 더 둥글고 단단했다. 살이 오르기 시작한 허리 한가운데 파인 배꼽은 감꽃처럼 예뻤다.

"당신은 착한 분 같아요."

여자는 얼굴을 내 가슴에 묻으며 안겼다. 침대로 쓰러진 여자의 몸을 안고 천천히 어루만졌다. 처음에는 가만히, 눈을 감은 채, 애무에도 반응을 보이지 않고 오래도록 내 손길에 자신을 맡겨두었다가, 이윽고 제 몸 속으로 뿌리가 뻗어들어가자 여자는 믿어지지 않을 만큼 적극적으로 내 엉덩이를 끌어당겼다. 그때 침대 밑에서 나방 한 마리가 푸드득 날아올랐다.

"어머!"

여자는 낮은 비명을 질렀다. 달아오른 성욕 따위는 일순에 털어버린 얼굴이었다.

"나비야? 나방이야? 지독히도 큰 놈이로군."

여자를 안심시키기 위해 나는 아무렇지도 않은 표정을 지었다.

침대 밑에서 날아오른 나방은 탁자 위를 한 차례 비행하고선 호박등 쪽으로 날아갔다. 나방의 날갯짓에서 떨어져나온 미세한 가루가 먼지처럼 퍼져나가는 모양이 호박등 불빛에 드러나 보였다.

"무서워요. 난 벌레라면 질색인데."

"나방이잖아, 저건."

호박등 주위에서 맴돌던 나방은 욕실문에 달라붙었다.

"저봐. 문에 얌전히 붙었잖아. 날개를 문짝에 붙이고서. 앉을 때 날개를 양쪽으로 펼치는 놈은 나방이야."

"무서워. 난 나방도 무서워요."

"알았어."

나는 침대에서 일어나 출입구 전등을 켜고 출입문을 열었다. 손을 휘젓자 나방은 알았다는 듯이 밖으로 날아갔다. 침대로 돌아오며 내가 말했다.

"우릴 훔쳐보고 싶었던 모양이다."

"방 안에 웬 나방이지?"

"여름이니까."

"창으로 들어왔나 봐."

"아냐. 저놈은 아마 이 방에서 지난겨울을 난 놈일 거야. 요즘엔 그런다잖아. 서울 시내에 날아다니는 파리나 모기나 나방은 다들 집 안에서 겨울을 난대요."

"그래요. 그렇군요."

다시 내 허리 위로 올라앉으며 여자는 고개를 끄덕였다. 여자는 내 성기 위에 몸을 올려놓자마자 신음을 토해내며 찡그린 눈으로 나를 바라보았다. 여자는 천천히 몸을 비틀었다. 입술을 동그랗게 말아 열고, 숨을 내뿜으며, 커다란 엉덩이를 위아래로 움직이기 시작했다. 나는 출입구로 쫓아낸 나방을 생각했다. 복도로 나서서 열린 창을 통해 러브호텔 밖으로 날아갈 수 있을까 염려했다. 입술을 야무지게 비틀어 물면서 거칠게 운동을 시작한 여자는 놀랍게도 금방 절정으로 치달았다.

고백하건대 나는 미혼녀보다는 남편이 있는 남의 아내를 더 탐하는 스타일이다. 나는 유부녀의 뻔뻔스러움을 좋아한다. 내 품에 안겨서 남편과의 하나마나한 성관계를 토로하는 바람난 여자의 죄악을 사랑한다. 죄악의 아슬아슬함. 그 뒤에 오는 처연함. 성(聖)도 속(俗)도 없다. 내게 있어서 절정의 느낌이 있다면 이러한 경지다. 아무도 없음. 그 무엇도 없음.

서울로 거처를 옮기기 전, 여러 달 동안 나는 바다가 바라보이는 독신자 아파트에서 서울에 있는 대학을 오가며 이른바 시간강사 노릇을 했다. 귀찮을 때도 있었으나 나름대로 귀중하고 행복한 한 학기였다. 승용차를 운전하여 가을이 무르익어가는 산맥을 넘어오면서 많은 생각을 했다. 때론 도끼나 낫, 쇠스랑이나 괭이와 같은 연장에 관해 생각하기도 했다.

다른 이들은 무료한 시간, 저만의 시간을 어떠한 상상으로 채우는지 모르겠다. 농촌에서 태어나 열 살까지 시골에서 자란 나는 농작물이나 가축, 농기구와 농업과 연관된 절기(節氣)에 관해 생각하는 습관이 있다. 그러한 대상에 세상 만물과 세상 만사를 맞놓아보면 저마다의 쓰임새와 생김새가 오롯이 드러나 보인다. 어린 시절 누구나 그러했겠지만 나 역시 도끼라는 물건을 좋아했다. 그건 우리집 식구나 일꾼들의 성품과 딱 닮아 있었다. 어쩌다 이웃집에 가서 그 집 도끼를 보면 영 낯설어 손에 잡아보고 싶은 생각이 들지 않았다. 그런데도 그 집 식구들은 아주 익숙하게, 내게는 낯선 도끼를 스스럼없이 들어 제 몸의 일부처럼 다루는 것이었다. 참 신기하다고 여겼었다. 비단 도끼만이 아니었다. 주루메기나 호미, 주전자나 장독도 우리집 물건이 아니라면 생김새며 쓰임새가 얼른 떠오르지 않았다. 그러한 내가 왜 여자만은 남의 아내를 차지하고 싶어하는지 모르겠다.

여자도 역시 남편이 있는 여자였다. 처음에는 순간의 일탈, 가벼운 자멸의 욕구에 기대어 봄날의 바람결을 핑계로 비틀거리며 몰락하였으나, 쾌락에 대한 집착은 직선적이고 연속적이었다. 이른 점심으로 케이크 한 조각에 커피를 마시고 커피숍 곁에 붙은 러브호텔로 간다. 러브호텔 입구의 등나무 그늘을 지나 어두운 방으로 들어서면 서로의 눈을 바라보며 서둘러 옷을 벗었다. 여자는 내가 벗은 바지를 받아 옷걸이에 걸었다. 나는 양말을 벗으려 몸을 숙이면서 이야기를 시작했다. 도끼와 햇살, 그리고 소설에 대한 이야기였다. 내가 말하는 중에 여자는 나와 자신이 벗은 옷을 가지런히 개어 의자 위에 올려놓는다.

"야위었나요? 볕에 타서 야위어 보이나 봐요."

스타킹을 벗어들고서 여자가 내게 말했다. 나는 얼굴을 거울에 비추어보며 이야기를 계속했다. 겉옷을 다 벗은 여자는 브래지어와 팬티 차림으로 의자에 앉아 내 이야기를 들었다.

여자는 영문학을 전공하는 전임강사의 신분으로 나이는 나보다 한 살 어렸다. 그녀의 남편에 관해서는 말하고 싶은 기분이 아니다. 여자와 여자의 남편은 조각을 전공하는 내 절친한 친구와 친분을 가지고 있다. 나는 친구와 함께 그녀가 재직하는 대학의 연구실에서 그녀를 처음 만났다. 도끼에 관한 이야기를 다 듣고 나서 내가 담배를 피우는 동안 여자는 자신의 이야기를 시작했다.

"제가 미국에서 유학하던 시절이었어요."

여자는 코를 찡그리고 턱을 조금 비틀었다.

"가까운 분들과 피크닉을 갔지요. 포토맥 강가에 있는 넓은 숲 속이었어요. 봄이었는데, 강가에서 가까운 나무 그늘 아래 앉아 포도주와, 소시지와, 과자를 먹었지요. 박사님 부부와 무슨 사업체를 운영하는 나이든 부부. 나이 지긋하신 분들이어서 나는 그냥 그분들의 담소를 들으며 웃고만 있었는데, 어느 순간 언뜻 강을 바라보다가 그들을 발견했어요."

여자의 목소리는 정갈하게 들렸다.

"그런데 서양인들의 눈은 어쩌면 그렇게 진실해 보일까? 언젠가 미국인과 결혼한 선배 언니가 그래요. 자신을 바라보는 남자의 눈이 너무나 진실해서 그 눈빛과 결혼하고 말았다고. 우리나라 사람들은 그렇지 못하죠? 어쩐지 우리나라 사람들은 의심스런 눈빛에 길들여지고 익숙해져 있어요."

여자는 자신의 머리카락을 만졌다.

"오늘처럼 청명한 봄날이었죠. 잔물결로 가득 찬 포토맥 강 위에는 봄날의 햇살이 너무나 부드럽게…… 아이, 정말 꿈결같은 풍경이었어요. 그런 포토맥 강을 배경으로 푸른 잔디밭 위에 한 쌍의 남녀가 있었어요. 그들은 무언가 일을 치르듯이, 심각하고 천천히 움직이고 있었는데, 내 생각으로는 그들만의 혼례(婚禮), 이를테면 비밀스런 결혼식을 치르는 중인 것 같았어요. 정확한지 아닌지는 모르지만 나는 그렇게 생각했지요. 둘 다 아주 어린 사람이었기 때문에 그렇게 생각했겠지요. 열다섯이나 열여섯쯤. 아마 아무도 몰래 저들만의 혼례를 치르려 했던가? 어느 순간 검은 슈트를 입고 보 타이를 한 남자가, 그는 청바지를 입고 있었는데, 흰 원피스를 입은 여자의 머리에 왕관처럼 생긴 희고 커다란 장식물을 씌워주면서 포옹을 했지요. 그거였어요. 아주 우아하게. 멀리서 바라보고 있었기 때문에 그 눈빛까지는 보지 못했지만, 멀리서 느끼기에도 두 사람은 아주 오래도록, 세상 모든 것이 존재하지 않고 오직 저희들과 포토맥 강물만이, 잔물결과 산들바람만이 곁에 있다는 듯이 서로의 뺨과, 이마와, 목덜미와, 손등과 팔을 어루만지고 입맞추고 쓰다듬고……."

가슴 위로 쳐든 여자의 손은 그들의 포옹을 설명하기 위해 우아하게 움직였다.

"그래요. 나는 망연히…… 그 우아하고도 고귀하며 비밀스런 제례를 지켜보고 있었지요. 다시 두 사람 사이에서 웃음이 터져 나왔어요. 그건 아무것도 아닌 일로 즐거워하는 어린아이들 같은 웃음이었지요. 그러다 여자가 아주 자연스러운 동작으로 남자를 풀밭에 눕게 했어요."

여자는 잠시 멈추었던 말을 계속했다.

"아아, 포토맥 강가의 그들은…… 어쩌면 그렇게 순수하고 열정적이고 신비하고 고혹적인 장면을 연출할 줄 알았던지. 나는 지금도 가끔씩 그들을 생각해요. 그리고 그들 뒤에서 빛나던 물결, 그들의 금발을 뒤척이던 산들바람, 그들의 어깨 위로 흘러내리던 봄날의 햇살……"

그제서야 나는 그녀의 눈가에 흘러나온 눈물을 보았다. 나는 쓸쓸한 기분으로 다른 남자의 아내를 팔베개하고서 창 밖에서 들려오는, 싱싱한 오이나 계란을 사라고 외치는 확성기 소리를 들었다.

조각가 친구가 소똥으로 조형물을 만들기 시작한 지 여러 달이 지난 학기 초였다. 내가 여자와 만난 지 한 달쯤 되었으니까 서너 번의 밀회가 있은 뒤였다. 우리는 친구의 작업 과정을 둘러본다는 핑계로 영(嶺)을 넘어 동해안으로 여행을 갔다. 단 하룻밤의 동반 여행이었다. 내가 운전하는 승용차로 서울을 출발해 친구의 조형연구소가 있는 영 너머까지 여섯 시간이 걸렸다. 어둠이 내리기 전 저녁 산안개가 몰려드는 영 정상의 우거진 숲을 보며 그녀가 말했다.

"저기 저 숲속 어딘가에는 이제까지 아무도 밟아보지 않은 땅, 아무도 앉아보지 못한 풀밭이 있을 거야. 언젠가 저곳으로 피크닉을 가요. 응?"

"그래."

그녀가 눈으로 가리키는 낙엽송 숲 언저리를 바라보며 내가
응낙했다.

"버드나무 바구니에 포도주와 치즈와 샌드위치를 담고. 오렌
지도. 그리고 파라솔도. 둘이 함께 저 숲속 어딘가에 있을 풀밭
으로 피크닉을 가자. 응?"

"좋아!"

역시 나는 응낙했다. 그러면서 웃었다. 한 번도 사람들 앞에 나
서서 우리는 사랑한다고, 우리는 서로를 탐한다고 떳떳하게 말
해보지 못한 내 처지가 가여웠다. 그런 남자를 따라 러브호텔에
드는 여자가, 정오의 햇살을 두터운 커튼으로 차단하고 계란 장
수의 호객 소리를 들으며 쾌락을 찾아야만 하는 여자의 애정이
가여웠다. 좁은 러브호텔 침대 밑에서 날개를 털며 날아올라 호
박등 주위를 맴돌던 나방이 가여웠다. 남편 아닌 다른 남자의 품
에서 숨을 몰아쉬며 자신의 절정을 호소하던 여자, 한순간의 쾌
락을 위해 낯선 남자 앞에서 머리핀을 뽑던 여자, 잠시 뒤면 등
을 보이고 돌아설 남자를 위해 다리를 들어주던 여자의 눈매가
가여웠다.

대낮에 출발했는데 어둠이 내려서야 도착했다. 행락객이 많은
휴일이라 영을 다 내려가는 데만 두 시간이 걸렸다. 그녀는 쾌락
에 젖은 눈으로 어둠에 젖어가는 태백산 준령을 내려다보며 낮
고 맑은 목소리로 노래를 불렀다.

"연분홍 치마가 봄바람에 휘날리더라…… 오늘도 옷고름 입에
물고 산제비 넘나드는 성황당길에."

나도 함께 따라불렀다.

"꽃이 피면 같이 웃고 꽃이 지면 같이 울던…… 알뜰한 당신의…… 봄날은 가아안다……."

소똥으로 만든 커다란 조형물이 메주처럼 줄줄이 매달린 친구의 작업실에 들어서서 여자가 말했다.

"녹차 냄새가 나는군요."

소똥 조형물에서는 여자의 말대로 잘 다린 녹차 냄새가 풍겨났다. 그날 밤 우리는 친구 부부와 어울려 바닷가 레스토랑에서 술을 마셨다. 취했지만 같은 침대에서 잠자지는 못했다.

"아마 남편은 제가 처녀라는 고백 때문에 나와 결혼한 것 같아요."

술에 취하자 붉은 눈자위를 들며 여자가 말했다. 친구 부부는 와 하고 웃었다. 레스토랑 한쪽 좁은 무대에서 가수는 흐느끼는 목소리로 노래하고 있었다.

"영화 같은 인생이 있을까요?"

여자는 순간 남편을 생각하고 있었던 것이다. 나는 여자의 눈빛에서 그걸 읽었다. 이러한 순간이면 나는 죄악에 탐닉하는 내 본성을 알아차릴 것도 같은 기분에 빠져든다. 나는 쾌락과 죄악 사이에서 안타까움으로 몸서리치는 여자의 눈빛을 바라보며 일종의 안도감에 젖어들었다.

어느 여름 날이었다. 그녀는 고개를 비틀어 달아나는 들짐승의 눈으로 나를 노려보며 절정을 맞았다. 나는 여자의 엉덩이에 사정을 했다. 사정이 끝난 다음 땀에 젖은 몸으로 잠든 고양이처럼 엎드려 있던 여자가 내게 말했다.

"난 이런 자세는 처음이야."

자신은 남편과 관계하면서 여태껏 한 번도 다리를 들거나 후배위 자세를 취해보지 않았다면서, 환한 대낮에 두 다리를 들고 관계하면서도 어쩐지 부끄럽지 않은 게 이상하다고 말했다. 그러면서 덧붙였다.

"정말, 남자들은 모를 거야. 하늘에서 불벼락이 떨어진대도 조금도 두렵지 않다는 생각."

말을 마친 다음 겹친 두 손등 위에 이마를 댄 채로 엉덩이를 비틀어 보였다. 그때에도 나는 어린 시절 팽이를 깎던, 가볍고 뭉툭하게 생긴 우리집 도끼를 생각했다. 땀에 젖은 눅눅한 부위를 피해 침대 구석으로 몸을 굴리며 내가 물었다.

"다리를 들지 않고 어떻게 하지?"

"그냥. 처음부터 버릇이 되었지. 우리 애아빠 그냥 그런 줄 알아. 자기처럼 다리를 들라고 말하지 않으니까."

여자는 작고 가벼웠으며, 사랑의 순간이면 여우처럼 돌변하는 매력을 지니고 있었다. 여자의 눈빛이 돌변하면서 서늘한 욕정을 뿜어내는 순간이 있다.

첫번째는 펠라티오의 순간이다. 립스틱도 미처 지우지 않은 입술로 내 성기의 귀두부를 잘라물고서 나를 쳐다보는 눈길이다. 이제부터 너를 먹기 시작할 테니까 마음 준비를 단단히 하라는 경고와 같다. 두번째 순간은 땀에 젖은 침대 위에서 마주 앉은 자세로 서로의 성기를 내려다보며 관계할 때다. 땀방울을 가슴에 떨구며 여자는 자신의 몸 속으로 드나드는 나의 뿌리를 내려다본다. 나는 코앞에 위치한 그녀의 이마에 돋아 있는 땀방울을 볼 수 있다. 숨을 몰아 쉬던 여자는 문득 이마를 들어 나를 쏘아보는 것이다. 그리고 세번째는 후배위의 자세에서 이루어진다. 여자의 허리를 부여잡고 둥글고 흰 엉덩이를 내려다보던 나는 그녀에게 돌아보라고 명령한다. 그러면 그녀는 웨이브 진 파마 머리카락을 목 한편으로 쓸어넘기며 세상에서 가장 가혹하고 잔인한 눈빛으로 나를 돌아본다.

그녀와 내가 만나게 된 계기는 조각과 관련이 있었다. 친구인 조각가의 요청으로 나는 소똥으로 만든 조각품의 제목을 지어주었고, 그 친구가 쓴 '작가의 말'을 부드러운 문장으로 다듬어주었다. 내가 지은 조각품의 제목과 다듬은 글을 그녀가 영문으로 번역하게 되어, 우리는 이를테면 예술적 필요에 의해 만나게 되었던 것이다. 새학기가 시작되던 이른봄이었다. 나는 친구의 소똥 조각전 오프닝에서 단 한 번 그녀의 남편을 만났다. 짜증스런 인상의 남자였다. 이후로 꿈속에서 나는 그 사각형의 턱을 가진 남자를 자주 만났다. 여자의 소개로 나는 그와 인사를 하고 악수를 나눈 뒤 소똥 조각에 대해 이야기했다. 긴 대화는 아니었다. 그가 의례적인 이야기를 하는 동안 나와 여자는 알이 조그마한 포도를 먹었다. 손바닥에 뱉어두었던 포도씨를 버리고 나서 건배를 했다. 남편은 우리의 정사를 의심하는 눈치는 아니었다. 아내의 결벽증과 불감증을 믿고 있었을 것이다.

친구의 조각전은 테헤란로에 있는 포스코 미술관에서 성황리

에 열렸다. 세계 미술사상 소똥 조형물을 전시한 경우는 처음일
거라고 관람객들은 저마다 한마디씩 했다. 전시된 작품은 스물
다섯 점이었는데 가장 커다란 작품은 러브호텔의 방을 가득 채
울 정도의 크기였다. 싸리나무 가지로 거푸집을 만든 다음, 느릅
나무 수액과 볏짚 토막을 섞어 버무린 소똥을 그 양면에 발라
만든 조형물이었다. 생김새와 색깔은 가지각색이었다. 영(嶺)의
초지에서 풀만 먹은 소의 똥으로 만든 작품이었기 때문에 이른
봄부터 가을까지 만든 시기에 따라 재료인 소똥의 색채가 달랐
고, 따라서 작품의 색채도 다를 수밖에 없었다. 친구의 설명으로
는 사료를 먹인 소의 똥은 접착력이 부족할뿐더러 미묘한 천연
의 색상도 기대할 수 없었다고 하였다.

　스물다섯 점의 작품 제목은 나의 발상으로 명명됐다. 소설가인
내게 부탁할 때 친구는 뭔가 상징적이며 문학적인 발상을 기대
했겠지만, 나는 며칠간 고민한 끝에 스물네 점의 작품에 제작 순
서에 따라 이십사 절기를 이름으로 붙여주자는 제안을 했다. 친
구는 유쾌하게 동의했다. 가장 중심되고 가장 커다란 작품의 제
목은 ‘우주(宇宙)’라고 그가 스스로 작명했다. 명명에 이어 이십
사 절기를 영문으로 옮기고, 그 영문을 다시 우리말로 번역해놓
고 보니 작품의 제목이자 이십사 절기에 대한 해석은 대단히 시
적이 되었다. ‘우주’라는 작품의 영문 제목을 영문학자인 여자는
‘The universe’라 번역했지만 나는 ‘우주’라는 말을 삼라만상을
담고 있는 ‘커다란 집’으로 옮기고 싶었다. 여자는 좋다고 말했
다. 그래서 ‘우주’라는 작품의 영문명은 ‘A big house’로 결정됐

다. 나머지 스물네 점의 작품 제목을 영문으로 번역하고 다시 우리말로 풀어놓으면 다음과 같은 아름다운 이름이 된다.

입춘(立春) Onset-spring, 봄의 시작

우수(雨水) Watery earth, 물오른 땅

경칩(驚蟄) Dance of the life, 생명의 춤

춘분(春分) Heart of the Spring, 봄의 심장

청명(淸明) Blue energy, 푸른 기운

곡우(穀雨) Vital rain, 생명의 비

입하(立夏) Onset-summer, 여름의 시작

소만(小滿) Small fullness, 작은 충만

망종(芒種) Chance of the awned grain, 까락 곡식의 때

하지(夏至) Erection of the sun, 태양의 발기

소서(小署) Hot up, 열기의 상승

대서(大署) Big heat, 폭염

입추(立秋) Onset-autumn, 가을의 시작

처서(處署) Cool fire, 식은 불

백로(白露) White dew, 하얀 이슬

추분(秋分) From the light to the darkness, 빛에서 어둠으로

한로(寒露) Ice air, 차가운 공기

상강(霜降) Silence land, 침묵하는 땅

입동(立冬) Onset-winter, 겨울의 시작

소설(小雪) A little snow, 약간의 눈

대설(大雪) Heavy snowfall, 폭설

동지(冬至) Downfall of the sun, 태양의 몰락

소한(小寒) Into the cold, 추위 속으로

대한(大寒) Center of the winter, 겨울의 중심


"멋있지? 아주 시적이야!"

친구가 내게 감탄해 말했다. 나도 응수했다.

"대단하군……."

나는 이전에 성교가 끝난 뒤 여자에게 절정의 느낌을 물어본
적이 있었다. 절정에 달한 몸에서 일어나는 쾌락의 느낌에 대하
여 여자는 아주 깜찍한 목소리로 대답했다.

"핫 업(Hot up)!"

여자는 아랫도리가 침대 아래로 녹아내리는 것 같다고 덧붙였
다.

"어떤 사람 곁에 있으면 다른 인간의 존재 따위는 전혀 문제
도 되지 않는 수가 있어요."

여자의 숲가에는 애액이 흘러넘치고 있었다. 여자가 말했다.

"난 꿈을 꾸면서도 당신과 섹스를 해요."

"그래? 난 당신을 생각하면서 자위행위를 하는데."

"그래요? 정말이에요?"

"그럼."

"너무 기뻐요."

우연이지만 'Hot up'이라는 영문 제목을 부여받은 작품이 가

장 마음에 들었다. 전체적으로 로마 병정의 투구와 같은 모양을
한 그 작품은 은은하고 불그스레한 조명을 받으며 전시장 한가
운데 매달려 있었다. 일 미터가 조금 넘는 둘레에, 길이는 일 미
터 조금 못 미치는 작품이었다. 작품 앞에 서 있던 내가 여자의
남편에게 말했다.

"올해 여름은 꽤나 더울 것 같군요."

와인 글라스를 든 남자가 대답했다.

"그래요?"

내가 문장을 다듬어준 조각가 친구의 글은 '요동과 우연'이었
다. 여자는 그 제목을 'On Turmoil and Incident' 라고 영역했다.


### 搖動과 偶然


내가 소똥이라는 소재를 이용하여 조각 작품을 이룩하겠다
고 생각한 것은 전혀 우연이었다. 이제까지 자신이 사용했던
여러 소재들, 돌과 흙과 나무와 금속과 인공화학물질에 대한
흥미와 애정에 소진한 결과라기보다는 그러한 소재가 가지고
있는 고착된 미적 조건에 대한 진지한 의문 한가운데에서 문
득 내 눈에 뜨인 물질이 소똥이었다. 그러므로 여러 사람이 내
게 질문하고, 또한 나 자신 작업중에 자신에게 거듭 되물었던,
과연 소똥이라는 소재가 나라는 조각가를 통해 토로하고자 하
는 미적 메시지는 무엇인가에 대한 대답은 자명하다. 그럴 수
있다는 것이다. 우연을 설명하는 '그럴 수 있다' 라는 말을 누

군가는 '자연스럽다'고 한다. 그렇다면 나는 소똥을 통하여 자연스러움, 즉 미의 초기 조건에서부터 출발하고자 했던 것인지도 모르겠다. 이러한 대답이 아마 소똥이라는 소재를 사용하게 된 우연에 대한 가장 의미 있는 찬탄이 되리라 믿는다.

이제까지 우리는 소똥이라는 물질이 인간의 심미안을 만족시키기 위한 구체적 형상을 이룩하는 소재로 기여하리라고는 생각지 않았다. 그러한 생각을 가진 인간들이 살아왔던 시간만큼이나 그러한 인간의 의식도 사실은 우연의 결과였다고 나는 말한다. 우리가 지금껏 반복적 정형화라고 믿었던 모든 것이 사실은 일시적 우연의 일부분에 불과하다는 말이다. 이제 우리가 미적 개념에 있어서도 새로운 패러다임을 요구하는 이 현재라는 시간의 실체 앞에, 기존의 조각이 가지고 있는 제반 조건을 심도 있게 재점검하려는 나의 의도를 우연이라는 경우를 통하여 실행하려 한다.

돌이나 흙이 아니고 소똥이다. 나무나 금속이나 인공화학물질이 아니라 소똥인 것이다.

미적 완성을 목표로 하는 모든 예술가는 자신의 작품이 자연과 닮기를 꿈꾼다. 모든 예술가의 작업은 자연에 대한 외경심으로부터 출발하는 법이며 자연에 대한 모방을 거쳐 종국에는 자연의 일부를 이룩해냄으로써 그 완성을 꾀한다. 결국 예술가는 자연의 가장 진정한 모습인 우연과 변화의 불안정한 양상을 자신의 작품을 통해 구현해내고자 하는 것이다. 때문에 내가 내 작품을 통해 형상화하고자 했던 구체화할 수 없지만 구체화해야만 했던 이러저러한 형태는 의식적으로나 무의식적으로나 자연의 모습을 닮으려는 지고지순한 예술가의 본능에서 비롯한 것이다.

우리는 지금 과거와는 전혀 다른 전환기의 세계에 살고 있다. 과학이나 역사, 사회에 있어서만이 아니라 예술과 그 예술이 지향하는 아름다움의 본질에 대한 시각마저도 과거와는 전혀 다른 방향으로 진화하고 있다. 이렇듯 아름다움에 대한, 그리고 그 아름다움의 초기 조건인 자연에 대한 이해에 있어서도 우리는 혁신적인 시각을 마련하고 있다.

우리가 지금 미적 개념에 대한 변화를 겪는 이유는 이전의 고전적인 시각에서는 우주와 자연을 기하학적인 안정성으로 이해하고 취급했기 때문이다. 고전 미학에 의한다면 안정성과 평형이야말로 가장 중요한 미적 조건이었다. 하지만 현재 우리는 여러 분야에서 불안정성과 요동, 그리고 우연에 의한 진화적 경향을 경험하고 있다. 즉 어떤 의미에서 새로운 형태의 자연을 경험하고 있고, 자연을 보는 우리의 시각이 변화하고 있다는 것이다. 자연은 언제나 새로운 모양을 하고 있다. 자연은 대단히 다양한 창조성을 가지고 있다. 그러한 자연의 창조성과 인간의 창조성 사이에는 상당한 유사성이 있다. 인간의 활동은 특별한 예외가 아니라 자연의 창조성을 보여주는 매우 독특한 한 예에 불과하다. 동양정신이 인간과 자연의 동일성을 추구해 왔던 까닭은 그 때문이다.

우리는 신에게 필요한 미를 창조하려는 게 아니라 우리 인간 자신에게 필요한 미를 창조한다. 그러므로 마땅히 인간의 미는 우연의 가능성을 포함하고 있어야 한다. 우리 인간이 우연으로 가득 찬 자연에 둘러싸여 있기 때문이다. 완성되지 않은 우주, 아직도 형성되고 있는 우주에서 우리는 살고 있다. 현재에도 진화하고 있는, 만들어지고 있는 우주에서 살고 있는 것이다. 따라서 우리의 심미안도 사실은 고정된 것이 아닐 수밖에 없다.

나의 소똥으로 된 조각 작품이 기왕의 경우와는 달리 전부 허공에 매달려 있다는 사실은 소라는 생물이 그의 배설물인 소똥을 자신의 신체로부터 땅으로 떨어뜨려 지극히 안정된 상태로 진열한다는 정형화된 조건에 대한 반역이다. 뿐만 아니라 이는 기존 조각의 일반적 미적 조건인 안정미에 대한 요동이기도 하다. 또한 이번 나의 작품들이 일률적으로 보여주고 있는 형태가 지극히 운동미를 가진 까닭도, 그리고 그 작품들이 밝음만이 아니라 어둠 속에서도 자신의 존재와 미적 메시지를 전달할 수 있다는 사실도, 당연히 그러한 의도와 관련이 깊다.

나의 작업은 자연의 모습, 그 미의 초기 조건에 대한 탐구의 일부분이며, 그 진화과정의 일부분인 우연의 소산이다. 초기 조건을 정확히 파악하지 못한다면 미래에 대한 예측도 불가능할 것이다. 결정론적 시각에 따른 필연만이 사실이라면 새로움이란 있을 수 없다. 따라서 전환기를 맞이한 우리에게 필요한 조건은 필연과 평형이 아니라 우연과 비평형으로 이루어진 창조적 에너지다. 제각각의 방향으로 요동하는 개체가 결국에는 집단의 일정하고도 안정된 변화를 이끌어낸다. 나의 이러한 생각과 작업, 그리고 그 산물인 소똥 조각 작품은 우리의 새로운 미의식 정립에 필요한 한 우연한 요소로 기능하리라 감히 자신한다.

새로운 만큼 위험은 있다. 그러나 적어도 나는 나의 이러한 작업이 새로운 세계에서 한 가능성으로 평가받기를 원한다. 훨씬 더 복잡하고 훨씬 더 불안정한 자연을 새롭게 이해하려는 노력에 일조하기를 기대한다. 그렇다면 나의 이 치기만만한 요동과 우연은 미의 초기 조건이자 미의 궁극적 지향점인 자연의 모습을 새롭게 이해하고, 그 자연과 인간이 함께 하는, 미래를 위한 창조성과 새로움을 위하여 치르는 값진 대가가 되리라 믿는다.


여자와 나는 가을이 오면 피크닉을 가기로 했지만 약속은 결국 지켜지지 못했다. 그 뒤로 이어진 밀회는 좀처럼 예전 같지 않았다. 여자는 터무니없이 짜증을 내는 남편 때문에 곤혹스러워하고 있었다. 남편은 아내의 몸에서 풍겨나는 낯선 떨림에 투정을 부리기 시작했다. 여자의 몸은 피어났다가도 금방 시들어버렸다. 나와 여자는 도둑고양이처럼 담 위를 걸어다니는 꼴에 지쳐 서로를 잊기 위해 애썼으나 좀처럼 잊혀지지 않았다.

"남자들은 참 멍청이야. 그렇지 않아요? 자기 아내라서, 그 여자가 낳은 아이가 당연히 자기 아일 거라고 믿는 걸 보면 남자들은 참 귀여워."

여자는 맥없이 웃었다.

"물고기처럼 몸 밖에서 수정하는 것도 아니고. 볼 수도 없는데 그렇게 믿고 말다니. 멍청하게스리……"

나는 그럼 여자는 알 수 있냐고 물었다. 운전하느라 앞을 향하고 있는 내 옆 얼굴에 대고 여자가 말했다.

"알지. 정확진 않아도 자기 몸이니까."

그러면서 여자는 원앙에 대하여 말했다.

"원앙도 간통을 한다는 거예요. 원앙은 조류 가운데서도 금슬이 좋기로 유명하잖아요."

여자는 코방귀를 뀌었다.

"우두머리 원숭이에게 발각되면 목이 꺾여 죽을 줄 알면서도 다른 수컷 원숭이와 몰래몰래 목숨을 걸고 관계하는 암컷 원숭이를 알아요?"

그녀의 절정에 겹쳐 들려온 성당의 종소리가 우리의 성교를 축복하는 종소리가 아니듯이 우리는 짧은 쾌락에 뒤따르는 우울과 고독으로 웅크린 채 현실로 돌아가고 있었다. 러브호텔에서 나와 집으로 돌아가는 승용차에서 여자는 수심 찬 얼굴로 차창 밖을 내다보았다. 차창 턱에 팔꿈치를 걸치고 손바닥으로 턱을 괴고서, 피크닉을 가기로 한 낙엽송 숲을 내려다보던 눈빛으로 그녀가 말했다.

"언젠간 손을 잡고 서울 거리를 걸어다닐 수 있을까요?"

그러고는 핸드백 속에 든 핸드폰을 꺼내 집으로 전화를 했다. 침대 위에서 내 귀에 대고 속삭이던 칭얼거림이 아니었다. 좀전에 들었던 수심 찬 목소리도 아니었다.

"응, 나도 곧 들어갈 거예요. 한 시간 뒤에…… 그래요. 스텔라는 뭐 해요? 그래요…… 그래요…… 네, 알았어요."

그리고는 승용차에서 내릴 때까지 말이 없었다. 마지막 인사는 늘 같았다.

"전화하지 마세요. 제가 전화할게요."

그렇지만 진정은 아니었다. 숨찬 성교가 끝나고 돌아갈 시간이면 여자는 브래지어를 들고 서서 짜증 섞인 푸념을 했다. 여자는 내게라기보다는 자신의 운명에 투정을 부리고 있었다.

"이젠 이런 나방이나 날아다니는 어두운 방이 싫어요."

어느 비 오는 날 나는 돌연한 충동으로 그녀를 만나기 위해 학교로 갔다. 낮잠에서 깨어난 직후, 그녀 집 앞을 서성이던 꿈을 잊지 못해 불현듯 달려나선 길이었다. 꿈을 꾸면 언제나 그녀가 아니라 그녀의 남편이 뜰 앞에 앉아 있곤 했다. 도둑고양이처럼 담 너머를 기웃거리다 어정쩡한 기분으로 잠에서 깨어나면 꿈이었다.

출발하자 비가 내리기 시작했다. 여름을 작별하는 비였다. 교정에 들어설 때쯤 비는 바람에 휘날리며 정신없이 쏟아지기 시작했다. 주차장에서 건물 처마 아래까지 뛰어가는 길에 윗도리와 바지가 다 젖었다. 연구실로 올라가는 층계에서 여자에게 전화를 했다. 어쩐지 여자는 놀라지 않았다. 그러면서 금방 집으로 돌아가야 한다고 힘없는 목소리로 말했다. 연구실에 들어가 내가 녹차를 마시는 동안 여자는 수건으로 꼭꼭 눌러 흠뻑 젖은 내 양복 윗도리의 물기를 빼주었다. 그녀의 웨이브 진 머리카락 사이로 언뜻언뜻 드러나는 흰 목덜미를 훔쳐보다가, 나는 여자의 팔을 끌어당기며 성욕을 고백했다. 하지만 그녀는 굳어 있었다. 그녀는 누나 같은 눈길로 웃으면서 나를 바라보았다.

"할 수 있다면 당신 혼자 하세요. 내가 보아줄게."

나는 바지 지퍼를 내리고 팬티 안에서 꺼낸 무거운 성기를 들고서 그녀 앞에서 수음을 했다. 여자는 소파에 웅크리고 앉아 수음에 열중하는 내 꼴을 아무런 감정 없이 바라보았다. 귀두부께에 눈길을 고정한 여자는 한쪽 손을 뻗어 곁에 있던 사각의 티슈팩에서 티슈 세 장을 뽑아 차곡차곡 겹쳐 들었다. 티슈를 손에 든 그녀가 무릎 위에 팔꿈치를 얹고 처연한 눈길로 바라보는 앞에서 나는 사정했다. 그녀는 손에 들고 있던 티슈를 내밀어 내 정액을 받고, 다시 티슈를 뽑아 귀두부를 닦아주었다. 내가 바보처럼 웃으며 거친 호흡을 되풀이하는 동안 여자는 휴지통에 티슈를 버리고 소형 냉장고 문을 열더니 날달걀 한 알을 꺼내 내게 내밀었다.

가을이 지나가고 다시 봄이 왔으나 우리는 결국 피크닉을 가지 못했다. 여자는 미국으로 떠났다. 인근에 소재한 대학에 교환교수로 근무하게 된 남편과 함께 서부 몬테레이에서 살고 있다. 그녀가 미국으로 떠난 뒤 나는 저녁이면 술을 마시고, 대리운전 기사가 운전하는 내 승용차 뒷자리에 앉아 집으로 돌아오곤 했다. 주먹덩이만한 나방을 씹은 표정으로 어두운 지하실 방으로 돌아와 천천히 옷을 벗었다. 팬티까지 다 벗어 침대에 던져두고 욕실의 전등을 켰다. 불빛은 눈이 아플 만큼 밝았다. 여자를 생각하며 샤워를 시작했다. 차갑고 세찬 물줄기가 정수리를 때렸다. 뺨과 어깨를 적시며 물은 허리와 등으로 흘러 바닥으로 떨어졌다.

바다가 내려다보이는 해변의 아파트를 떠나 서울 변두리의 지하 셋방으로 옮겨온 뒤 이 년 동안, 나는 일 주일에 두 번씩 대학에 나가 야간반 학생들이 써온 소설을 읽으며 소설의 유연성과 탈바꿈에 대하여 말했다. 언젠가는 '초원의 빛이여, 꽃의 영광이여!'라며 청춘을 노래하던 시인의 낭만도 곧 박물이 되어버릴지도 모른다고 말한다. 그리하여 사람들은 아무도 생각하지 않고, 아무도 사랑하지 않고, 결국엔 고독이라는 말도 사라져버릴지도 모른다고 말한다. 그러나 다른 많은 시간은 술을 마시거나 사랑에 빠진 여자들과 연애를 하고, 밤새도록 구토증을 참으며 담배를 피우다가 새벽녘에야 잠이 들었다.

글을 쓰다가 지친 새벽녘 때때로 그녀에게 전화를 한다. 월요일과 목요일 대낮만이 통화가 가능한 시간이다. 태평양 저편 거실에 앉은 여자의 목소리가 곁에 있는 듯이 또렷이 들린다. 서울이 정오일 때 몬테레이는 전날 저녁 일곱시가 된다. 몬테레이가 정오일 때 서울은 다음날 새벽 다섯시다. 전화는 언제나 내가 하지만 하루는 그녀가 불쑥 내게로 전화를 했다. 새벽 다섯시였다.

"여보세요?"

내가 저편에 대고 물었다.

"여보세요. 아, 여긴 정오예요. 주무셨나요? 지금 무얼 하고 계신가요?”

태평양을 건넌 그녀의 목소리가 곁에 누워 내 팔을 베고 누운 여자의 목소리처럼 여겨졌다.

“잠자고 있었어요. 겨우 잠에서 깨어났어요.”

“그럼 아직 잠에서 덜 깬 상태로군요?”

“거긴 지금 뭐 하십니까?”

“난 지금 귀걸이 두 짝을 다 풀었어요.”

“방 안인가요?”

“아니, 방이 아니고 거실이에요. 소파에 앉아서 발을, 이제 들어오자마자 옷을 벗고, 너무 더운 날씨라서 샤워를 하려는데 도저히 안 되겠어요. 이 정오의 햇살을 참을 수가 없어. 두 시간 동안 자동차를 타고 달려왔거든. 돌아오자마자 옷을 아무렇게나 마구 벗어던지고, 그리고……”

나는 브래지어 차림의 여자를 상상했다. 여자의 이마에는 땀방울이 맺혀 있을 거라고 생각했다.

“좋아. 귀걸이 두 개를 풀고……”

“귀걸이 두 개를 풀고 소파에 앉아서 맨발을 탁자 위에 올리고…… 발가락을 바라보면서 전화를 하고 있는 거예요. 당신이 보고 싶어서.”

“그럼 팬티와 브래지어 차림이겠군?”

“응, 이제 다 벗고 샤워를 할 거야. 전화를 끝내면.”

나는 팬티 속의 성기를 움켜쥐며 숨을 들이마셨다. 숨을 들이마시는 소리는 여자가 들을 만큼 컸다. 여자는 남편과 아이를 샌프란시스코에 있는 친지 집에 데려다주고 혼자 집으로 돌아오는 길이었다. 돌아오는 자동차 안에서 테헤란로의 러브호텔을 연상했던 모양이었다.

"그럼 우선 팬티와 브래지어를 벗어."

"그럼 내가, 지금 잠깐만요. 알았어요……."

여자가 한숨을 쉬며 말했다.

"자동차를 몰고 오며 두 시간 동안 그 생각만 했어요. 태평양 이쪽에서 태평양 저쪽에 있는 사람의 눈빛을. 아아, 우린 언제 다시 만날 수 있을까요? 정말 함께 피크닉을 갈 수 있을까? 어떤 땐 당신 아이를 낳고 싶다는 생각을 해요. 왜 그런 소설 있죠? 옆집 남자의 아이를 낳아서 아무도 모르게 키우는 여자 이야기."

나는 허허, 하고 웃었다. 소설도 쓰지 못하고 잠든 밤이 서서히 밝아오고 있었다.

"당신 러브호텔에는 가지 마세요. 못된 여자들하고…… 나쁜 병이 들어요."

여자는 여전히 저편 태평양 건너에서 한 마리 나방처럼 파닥이고 있었다. 내 방의 창은 허옇게 새벽빛으로 밝아오고 있었다. 나는 침대에서 일어나 정오의 거실 소파에 앉아 눈물을 글썽이고 있는 여자에게 말했다.

"어서 샤워를 해요. 차가운 물로 샤워를 하고 나면 말짱해지겠지. 나도 샤워를 해야겠어."

"그래요. 안녕! 나는 샤워를 하고, 다시 옷을 갈아입고 학교로 가야 해요."

　나는 다시 잠들 시간이었다. 해가 떠오르면서 나는 잠에 빠져들지만 잠이 들면 꿈을 꾸고, 잠에서 깨어나면 꿈은 다 사라지고 말았다. 그때는 이미 대낮이었다. 나는 꿈속에서 나비로 변한다. 침대 밑에서 날아올라 정오의 햇살 속으로 훨훨 날아간다. 목적지는 여자가 살고 있는 몬테레이다. 몬테레이는 고급 빌라가 즐비한 휴양지로 태평양에 면한 깨끗하고 아름다운 도시라고 한다.

　"시의 상징은 나비예요. 거기에는 그만한 이유가 있어요."

　몬테레이는 매년 봄이면 온 도시를 뒤덮는 나비떼로 장관을 이룬다는 것이다. 캐나다 남부에서 출발하여 멕시코 중부 밀림으로 이동하는 나비와, 멕시코 중부 밀림에서 다시 출발지로 회귀하는 나비떼가 모두 이 도시에서 잠시 쉬어간다. 사 년 동안의 이동에서 중간 기착지인 셈이다. 전 시가지의 가로수에 주렁주렁 매달린 형형색색의 나비떼는 올해 봄에도 어김없이 몬테레이를 찾아왔다고 한다. 사 년이라는 기간 동안 여덟 번의 변태를 거치면서 나비는 그 먼 여행로를 어김없이 이동한다. 그중 한 번 몬테레이에서 봄을 맞이하는 셈이다. 태평양 건너 저편 대륙에서 여자는 물기에 젖은 목소리로 내게 속삭였다.

　"알 수 없는 일이지만……, 너무나 아름답지 않은가요?"

"왜 이러는 거야? 응? 내가 살면 얼마나 산다고……"
내가 들었던 고백 가운데 가장 가혹하면서도 애절한 사랑의 고백이었다.
여자는 더이상 말을 잇지 못한 채 낮고 신음 섞인 울음소리를 흘려냈다.
나는 서른아홉 살이었고 여자는 예순넷의 나이였다.

지금 살고 있는 집에서는 아침마다 산비둘기 울음소리를 들을
수 있다. 침대에 누워 꿈결인 듯 듣는 산비둘기 소리에는 가슴을
서늘하게 하면서 구슬피 두드리는 각별한 정조가 깃들여 있다.
서울 시내 한가운데 살고 있는 비둘기라서 더 그런지도 모른다.
　비둘기 소리를 들을 때마다 지금은 만날 수 없는 한 여인의
목소리를 생각하게 된다. 숨죽인 울음에 떠밀려 흘러나오던 낮
은 흐느낌이었다. 그 동안 나는 여러 여자와 사랑을 나누면서 내
진정을 호소하기도 했고, 상대방으로부터 사랑의 고백을 듣기도
했다. 돌이켜보면 여자의 치마폭을 내려다보며 토로했던 내 고
백만큼이나 내게 자신의 마음을 전하고자 했던 여자들의 고백은
어느 하나 진실하지 않았던 적이 없었다. 세상살이가 그 진실을
배반했을 뿐이다. 그중에서 짧은 인연의 말미에 결국은 작별 인
사가 되고 만 한 여인의 고백이 오래도록 나를 슬프게 한다. 내

쪽에서 연락을 끊은 지 여러 날 만에 전화 통화가 되었다. 산비둘기 울음과 같은 목소리로 그녀가 말했다.

"왜 이러는 거야? 응? 내가 살면 얼마나 산다고……."

내가 들었던 고백 가운데 가장 가혹하면서도 애절한 사랑의 고백이었다. 여자는 더이상 말을 잇지 못한 채 낮고 신음 섞인 울음소리를 흘려냈다. 나는 서른아홉 살이었고 여자는 예순넷의 나이였다. 물론 여자는 남편도 있었고, 장성한 자식들과 손녀와 손자가 있는 건실한 가정의 안주인이었다. 그러니까 나는 그해 가을 동안 어머니보다 더 나이든 다른 남자의 아내와 사랑에 빠져 있었던 셈이다.

여인은 항상 자신의 베개만을 고집했다. 술을 마시고 처음 호텔에 들었을 때는 어쩔 수 없었지만, 그 뒤로는 내 승용차 트렁크에 커다란 갈색 가방 하나를 실어주었다. 가방 속엔 우리가 함께 베고 누울 길쭉한 베개가 들어 있었다. 그 베개는 우리의 성적 교접이 난잡한 행위가 아니라는 여자의 자존심을 상징하는 물건이었다. 헤어지면서 나는 그 베개를 전해주지 못했다. 아직 내가 베고 잠든다.

여인은 어린아이 같은 흐느낌 뒤에 한마디 덧붙였다.

"슬퍼…… 이렇게 슬프네……."

나 역시 슬펐지만 어쩔 수 없었다. 내 심정과 헤어져야만 하는 저간의 사정을 말해줄 처지가 아니었다. 그날 마지막 전화 통화가 있은 뒤 우리는 더이상 만나지 못했다. 처음 그녀를 차지하기 위해 바친 사랑의 헌사에 비한다면 나는 몰지각한 놈이 되고 말왔다. 이유가 어디에 있건 나는 자신의 맹세를 지키지 못했다. 우리가 처음 만났던 서울 시내 어느 미술관 곁에 위치한 레스토 랑에서, 흰 각설탕 한 개를 들고 나는 목숨이 다할 때까지 당신 만을 사랑하겠노라고 말했다. 들고 있던 각설탕을 그녀의 커피 잔 속에 떨어뜨린 뒤 그녀의 눈을 바라보면서 맹세했었다. 각설 탕은 맑은 소리를 내며 커피 속으로 떨어져 곧 형체도 없이 녹 아버렸다. 그녀는 자신 앞에 돌연 나타난 나이 어린 남자의 맹랑 함에 당황했지만, 한편으로는 유쾌한 운명의 일단으로 나를 받 아들였다. 아무런 풍파도 일으키지 않고, 어떤 무리도 끼치지 않 으면서, 자신의 커피 속에 떨어져 녹아버린 각설탕처럼 이 어린 남자가 자신의 삶에 녹아들어 자신의 삶을 달콤하고 짜릿하게 만드리라 여겼을지 모른다.

그녀와 결별한 뒤 어느 문학상 수상식에 이은 주연에서 나는 문인 친구들에게 곧 '베개'라는 제목으로 서럽고도 아름다운 한 편의 사랑 이야기를 쓰겠다고 말했다. 그날 많은 이들이 그 나이 든 여자를 어디에서 어떻게 만났는지 알고 싶어했다. 그리고는 섹스는 잘 되었는가? 헤어진 이유는 무엇인가? 따위의 질문이 이어졌다.

이제야 그 질문에 답하게 되었다. 그러나 나는 답변에 앞서서 내 친구들에게 이러한 질문을 던진다. 시들어 떨어지는 꽃잎의 아름다움을 아는가? 젊은 남자 앞에서 자신의 나신을 자랑하기 위해 천천히 걸음을 옮기는 예순네 살의 여자를 보았는가?

여자는 형체를 잃어버리고 아래로 흘러내린 젖가슴을 핑크빛 브래지어로 감싸고 있었다. 브래지어에 담긴 젖가슴 이외에 그녀의 몸은 조금도 형태가 흐트러지지 않았다. 젖가슴과 젖가슴 사이의 계곡은 발갛게 상기해 있었다. 그곳에 얼룩과 같은 기미 자국이 있었지만, 그 자국은 흉하다기보다는 햇볕에 바랜 산나리꽃잎에 박힌 반점과 같아서 오히려 아름다웠다. 어깨에서부터 발등까지 살갗에는 방울방울 물방울이 열려 있었다. 두 손을 아랫배에 댄 채 욕실에서 나와 침대에 누운 내게로 걸어오는 여자의 걸음걸이는 가벼웠다. 그녀의 허리를 손으로 잡으면, 내 손가락은 하나하나 그녀의 몸 속으로 스며드는 느낌이었다. 어린 여자의 살결이 풋사과같이 단단하다면 나이 든 여자의 살결은 시든 장미꽃잎처럼 차지고 부드러웠다.

"어째서 이틀이나 전화하지 않았나요?"

침대에 걸터앉아 내 뺨을 만지면서 여자는 나를 나무랐다. 그리고는 부드러운 눈길로 흘겨보면서 자신의 심정을 털어내고 만다. 방송사에서 진행자로 일하던 나는 며칠 동안 꽉 짜인 촬영 스케줄로 피곤하고 지친 몸이었다.

"나도 다시는 전화하지 않으려 했지. 다시는 보지 않으려고 했지. 그런데도 안 돼. 하루 종일 생각이 떠나질 않아. 그런데도 당신은 전화도 하지 않고……."

여자는 침대에 누운 내 어깨를 쓰다듬으면서 덧붙였다.

"그러니 어떡하겠어. 내가 죽겠으니…… 그래서 내가 전화를 한 거야."

여자는 손을 뻗어 마치 갓난아이의 사타구니를 쓰다듬듯이, 내 성기와 음낭을 손등으로 추스려주었다.

"프랑스 대사 부인이 날더러 마흔 살쯤 되어 보인대요. 아하, 서양 사람들은 동양인 나이를 잘 가늠하지 못해. 외국에 가면 다들 날 그렇게 봐요. 할머니처럼 옷을 입고 다니지 않으니까."

바람이 불어도 떨어지지 않으려 온몸을 뒤틀며 흔들리는 꽃잎과 같았다.

"우리 여학교 동창생들도 다 그러지. 쟨 할머니 같지 않다고. 그래서 모임이 있을 때도 내가 나타날 때까지 음식을 시키지 않고 기다려…… 젊은 사람이 와야 밥맛이 난대요. 내가 와야지."

여자는 손자나 손녀를 자랑하다가도 깜짝 놀라며 자신의 여학교 시절로 화제를 돌리곤 했다. 가장 예쁜 옷을 입고, 가장 이쁜 리본으로 머리카락을 묶고, 가방을 메고 학교로 가던 국민학교 시절이 마치 어젯적 이야기인 양 이야기했다.

"며칠 전에 우리 큰아들 안사돈이랑 점심을 먹었네. 밥을 먹으면서도 당신을 생각했어요. 그리고는 안사돈을 보면서, 난 저렇게 늙지 말아야지, 하고 걱정을 했어. 그 할머닌 웬일인지 한 이태 만에 폭삭 늙어버렸어. 아이, 아이…… 늙은이들하고 모여 있으면 화가 나."

깔끔함과 소유욕은 그녀의 특성이었다. 성교가 끝나면 고양이과 동물처럼 불시에 성교의 흔적을 정돈하고 단정한 자세로 내 곁에 다시 누웠다. 그리고는 내 손등을 만지면서 다시 이야기를 시작했다.

"내가 요즘 늘 정신이 딴 데 팔려 있어 그런지 여학교 동창생들이 나보고 젊은 애인이 생긴 것 같대요. 그래서 그렇다고 했지. 당신은 어때? 다른 여잘 만나고 다니는 건 아니겠지? 그럼 난 당장 당신을 잊어버리고 말 거야. 당장!"

여자는 다시 침대에서 내려섰다.

"걸어볼까? 아직 얼마나 날씬한지? 몇 년 전만 해도 정말 날씬하고 단단했는데…… 아아, 정말정말 당신한테 보여주고 싶은데…… 몇 년만 더 젊었더라면 아주 날씬하게 걸어 보일 텐데. 그리고 당신하고 유럽으로 도망을 칠 텐데."

아마 내가 손을 내밀어 달아나자고 했다면 여자는 내 손을 뿌리치지 못했을 것이다.

"유럽 어디에 가도 난 패션에 뒤떨어지지 않아요. 그렇지? 당신도 그 정돈 볼 줄 알지?"

여자의 말은 틀림없었다. 패션만이 아니라 장신구와 소지품도, 헤어디자인이나 메이크업에도 최상의 맵시를 지니고 있었다. 그 가운데에서 그녀가 진정 자랑하고 싶어하는 두 가지는 향수와 팬티였다. 내 승용차 문을 열고 곁에 앉자마자 나는 그녀의 향수 냄새를 알아내야 했다. 그런 뒤 오늘 여자가 선택한 향수가 얼마나 일기와 패션에 어울리는지를 감탄하고 칭찬해야만 했다. 옷과 머리 모양과 화장과 향수에 대한 과시가 끝나면 며칠 동안의 일상을 들려주기 시작했다. 어젯밤에 읽은 책과, 승마장에 다녀온 이야기, 헬스클럽에서 만난 친구들, 새로 맛본 특별한 음식과 영화 감상과, 이제 스무 살짜리 외국 영화배우의 연기력에 대한 총평까지 길게 이어졌다. 어느 맑은 날은 시가지를 달리는 승용차 안에 앉아 서둘러 치마를 들쳐 새로 산 팬티를 보여주었다. 검은 불꽃털 수풀의 윤곽이 고스란히 드러나 보이는 구멍 숭숭하고 좁다랗고 새빨간 팬티였다. 승용차에 연료를 넣고 세차를 하기 위해 카워시 머신 속으로 들어가서 나는 그 팬티 속으로 손을 넣었다.

그렇다. 여자는 비 오는 늦은 가을날, 몰아치는 비바람에 휘날리는 꽃잎처럼 자신의 빛바랜 색채와 향기에 대한 애착과 자존심을 결코 버리려 하지 않았다. 설사 내일 아침 나절 땅으로 떨어져버릴지라도 자신의 고결함이 존중받고 찬양되기를 바라는 꽃잎이었다. 손가락 끝에서 몸 속으로 스며드는 시든 꽃잎의 감촉처럼 여자는 아름다웠다. 거름 속에서 오래 썩어 감미로운 맛을 내는 오리알같이, 부패하기 직전 최상의 진미를 드러내는 송아지 허벅지살같이, 여자는 살짝 부패한 사랑의 쾌락으로 한결 완숙해진 자신의 아름다움을 뽐내고 있었다.

서울 시내에 위치한 한 미술관의 뜰에서 우리는 처음 만났다. 막 가을이 시작되던 계절이었다. 미술관에서는 마침 '사군자전'이 열리고 있었다. 나는 사군자전을 보러 간 게 아니라 누군가를 만나기 위해 그곳에 갔었다. 두 주일 뒤에 전시가 시작되는 사진전에 급히 글을 써달라는 요청을 받은 나는 사진전에 전시될 사진 복사본 몇 점을 받아보기 위해 그곳에 갔었다. 만나기로 한 사진작가를 기다리는 동안 사군자 특별전을 둘러보았다. 마침 중국 청대(淸代)의 화가 정판교(鄭板橋)의 전기와 화첩을 보고 있던 중이라 묵죽(墨竹)이니 청죽(靑竹)이니 설죽(雪竹), 그리고

묵매(墨梅) 묵란(墨蘭)과 같은 제목에 흥취가 있었다. 전시관을 나와 뜰에 있는 돌의자에 앉았다. 내가 앉은 돌의자 맞은편에는 흰 페인트로 칠한 야외용 철제 의자가 놓여 있었다. 만나기로 한 사진작가를 기다리며 담배를 피우는 동안 한 여자가 내 앞으로 걸어왔다. 무릎 아래까지 길게 내려오는 검정색 원피스에 허리에는 가느다란 감청색 띠를 두른 나이 든 여자였다. 여자는 흰 철제 의자에 손수건을 펼쳐놓은 뒤 손수건 위에 살며시 자신의 몸을 내려놓았다. 그 뒤 두 사람이 사랑을 할 때에도 그녀는 늘 단정했다. 처음 내 앞으로 걸어와 손수건 위에 앉을 때와 같이, 어느 한 순간도 자신의 단아한 모습을 흩뜨리지 않았다.

여자와 동행한 화랑 주인과 나를 만나러 온 젊은 사진작가는 아는 사이였다. 그런 까닭에 우리는 보름 뒤 다시 만날 수 있었다. 젊은 사진작가가 찍은 그녀의 사진 때문이었다. 나는 사진을 여자에게 전했다.

"아주 멋진 작품이죠?"

사진은 오동나무 둥치 곁에 선 여인의 뒷모습을 담고 있었다. 여자는 손을 뻗어 내가 들고 있던 자신의 사진을 빼앗아 천천히 살펴보더니 웃으면서 돌려주었다. 우리는 커피를 마셨다. 지난 밤부터 새벽까지 마신 술이 채 깨지 않은 상태였으니까 대낮이긴 했으나 나는 취중이었다. 이야기를 하면서 나는 내 몫의 각설탕을 들어 그녀의 커피잔에 넣어주었다. 가을이 무르익어가던 계절이었다. 여자는 니트 웨어 안에 이집트 그림문자 문양이 직조된 실크 블라우스를 입고 있었다.

"단풍 구경을 가시겠어요? 껌을 씹으면서?"

여자는 웃었다.

"껌을 씹으면서 노래를 부르고…… 노래를 잘 부르시나요?"

"아닙니다……."

여자는 웃으면서 고개를 가로저었다. 길게 숨을 들이마시면서 발레리나처럼 우아한 동작으로 턱을 들어 멀리 눈길을 던졌다가는 거두었다. 여자가 내게 물었다.

"소설가 선생께선 노래를 잘 부르시나요?"

"아닙니다. 그냥 유혹하기 위한 소리예요. 전 노래를 못하지요. 다른 것도 못하지만 특히 두 가지를 못해요. 노래와, 껌을 씹으면서 딱딱 소리내는 걸."

나는 코허리에 주름을 잡으며 웃었다.

"하하……."

여자는 수직으로 들어올린 커피잔을 직각으로 꺾어 입술로 가져갔다. 나는 여자의 뒷모습을 칭찬했다. 그녀의 뒷모습과 걸음걸이는 우아하고 단정했다. 다음날 우리는 남산 언저리에 있는 레스토랑에서 세번째로 만났다. 비가 내리던 날이었다. 나는 주차장에 자동차를 세워두고서 우산을 받쳐든 채 나무 층계를 내려갔다. 나무 층계와 레스토랑 뜰은 떨어져내린 은행나무 이파리로 노랗게 뒤덮여 있었다. 레스토랑 뜰 가장자리를 두른 화단에는 시든 국화 송이가 비에 젖고 있었다. 샐러드를 먹던 여자가 포크를 손에 든 채 뚫어질 듯이 나를 바라보았다.

"이렇게 자주 만나도 되는 건가요?"

조금은 두려웠는지도 모른다. 아니면 내 눈에 어린 고독의 기미를 알아차렸던 것인지도 모른다.

"전 세 번 만날 때까지 섹스하지 못한다면 다시는 섹스를 요구하지 않아요."

여자는 웃지도 화내지도 않았다. 이마에 주름을 잡으며 샐러드 접시를 내려다보고 있었다.

"그러면 다시는 만나지도 유혹하지도 않을 거예요."

"좋아. 그럼 날 유혹해보세요, 용감한 양반."

여자들이 몸을 허락할 때 흔히 보이는 가식이나 불안 같은 것은 조금도 없이 그녀는 어린아이처럼 단순하게 허락했다.

"내가 몇 살이나 된 여자라는 건 다 말해주었지?"

단순했던 허락처럼 여자는 방에 들자 손수 내 바지의 지퍼를 내렸다. 어색하고 낯선 표정이긴 했으나 어머니와 같은 손길로 조심스럽게 내 팬티 속으로 손을 넣었다. 그 속에 든 뜨거운 성기를 끄집어내 자신의 손바닥에 올려놓고서는 천연덕스럽게 살펴보았다. 엷게 탄 커피를 마시듯이 우리는 서두르지 않고 천천히 성교를 했다. 여자의 몸에서는 향긋한 도라지 향이 풍겼다. 풍성한 저녁식사 뒤에 따라나온 후식과 같은 달콤하고 평안한 성교여서 날마다 겪는 일로만 여겨졌다. 성교가 끝나고 아주 짧은 순간 잠이 들었다가 깨어나 보니 여자는 어느새 몸을 씻고 돌아와 내 곁에 누워 있었다.

"아직 비가 와요."

여자가 말했다. 여자는 알몸을 고스란히 드러내 보이면서도 평상복을 다 입은 사람처럼 몸가짐과 움직임이 자유로웠다. 다른 이들이 사용하던 이부자리와 베개를 못내 못마땅하게 여기긴 했으나 자신을 허락한 남자 앞에서는 한 점의 가식도 교만도 가지지 않았다. 나는 여자의 가슴에 뺨을 붙이고 있었다. 여자의 목소리가 내 온몸에서 웅웅 울렸다.

"자주 비가 왔으면 좋겠다……."

나는 가만히 있었다.

"이번 가을엔 선유도로 가고 싶었는데…… 선유도가 어딘질 아세요?"

대답하지 않고 여자의 발목을 잡으려 손을 뻗어내려갔다.

"거기에 갈 거야. 꼭 선유도에 가고 싶었는데…… 이제 가을이 며칠 남지도 않았네."

"당신은 어깨가 너무 이뻐요. 가늘고 희고 보드랍고……."

내 목소리도 온몸에서 웅웅 울렸다. 여자가 대답했다.

"그래요? 어깨가 이뻐? 흠…… 하는 일 없이 노는 사람이니까."

여자는 내 뺨을 쓰다듬었다. 나는 여자의 어깨에 입을 맞췄다. 다음날 여자는 베개가 든 가방을 들고 내 승용차에 올랐다.

"잠을 잘 잘 필요가 있어요. 깊고 편안한 잠은 사람에게 주어진 좋은 선물 중의 하나야. 그러기 위해서는 좋은 베개가 있어야 해."

흰 베갯잇으로 싸인 길쭉한 베개였다. 국화 꽃잎으로 베갯속을 채운 베개는 은은한 향기를 풍기고 있었다. 여자는 성교가 끝나

면 잘 익은 복숭아빛으로 두 볼이 물들었다. 그 뺨을 내 가슴에
대고서 두 팔을 벌려 허리를 휘어감았다. 힘껏 조였기 때문에 숨
쉬기 힘들 정도였다. 그러면서 다정한 목소리로 말했다.

"좋아? 내가 좋아? 좋아서 유혹한 거야?"

"물론이지."

내 대답은 진정이었다.

"정말? 정말로 믿어도 되지? 거짓말이면 안 돼. 왜냐 하면 당신
은 내가 이 세상에 태어나서 유일하게 선택한 사람이니까."

여자는 내가 왜 그 미술관으로 가게 되었는지를 거듭 물어보곤
했다. 그러면서 자신도 그날 다른 일이 있었는데 홀연히 그곳에
가게 된 경위를, 우연인지 운명인지 되짚어보며 감탄스러워했다.

"그런가 봐. 사람의 인연이라는 게. 그래…… 정해진 운명이라
면 좋게 받아들일 줄 알아야지. 구해서 얻은 인연도 좋지만 우연
히 얻은 인연도 좋아. 정말 날 이상하게 하네."

여자는 내게로 걸어올 때면 다박다박 다가왔지만 뒷모습을 보
이며 돌아설 때면 사뿐사뿐 걸어서 멀어져갔다. 언젠가는 지인
의 결혼식에 갔다가는 나를 불러냈다.

"기사를 먼저 돌려보냈다."

한복 치마 말기를 접어들고 승용차에 오르며 여자가 말했다.
여자는 한복 위에 얇은 코트를 걸치고 있었다. 코트를 벗자 맵시
좋은 한복이 드러났다.

"당신께 보여주고 싶었지. 어때, 이쁜가?"

한복 차림의 여자는 예뻤다. 남색 저고리에 매듭져 늘어진 담

자주색 고름은 가는 금박으로 수놓여 있었다. 새하얀 동정에 어울려 여자의 귓불은 더욱 붉고 목과 뒷덜미는 더욱 희었다. 주름이 인 말랑말랑한 목덜미와 턱밑의 부드러운 살이 잔잔히 떨렸다. 여자는 한복 차림으로 나를 따라 호텔 객실로 올라갔다. 무스로 치켜세우고 여며 붙인 머리카락이 망가질까 봐 여자는 눕지 못했다. 침대 위에 마주 앉은 자세로 서로의 눈을 바라보며 사랑을 했다. 여자의 허리를 안고 몸을 움직이면서 나는 여자의 목덜미를 깨물었다. 사랑의 행위가 끝나고 욕실을 다녀온 여자는 자신의 베개를 부둥켜안았다.

"할머니 같지? 속치마를 입을 때마다 그런 생각을 해요. 이건 원 할머니 같구나 하고."

침대 곁 의자에 걸어둔 속치마를 만지면서 여자가 말했다.

"깜짝 놀라. 나도 할머닐까 하는 생각이 들 때마다…… 난 할머니의 사랑을 듬뿍 받고 자랐어요. 맏손녀였거든."

여자의 가계는 대대로 토호의 가세를 이어오던 집안이었다.

"할머니는 늘 할아버지가 돌아가셨을 때 발을 씻어드리지 못했다는 사실을 마음 아파했지. 그래서 내게 그랬나 봐. 아가야, 넌 이 담에 남편 되는 사람의 발을 씻어주거라, 하고. 그러면서도 할머니는 할아버지 장례식에서 문상객들이 너무 슬퍼하지 말라고 당부할 때 속으로 웃었다는 거야. 할머니는 슬프지 않았대요. 단지 발을 씻어 보내지 못했다는 생각에 빠져 있었다는 거야. 그게 무슨 뜻인가? 좀 이상한 할머니지? 내겐 좋은 할머니였지만"

　침대에서 내려선 여자는 할머니 이야기를 하면서 속치마와 치마를 입었다. 저고리를 입을 때 바라보니 소매 안의 속살이 알몸이었을 때보다 더 하얗고 곱게 들여다보였다. 목과 턱의 주름살을 감출 수는 없었지만 살결의 부드러움은 견줄 바 없이 고혹적이었다. 여자는 손을 들어 주름진 목을 쓰다듬고, 그리고는 귀밑으로 드리운 애교 머리칼을 쓸어넘겼다.

　"여학교에 다닐 때면 기차를 타고 할머니를 만나러 가는 게 좋았어. 어쩌 이젠 다른 이들보다 할머니 생각이 날까? 나이가 드니 아침 나절 일은 잊어버려도 아주 어린 시절 일이 또록또록 생각이 나네."

　나는 여자가 품고 있던 베개를 베고 누워 한복을 차려입고 있는 여자를 쳐다보았다. 작은 어깨와 눈웃음 지을 때면 주름이 접히는 여자의 미간을 나는 좋아했다. 그러나 그녀의 얼굴에서 나는 무엇보다도 콧볼 양편에서 비탈지어 입술 양쪽으로 둥글게 그어내린 깊은 주름에 매혹되었다. 그 주름을 '훼이 더너웨이의 주름'이라 불렀다. 나는 여자의 치마폭을 당겼다. 치마 속으로 손을 넣어 시들어 떨어지는 장미꽃잎의 촉감같이 말랑말랑한 여자의 허벅지를 한참 동안 만질 때까지 여자는 고름을 다 묶지 못하고 있었다.

　여자는 내가 자신보다 훨씬 젊다는 사실에 늘 신경을 곤두세우고 있었다. 질투든 소유욕이든 성욕이든, 아니면 단순한 현시욕일지라도, 나는 이러한 허영을 가진 여자를 좋아한다. 이를테면, 노란색 원피스를 산 날 그 원피스에 맞춰 노란색 표지의 책도 한 권 사는 여학생, 면회할 애인을 기다리는 동안 초병의 가슴을 바라보며 얼굴을 붉히는 아가씨, 영안실 구석에서 떡을 먹다가도 양복쟁이 남자의 얼굴을 보려 고개를 내미는 노파, 신랑의 팔짱을 끼고 걸어가면서 다른 남자를 훔쳐보는 새댁, 함께 엘리베이터에 오른 이웃집 남자의 냄새를 들이켜는 아낙네를 나는 다 좋아한다.

"말해봐. 어떤 여자가 있었는지."

그러면 나는 웃으면서 허영에 답했다.

"아무도 없었어."

"진정이시겠지?"

"물론."

"진정일거야…… 나도 그러니까. 만약 이전에 다른 여자가 있었던가 나중에라도 다른 여자를 가까이한다면 난 그 즉시 당신을 잊어버리고 말거야. 알았지?"

"알았어. 난 영원히 당신만의 남자야. 틀림없어."

다음날은 호텔로 가지 않고 유람선 선착장에서 가까운 한강변에 자동차를 세워두고 겨울 강을 바라보았다. 휴일이었지만 추운 날씨로 사람은 없었다. 저녁이 가까워오자 재티 같은 눈발이 떨어지기 시작했다.

"며칠 전에 음악회에 갔었거든."

나는 눈을 감았다 떴다 하면서 까맣게 염색한 여자의 머리카락 아래로 선연히 드러나 보이는 백발을 눈여겨보고 있었다.

"난 S석에 앉았는데…… 내 앞에서 연주하고 있는 오보에 연주자를 보면서 줄곧 당신 생각을 했어요. 그러느라 연주는 제대로 듣지도 못했어. 연주자가 두 다리 사이로 오보에를 늘어뜨리고 연주하는 모양도 그랬지만, 연주를 시작하기 전에 입술로 오보에 리드를 침으로 적시며 빨잖아? 그게 그렇게도 육감적이었어요. 오보에 소리도 그렇고. 오보에를 부는 남자의 입술과 손목과 손가락과, 사타구니에서 치솟은 그 모양이며……"

그러면서 여자는 내 몸을 만졌다. 처음에는 팔을 잡았고, 천천히 손을 내려 사타구니로 옮겼다. 나는 곧 바지의 지퍼를 내리고서 그녀가 보는 앞에서 마스터베이션을 했다. 여자는 가만히 앉아서 그 과정을 골똘히 지켜보았다. 정액은 분수처럼 솟구쳐 운전대와 바지와 내 손등 여기저기에 튀겼다. 며칠만의 사정이었다. 여자는 핸드백에서 손수건을 꺼내 사방으로 튀긴 정액을 닦았다. 티끌눈이 내리는 어둠 속을 달려 여자의 집에서 가까운 선교원 어귀에 차를 세웠다. 승용차에서 내리기 전 여자는 한숨을 쉬면서 말했다.

"전화 좀 자주 하세요. 내게 무슨 근심이 있겠어. 단지 당신 때문이고, 또 내게 몸이 있다는 사실 때문이야. 내게 당신이 없거나 몸이 없다면 무슨 근심 걱정이 있겠어."

그 뒤로도 여자는 자주 그런 말을 했다. 처진 가슴과, 주름진 턱과 목을 베개로 감추고서 내게 말했다.

"하하, 너무 좋지만, 몸이 있다는 게 죄스러워."

파란 정맥이 드러나 보이는 여자의 발을 두 손에 움켜잡고서, 여자의 배꼽과 흰 거웃 한두 개가 섞인 검은 둔덕 사이에 몸을 세우고서 나는 여자의 참담한 진정을 숙연한 마음으로 들었다.

여자와 연애를 하는 동안 나는 한 방송사에서 일하고 있었다. 어느 주말 일찍 촬영을 마치고 늦은 점심을 먹다가 여행을 떠나게 되었다. 함께 일하던 최(崔)라는 남자와 그날 촬영에 동행했던 모델 아가씨 두 명이었다. 우리는 서해의 황혼을 보기 위해 충동적으로 서울을 벗어나 서해안 고속도로로 들어섰다. 세 사람은 나보다 열 살가량이나 연하의 처녀 총각들이었기 때문에 나는 운전사 겸 보호자의 입장으로 동행하게 되었다. 고속도로 한가운데에서 전화를 받았다. 묵중한 노년 남자의 목소리였다. 목소리는 나를 확인한 다음 여자의 이름을 거명하면서 아는 사이인지를 물었다.

"네. 그렇습니다만……."

나는 순간 목소리의 주인이 여자의 남편 되는 노인이라는 걸 짐작했다. 하지만 그다지 놀라지는 않았다.

"좋아요. 무리한 부탁이 아니라면 한번 만나실까? 언제쯤 약속이 가능한가?"

노인은 서두르고 있었다. 우리는 다음날 정오 시내의 한 호텔에서 만나기로 약속했다. 승용차는 갓 완공한 고속도로 위를 질주하고 있었다. 이제는 육지와 연결돼 반도가 되어버린 섬으로 들어가기 위해 고속도로에서 내려설 때쯤 여자에게서 전화가 왔다.

"서해엔 왜?"

여자는 아직 남편 되는 이가 내게 전화한 사실을 모르고 있었

다. 여자는 단지 나의 동선(動線)을 쫓는 데만 정신을 집중하고
있었다.

　"내일 서울로 돌아가서 말해줄게요."

　나는 서둘러 핸드폰을 끊었다. 나는 목소리의 남자가 어떤 방
법으로 내 핸드폰 번호와 내 이름을 알게 되었는지를 생각하고
있었다. 뒷자리에 앉은 아가씨들은 깔깔거리며 웃어대고 있었다.
나는 눈썹을 치키며 한숨을 뿜어내고, 다시 담배에 불을 붙였다.
곁에 앉은 최는 뒷자리에 앉은 아가씨들과 우스갯소리에 열중하
고 있었다. 나는 다 잊어버린 다음 서해의 일몰을 보고, 그리고
는 진탕 술에 취해야겠다고 작정했다. 핸드폰의 전원을 꺼버리
고서 담배개비를 차창 밖으로 버렸다. 세 사람은 폭소를 터뜨리
며 이야기하고 있었다.

　"우리 학교에는 '두 방울'이라는 별명을 가진 선생님이 계셨
어요. 아주 핸섬한 수학 선생님이었는데, 그 별명이 우리 학교에
서 생긴 건 아니죠. 이웃 여학교에서 전근오면서 그 별명도 우
리 학교로 따라온 거예요."

　이젠 노처녀 소리를 들을 만한 아가씨가 말하고 있었다.

　"그 선생님이 첫 수업에 들어오던 날…… 왜 여학생들은 짓궂
게도 총각 선생님의 그 부분을 유심히 보잖아요. 더욱이 미남
총각 선생님이니까. 아마 그 선생님은 수업 시작 직전에 화장실
에 들렀었나 봐요. 그래서 거기에 오줌 방울이 두 방울 번져 있
었다는 거예요. 아하하하…… 그래서 '두 방울'이라는 별명이
붙었다는 거지."

"내 친구 중엔 '전투 경찰'이란 별명을 가진 녀석이 있는데……."

조수석에 앉은 최가 머리받이 뒤로 얼굴을 돌리며 말했다.

"누군가 그 친구랑 소변을 보다가 녀석의 거시기를 보았던 모양이야. 그래서 그런 별명이 붙은 거야. 녀석의 거시기가 전투 경찰들이 들고 다니는 진압봉만했다는 거야. 그 왜 있잖아. 플라스틱으로 만든 검고 길다란, 전투 경찰이 허리에 차고 다니는 방망이 말이야."

최는 두 손을 쳐들어 허공에서 늘여 보이며 방망이의 크기를 설명했다. '두 방울' 선생님의 제자가 다시 말했다.

"우리는 수학 시간이면 오늘도 두 방울이 있는가 살피느라 언제나 선생님의 그 부분을 바라보곤 했어요. 거기에 신경을 쓰지 않았더라면 나도 공부를 잘 했을 텐데……."

"언젠가 소설에 써먹긴 했지만……."

내가 이야기를 시작했다. 이야기를 하면서도 신명이 일지 않는 내 꼴이 짜증스러웠다. 백미러를 쳐다보니 나이 어린 아가씨는 이런 이야기에 끼어들기가 마땅치 않다는 표정을 짓고 있었다. 하지만 나는 무언가 자꾸 지껄여 불안한 마음을 달래야 했다.

"내가 군대 생활 할 때 우리 대대에 '봉투'라는 별명을 가진 중대장님이 있었지. 하사관에서 장교로 특진한 분인데, 그분 별명이 봉투였던 이유는 역시 그게 편지 봉투에 들어갈 정도로 컸다는 거야. 우리 중대장님이 유격 훈련 중에 중대원들의 피로를 풀어줄 겸 들려주던 이야기에 따르면 그놈을 편지 봉투에 넣어서 힘을 주면 편지 봉투가 와드득 찢어질 정도였대. 하하하……."

"그래서요?"

최가 내게 물었다.

"그래서 뭐 어째. 어쩔 수 없잖아. 아마 술집에서 일했던 경력을 가진 여자들이었겠지만 두어 명의 여자와 살림을 차렸지만 소용이 없었다고 그래. 고통을 호소하다가는 다 도망치고 말았대요. 이건 아마 누군가 덧붙인 이야기겠지만, 그 봉투 중대장이 한때 전방에게 근무할 때 대대장의 배려로 어떤 여자를 만났다는구만. 환갑이 넘은 여자였는데 봉투 중대장과 딱 맞았다는 거야. 그래서 월급날만 되면 대대장 지프차를 빌려타고 그 할머니를 찾아다녔대요."

"에이, 뻥이다!"

목젖을 드러내고 웃던 최가 내 무릎을 때리며 말했다. 커브를 틀면서 내가 대답했다.

"뻥인지도 모르지. 해병대였으니까. 해병대는 절반이 뻥이잖아."

나는 섬으로 가는 길을 물어보려고 길가에 선 행인을 찾고 있었다. 섬으로 가는 비포장 도로에는 잎을 떨군 가로수가 흉하게 생긴 가지를 어스름 속에 펼치고 있었다. 길가의 버스 정류장에 서 있는 두 남녀 앞에서 차를 멈췄다. 최가 유리창을 내리고 그들에게 섬으로 가는 길을 물었다. 나는 우리에게 닥친 상황도 모르면서 거실 소파에 앉아 내게 다시 전화를 할까 말까 고심하고 있을 여자를 생각했다. 어처구니가 없다는 생각에 연거푸 한숨

이 터져나왔다. 한참 동안 길을 묻던 최가 무표정한 얼굴로 내게
말했다.

"좀더 가봐야겠어요."

"왜?"

최는 어서 가자는 손짓을 했다. 승용차가 출발하자 최와 뒷자
리에 앉은 두 사람이 함께 웃기 시작했다.

"왜?"

내가 다시 물었다.

"참, 선생님. 고르고 골라서 차를 세운 게 겨우 그 사람들 앞이
에요?"

"왜?"

세 사람은 다시 웃어댔다. 뒷자리에서 말했다.

"아마 두 사람 다 농아인 모양이에요. 한 사람은 오빠고 여자
아인 동생인 모양인데. 그것도 모르고 그렇게 열심히 설명을 했
어요."

"그래, 잘됐다. 날도 저무는데 가는 대로 가보자."

전화를 받을 때엔 담담했지만 난 제정신이 아니었다. 내일 정
오에 닥칠 일이 정녕 꿈이 아니라 현실이라는 생각을 하니 기가
막혔다. 다시 이야기를 시작했다.

"이것도 어느 소설에서 써버렸지만…… 난 정말 어딘가로 멀
리 달아나버리고 싶어요. 아무도 아는 사람이 없는 곳으로 가서,
벙어리에, 키가 작은 검둥이 처녀와 살고 싶어요. 아무도 살지 않
는 바닷가에서 말이야. 내가 버려도 울지 않을 여자와 살고 싶어

요. 그런 여자라면 내가 버릴 리도 없지만. 그게 지금 내 꿈이야."

한숨은 참으려 해도 연이어 터져나왔다. 노처녀가 내게 말했다.

"어머 선생님은 참 이기적이에요."

"그런가? 남자란 다 그런 거 아닌가? 다 망아지 같은 엉덩이를 가지고 있지……."

최가 내게 말했다.

"그래서 이혼하셨어요?"

"응. 그런지도 모르지."

"어때요, 이혼하고 보니?"

"이혼이야 뭐 별거 있나. 그냥, 그렇지. 그냥…… 야릇한 기분이지. 그러나 이혼이든 독신이든 남자가 혼자 살아간다는 건 참 가혹한 일이야. 고독을 견딜 줄 알아야 해. 고독을 견디는 힘이 있어야 자유를 즐길 수 있는 거야. 그럴 힘만 있으면 이혼을 해도 상관이 없어."

"전 선생님 같은 남자가 있어서 무서워요."

길을 찾느라고 헤매고 지체했기 때문에 우리가 해변에 도착한 시각은 막 해가 떨어지기 직전이었다. 네 사람은 추위에 떨며 일몰을 구경한 뒤, 해변 가까이 송림 속에 있는 놀이동산 마당을 가로질러 여관과 음식점이 있는 유원지 입구로 돌아왔다. 최와 나이든 모델 아가씨의 신분은 밝힐 필요가 없겠지만, 어린 아가씨에 대해서는 밝히지 않을 수 없다. 그녀는 아직 빛 보지 못한, 어떤 이유에선지 영원히 빛 보지 못할 것만 같은 삼류 직업 모델이었다. 생활을 해결하려 대학을 중퇴하고 모델 생활을 시작했고, 그러다 보니 이런저런 쇼에 마구잡이로 출연하게 된 모양이었다. 근래에는 누드 모델도 마다하지 않는다고 촬영중 휴식 시간에 내게 말했다. 그 모델 아가씨는 송림을 지나 텅 빈 놀이 동산 마당을 지날 때까지 내 팔짱을 끼고 있었다. 회전목마와 놀이 자동차 경주장, 두더지 잡기 기계가 밀려드는 어스름 속에 을씨년스레 늘어서 있었다.

"선생님 전 밤이면 마을버스를 타고 집으로 가거든요. 우리집이 변두리 산꼭대기에 있어서. 그 마을버스를 타고 가면서 난 생각해요. 아아, 이대로 아무도 없는 무인도로 가버리면 어쩌나…… 전 무인도로 가고는 싶지만 가더라도 그런 마을버스에 탄 우리 동네 사람들과 가기는 싫어요. 그래서 난 밤이 되어 마을버스를 타고 집에 들어가는 게 너무너무 싫어요."

술을 마시자 나이 어린 모델 아가씨는 도발적으로 변했다. 자신의 첫 성경험을 거침없이 이야기하면서도 눈꺼풀을 몇 번 깜박였을 뿐이었다.

"내게는 남자란 환상이었어요. 실제의 남자는 무서웠지요. 그런데 그게 참 싱겁게 닥쳐와서는, 남자라는 환상을 아주 멋적게 만들어버리고 꺼져버렸어요."

그녀는 대학생 시절에 충청도 어느 산사의 요사채에서 처녀를 도둑맞았다고 말했다.

"도둑맞았다기보다는 그냥 내게 다가와 들고 가버렸어요."

산사의 요사채에서 그녀는 친구와 나그네 비구니와 셋이 잠자게 되었다고 말했다. 곤히 잠든 밤, 아내와 자식이 다 있는 그 절간의 주지가 방으로 기어들어와 하필이면 자신을 선택했다는 것이었다.

"아주 달이 밝은 밤이었어요. 아마 비구니 스님은 알았을 거예요. 내 친구는 잠에 곯아떨어져 있었지만. 이상하죠? 아침에도 별로 서럽지는 않았어요. 그 대처승의 아내가 차려주는 밥을 먹으면서 팬티에 묻은 피가 딱딱하게 굳어 있다는 생각을 했어요. 대처승은 보이지 않았는데 아마 일찍 장에 갔다고 했던 것 같아요."

노처녀가 최에게 물었다.

"최 선생님의 첫 경험은 어땠어요? 설마 아직 총각은 아니겠죠?"

"총각은 아니지만 할 만한 이야기는 없어."

"그래도……"

"그럼 그런 첫 경험말고 웃기는 첫 경험을 이야기해줄게. 내 친구놈 가운데 아주 짓궂은 놈이 있었거든. 늘 손거울을 가지고 다니면서 여자들 치마 속을 훔쳐보던 놈이었지. 하루는 그 녀석이 아주 황홀한 장소를 발견했다고 날 꼬이는 거야. 지금은 없어졌지만 예전에는 남녀가 함께 사용하는 그런 화장실이 있었잖아요. 좌식 변기가 아니고 쭈그리고 앉는 그런 화장실이었는데, 쭈그리고 앉으면 옆 칸에 앉은 사람의 발끝이 보일 만큼 칸막이가 이쯤 높이로 있는. 난 그 화장실에서 처음 여자의 성기를 봤어요. 오줌을 누는 여자였지. 하하…… 그런데…… 손거울을 가지고 다니던 그 친구는 어느 날 그 화장실에서 진짜를 만났다는 거야. 한 여자를 보고 일어서려는데 다시 사람이 들어오더라는 거야. 그 사람이 옷을 내리고 앉자 슥 손거울을 내렸대요. 그랬더니 저편에서도 슥 손거울이 내려오더라는 거야. 으하하하……."

"그게 누구였대요? 남자? 여자?"

"몰라. 아마 남자였겠지?"

"여자일 수도 있죠, 뭐."

모델 아가씨가 말했다. 최는 자신의 첫 성경험에 대한 자세한 내막은 이야기하지 않고 혀를 찼다.

"그렇게 던져버렸죠. 여름엔 다 그렇잖아요?"

"그래. 여름이었군."

내가 수긍했다. 나는 술잔을 비우고 해삼 조각을 집어먹었다. 최가 말했다.

"일본에서는 몇 년 전인가 '바츠 이치'라는 말이 유행했대요. 'X표가 하나'라는 뜻인데, 언젠가 텔레비전에 출연한 인기 연예인이 자신의 이혼에 대해 묻는 사회자에게 이마에 X표시를 하면서 바츠 이치라고 했다는구만. 이를테면 흠이 하나 생겼다는 뜻이지. 그런데 그 뒤로 일본에서는 바츠 이치가 마치 '한 번의 이혼은 멋있다!'라는 우호적인 의미로 통용됐다는 거야. 어때 멋지지. 바츠 이치!"

최는 손가락을 들어 내 이마에 X표시를 했다. 내가 말했다.

"난 이혼을 생각하면 탱자나무가 생각난단 말이야. 고향에서 이혼을 했는데 법원 입구를 걸어나오다 보니까 한쪽 담 아래 탱

자나무 몇 그루가 서 있는 거야. 이전부터 있던 걸 건물을 개축
하면서 다 없애버리지 못한 탱자나무였겠지. 그 탱자나무 울타
리에 샛노란, 정말 샛노란 탱자가 열려 있었지. 그래서 막 헤어
진 아내더러 탱자가 다 익었네, 하고 말했지. 가을이었거든."

나는 나이 어린 모델 아가씨가 자신의 목에서 벗어 내 목에
걸쳐준 머플러를 유혹의 증거로, 혹은 허락의 표시로 받아들였
다. 아주 추운 날씨에 바람이 많이 불던 밤이었다. 최는 연달아
재채기를 했다.

"왜 이혼하셨어요?"

샤워를 마치고 침대에 눕자 모델 아가씨가 내게 물었다. 그녀
는 방바닥에 두 무릎을 세워 가슴에 안고 앉아 담배를 피우고
있었다.

"왜? 몰라…… 그러라는 운명이었겠지 뭐."

"그래도 뭔가 이유가 있었을 게 아녜요."

"아내의 덧니 때문이었을까? 응? 덧니가 있었거든."

"덧니가 어때서요?"

"모르지. 왜 내가 그걸 싫어했는지. 결혼하기 전에는 아무렇지
도 않았는데."

모델 아가씨는 다 피운 담배개비로 새 담배에 불을 당기며 말
했다.

"사는 게 너무나 어려워져요. 며칠 전에 일자리를 잃었거든요.
그래서 저 언니랑 아무 데고 다니는 거예요. 안정된 일자리였는
데…… 밥맛이 없어요. 갈 데도 없구요. 내가 무능한 사람이 아

니라는 것도 알아요. 열심히 했었다는 생각도 들구요. 내 천직이 모델이구나 하는 그런 생각도 들어요. 원망하고 싶지만 원망할 사람도 없고…… 그냥 그래요. 힘들다…… 어렵다……"

나는 껌을 씹으며 웅얼웅얼 속으로 노래를 부르고 있었다. 우리 만남은 우연이 아니야…… 술을 많이 마셨지만 취하지는 않았다. 여자는 옷을 벗고 침대로 올라왔다. 나만한 키였으나 옷을 벗자 나보다 훨씬 커 보였다. 나는 누군가를 품에 안고 싶었지만 이 여자는 아니라는 기분이 들었다.

"본래 이렇게 발기를 안 해요?"

그녀가 물었다.

"술을 많이 마셔서 그런가? 어떻게 할까요?"

마른 몸매에 키가 큰 모델 아가씨는 펠라티오를 하느라 침대 아래로 내려섰다. 그러나 나는 종내 발기하지 않았다.

"그럼 나는 자위행위를 할 거야. 보지 말아요. 눈을 감고, 그냥 잠자세요."

나는 잠깐 눈을 떠 그녀의 성기를 내려다보았다. 발을 펼친 거미 모양으로 돋은 음모 더미가 불두덩 위에 붙어 있었다. 난 곧 잠이 들었다. 다음날 아침 하늘은 잔뜩 흐려 금방 눈이 쏟아질 것 같았다. 서울로 돌아오면서 나는 줄곧 어떤 모습으로 목소리의 남자와 대면해야 될지 곰곰이 생각하고 있었다. 곁에 앉은 최는 총각답게 우연한 여행과 멋진 밤을 보낸 유쾌함으로 시종 떠들어댔다.

세 사람을 내려주고 집에 들러 면도를 하고 옷을 갈아입었다.

적어도 정직해야 마땅하다는 판단이 들었다. 정오 직전에 약속한 호텔의 커피숍으로 들어섰다. 편안한 마음이었다. 혼자 커피를 마시며 전화벨이 울릴 때까지 꼬박 이십 분을 요동도 없이 앉아 있었다. 핸드폰을 통해 나를 확인하는 목소리는 남자가 아니라 젊은 여자였다.

"처음 뵙겠습니다……."

내 앞으로 걸어오며 인사하는 여자를 맞기 위해 나는 자리에서 일어났다.

"네, 반갑습니다."

여자는 웃었다. 나는 이미 여자가 커피숍 입구에 들어설 때 그녀를 알아보았다. 여자는 내 연상의 연인과 똑같은 걸음걸이로 걸어와 커피숍 입구에 선 종업원에게 걸치고 있던 흰 모피코트를 벗어주었다. 겨울이었는데도 여자는 모피코트 안에 소매 없는 검은색 원피스를 입고 있었다.

"어머닌 며칠 뒤 저랑 뉴욕으로 떠나요. 뉴욕에 있는 오빠집에서 여러 달 계실 계획이죠. 선생님은 이제 저희 어머니랑 데이트를 못 하시게 되셨군요."

완곡했지만 엄격한 통보를 하면서도 여자는 활짝 웃는 걸 잊지 않았다. 나도 따라 웃었다.

"많은 사람이 상심하니까 더이상은 연락하지 마세요."

"어머니께 절 만났다는 말씀을 하실 건가요?"

나는 담담한 목소리로 여자에게 물었다. 여자는 금방 대답하지 않고 있다가는 고개를 기울이며 낮은 소리로 말했다.

"왜요? 말해드릴까요?"

그녀가 물었을 때 내가 대답했다.

"어쨌든……그냥……."

"그냥? 그냥이라뇨?"

여자가 다시 물었다. 나는 말하지 않았다.

"그래 좋아요!"

내가 말했다. 그녀는 눈을 동그랗게 뜨고 내 말을 막았다.

"잠깐마안……."

여자는 검지를 꼿꼿이 세워 치켜들었다. 여자가 잠깐만, 하고 말할 때 여자가 아니라 검붉은색으로 매니큐어된 손톱이 나를 제동하는 것 같았다. 여자는 내가 말하고자 하는 바를 짐작했던 모양인지 더이상 말하지 않고 곧 자리에서 일어났다. 자신의 어머니와 나의 관계가 어느 정도였는지는 묻지 않았다. 여자는 단정하고 우아한 걸음으로 걸어가 종업원이 건네주는 흰 모피코트를 걸친 다음 곧 내 시야에서 사라졌다.

호텔에서 나와 남산 산길을 돌아가는데 눈발이 날리기 시작했다. 내가 여자와 세번째 만났던 레스토랑의 지붕 위에도 눈발은 흩날려 떨어지고 있었다. 남산을 벗어나 한강을 건너면서 울었다. 뜨거운 눈물은 내 자신도 놀랄 만큼 줄기줄기 흘러내렸다. 한남대교를 건너자 대교 남단에 위치한 주유소는 대낮인데도 외등을 밝히고 있었고, 눈발은 서행하는 자동차 범퍼 위로 진눈깨비가 되어 내려앉았다. 나는 주먹을 들어 뜨거운 눈물을 훔쳐내면서 빈 조수석을 더듬었다. 그곳에 앉아 화장을 고치던 여자의 모습이 떠올라 목이 메었다. 나는 지금도 한강을 지날 때마다 그 날의 눈발과 내 눈에서 쏟아지던 눈물과, 그리고 어쩌면 다시는 만나지 못할 여자를 생각하게 된다. 강물에 떨어지면서 종적 없 이 녹아 사라지고 말던 성긴 눈발의 기억은 아직도 내 가슴을 사무치게 한다.

　나는 여자의 따님이 내게 전한 통보를 지키지 않았다. 어쩔 수 없이 딸과 한 약속을 어기고 여자와 마지막 통화를 할 때 나는 그녀의 집 가까운 선교원 곁에 승용차를 세워두고 있었다. 핸드 폰의 버튼을 누르며 나는 차창 밖을 내다보았다. 창 밖에는 늙은 남자 한 명과 젊은 남자 한 명이 있었다. 겨울날 아침 차가운 날 씨였다. 늙은이는 보도 곁 잔디밭에 놓인 나무 의자에 앉아 있었 다. 그가 엉덩이를 들고 일어서더니 젊은이 앞으로 손바닥을 내 밀었다. 젊은이는 잔설로 덮인 화단에서 한 걸음 떨어진 양지녘 에 서서 마른 나뭇가지로 측백나무 옆구리를 툭툭 때려대고 있 었다. 늙은이는 일어나 손을 내민 채 아무런 말도 하지 않았다. 젊은이도 빙글빙글 웃으면서 말이 없었다. 그러던 젊은이가 몸 을 틀어 내밀고 있는 늙은이의 손바닥을 나뭇가지로 탁탁 때렸 다.

　"여보세요?"

　저편에서 여자의 목소리가 들려왔다. 내가 대답했다.

　"접니다."

　"그래?"

　젊은이는 늙은이의 손바닥을 때리면서 잔뜩 인상을 썼다. 매를 맞으면서도 늙은이는 별로 싫은 기색이 아니었다. 때리고 있는 젊은이 앞으로 한 걸음 더 다가서며 울상을 한 얼굴을 더욱 일그러뜨렸다. 젊은이는 눈을 부릅떴다. 늙은이는 젊은이의 턱밑으로 거듭 빈 손바닥을 내밀었다. 젊은이는 푸른색 오리털 파카를 입고 있었고 흰색 운동복에 흰색 운동화 차림이었다. 그가 나뭇가지를 내던지고 주머니를 뒤져 라이터를 꺼내들었다. 늙은이는 젊은이가 내던진 나뭇가지를 주워들고 라이터를 꺼내 든 젊은이는 옆으로 돌아섰다.

"왜 이러는 거야…… 응? 내가 살면 얼마나 더 산다고……."

여자는 그렇게 말해놓고 흐느끼기 시작했다. 여자의 흐느낌을 들으면서 나는 차창 밖에서 벌어지는 장면을 내다보고 있었다. 늙은이는 탁탁 젊은이의 종아리를 쳤다. 젊은이는 경중경중 뛰면서 아주 좋아했다. 그러더니 둘은 딱 얼굴을 마주하고 멈추어 섰다. 웅크리고 있던 동작을 먼저 바꾼 건 늙은이였다. 그는 재빨리 표정을 바꾸면서 엉덩이를 뒤로 빼고 손바닥을 앞으로 내밀었다. 젊은이는 웃음을 터뜨렸다. 두 손을 허리춤에 척 올려붙인 젊은이는 노한 얼굴로 늙은이의 손바닥을 잠시 내려다보았다. 그러더니 늙은이가 앉아 있던 나무 의자로 다가가 늙은이가 깔고 앉았던 신문지에 불을 붙였다. 늙은이는 화난 얼굴을 했다. 냉큼 달려들어 불붙은 신문지를 빼앗으려 손을 뻗었다.

"내가 여자라는 게 서러워……."

"……건강하세요."

나로서는 고르고 고른 마지막 인사말이었다. 여자는 산비둘기

같은 소리로 흐느낄 뿐이었다. 나는 천천히 승용차를 전진시켰
다. 어찌된 영문인지 늙은이는 처음처럼 두 손바닥을 앞으로 내
민 채 나무 의자에 앉아 있었다. 늙은이로부터 등을 돌린 젊은이
는 손에 든 나뭇가지 끝으로 화단가에 선 측백나무 옆구리를 툭
툭 때리며 빙글빙글 웃고 있었다.

그로부터 여러 달이 지났다. 여자는 지금쯤 우리가 헤어지게
된 곡절을 알게 되었는지 모른다. 오늘 아침에도 그날 여자의 흐
느낌과 같은 산비둘기 소리가 들려온다. 나는 여인이 남겨준 국
화 향기 풍겨나는 베개를 끌어안고서 창가로 다가갔다. 아침 안
개에 덮인 푸른 산자락이 서서히 형체를 드러내면서 이제 막 시
작된 초여름의 풍경이 펼쳐지고 있었다.

'고독을 견디는 힘'에 기대어 이야기를 다시 시작해야겠다.
감나무 잎새 위에 열린 빗방울, 능소화 넝쿨에 비치는 저녁 나절의 햇살, 견디기엔 너무나 긴 밤,
마흔 살이 되어서야 알아차린 사랑하는 사람의 따뜻하고 부드러운 살결에 대한 유치한 노래를 불러야겠다.

나는 여자들의 여러 가지 장신구 가운데 발찌를 가장 좋아한
다. 발찌 중에서도 명랑하게 반짝이는 금빛 체인에 바닷빛 곡옥
이 졸졸이 매달린 가냘픈 발찌를 좋아한다. 그 발찌가 어울리는
가늘고 흰 발목과, 껍질 벗긴 달걀처럼 둥글고 새하얀 발뒤꿈치
를 가진 여자를 좋아한다.

올해 봄부터 여름까지 내게는 그런 발찌를 왼쪽 발목에 건 병
아리 같은 처녀가 있었다. 정확히 말하자면 내 여자라기보다는
내가 아는 한 남자가 버린 여자였다. 그녀는 내가 좋아하는 가냘
프고 반짝이는 발찌를 왼쪽 발목에 걸고, 석류꽃빛 샌들을 신은
채 플라타너스 길을 걸어 내게로 왔다. 아직 봄이었는데도 여자
는 자신의 발찌를 뽐내기 위해 샌들을 신었다.

"안 이뻐요? 이게 이탈리안 레드예요. 이쁘죠?"

그녀가 이탈리안 레드라고 말하는 색채가 내게는 석류꽃빛으

로 보였다.

"제라늄꽃 색깔이에요."

그녀는 석류꽃을 알지 못한다. 유난히 더운 봄이었기에 여자의 샌들과 발찌는 거리의 풍광과 기후에 잘 어울렸다. 플라타너스 나무 그림자가 드리워진 시멘트 담 너머에서 아이들의 환호성과 큰북 작은북 소리가 울려왔다. 호루라기 소리와 호루라기 소리에 발맞추어 행진하는 초등학교 아이들의 구령 소리도 들려왔다. 신호등이 바뀌고 횡단보도로 들어서며 여자가 말했다.

"선생님 전 이제 남자들끼리 만든 윤리나 법률 따윈 믿지 않기로 했어요. 그런 건 딱 싫어요."

나는 웃었다. 올해엔 왠지 더위가 일찍 찾아와 봄도 없이 막바로 여름이 닥친 것 같았다.

"내 행동에 대해서는 여자들이 만든 여자들의 법률로 심판받겠어요. 남자들은 혼돈의 가치를 몰라요. 정직하지도 않구요."

우리는 주차장에 자동차를 세워두고 걸어서 복합상가 꼭대기에 위치한 러브호텔로 가는 중이었다. 그러고 보니 여자의 목에 늘 걸려 있던 향수병이 사라지고 없었다. 사랑하는 남자의 냄새를 담아둔 눈사람 모양의 작은 병이었다. 그녀는 러브호텔에 들자마자 내 품으로 뛰어들었다.

"수는 세상살이의 물결에 실려 흘러가기로 작정한 사람이에요. 그러니까 보낼 수밖에 없었죠. 그게 수의 삶이니까. 그렇지만 선생님……."

내 품에 안겨 자신의 사랑 이야기를 늘어놓고 있는 여자는 이제 스물세 살짜리 처녀였다. 그녀를 애태우는 '수'라는 남자는 얼마 전 결혼한 스물다섯 살 먹은 남자다. 나는 그녀와 '수'라는 남자를 다 알고 있는 처지였다. 두 사람이 함께 수강하던 어느 백화점 문화센터의 소설 창작반 강사 노릇을 했기 때문이었다.

"그게 힘들었어요. 그게 무척 힘들었어요."

"선아…… 알았어, 알았어."

내가 그렇게 '알았다'고 다그쳤건만 그녀는 우울하고도 심각한 음성으로 이야기를 늘어놓았다. 나의 욕정 따위는 아랑곳하지 않겠다는 태도였다.

"떠나기 전 한 번만 만나자고 했지만 뭐라고 뭐라고 심한 소리만 하잖아요. 짜증을 부리고 그러더라구요. 그렇게 해야만 내가 절 잊어버릴 거라고 생각한 모양이에요. 선생님, 전 그렇진 않아요. 단지 그런 대접을 받는 내 자신이 한심하고, 그러는 수의 옹졸한 모양도 한심해요. 이게 미련 때문인가요? 그야말로 정말 거지같이……"

"알았어…… 알았어……"

번개같이 옷을 벗어던진 선아는 침대 위로 몸을 던졌다. 몸을 던지며 두 발을 쳐들었기 때문에 왼쪽 발목에 걸린 발찌가 전등 불빛에 빛났다. 선아는 발찌를 처녀의 상징이라고 말했다. 예전 노예 상인들이 노예를 매매하면서 숫처녀의 표지로 발목에 걸어 두던 상징물로부터 발찌라는 장신구가 기원하였다고 한다. 내 허리에 걸터앉은 선아는 승어뜀을 하면서 아아, 자기 자기……, 하고 소리쳤다. 눈을 감고 고개를 젖히고, 팔을 앞으로 뻗어 두 손바닥을 천장으로 쳐든 채, 마치 봉헌물을 바치는 여제사장 같은 자세로 격렬한 상하운동을 계속했다. 그녀가 부르는 남자는 내가 아니었다. 그녀가 자신의 절대적 쾌락을 바치려는 대상이 내가 아니라는 사실을 나는 알고 있었다. 그러니까 선아는 나의 몸을 빌려 자신의 절정을 누군가에게 헌정하고 있는 셈이었다.

"선생님, 선생님은 저처럼 젊었을 때 사랑 때문에 괴로워한 적이 있으세요? 사랑 때문에 괴로워서 자고 또 자고, 밤낮을 가리지 않고 한없이 잠이 오던가요?"

선아는 사랑에 지친 늙은 여자의 표정을 짓고 있었다. 눈물이 고인 눈으로 내 눈을 뚫어져라 내려다보았다. 남자의 허리에 걸터앉아 자신을 버린 남자를 생각하며 소리없이 눈물을 흘리는 여자가 조금은 무서웠다.

"난 그때까지도 사랑이 뭔지 몰랐지."

"언제? 이게 사랑이로구나 하는 건 언제 깨달으셨어요?"

나는 웃으면서 말했다.

"마흔이 다 되어서…… 그래도 나는 다행인 셈이지. 많은 사람들이 자신의 이성관계를 사랑이라 여기고 살지만 사실 그건 그냥 '관계'일 뿐이야. 부부관계도 마찬가지고. 남자들은 더 그래. 남자들 대부분은 죽는 순간까지도 사랑이 뭔지 몰라…… 여자는 좀 다르겠지만."

나는 속으로 정말 한심하다고 생각하면서도 여자의 슬픔이 어서 가시기를 빌었다. 괜스레 그들의 선생 노릇을 했다는 죄 때문이었다. 두 사람의 내밀한 관계를 들어 안다는 사실과, 내가 남녀관계에 관해 상담할 만한 이력의 소설가요 이혼남으로 밤늦게도 전화 통화가 가능하다는 점과, 마음이 약해서 실연당한 처녀의 전화를 매몰차게 끊어버리지 못하고 미주알고주알 연애담을 들어주었다는 죄가 있었던 것이다. 결혼식을 마치자마자 남자는 신부와 함께 시드니로 유학길에 올랐다. 그러니까 선아는 다른 여자와 결혼하여 유학까지 떠나버린 남자에 대한 미련과 애착을 내게 풀어버릴 작정이었다. 나는 다시 말했다.

"선아는 이제까지 사랑을 받아오기만 한 사람이라서 그래. 사랑은 마구, 어처구니없이, 그냥 주어버릴 때도 있는 거야."

두 손을 뻗어 젖가슴을 만지자 선아는 내 팔목을 잡았다.

"그렇죠. 그런 것 같아요. 전 한 번도 주는 사람이 되어본 적이 없으니까."

선아는 손가락을 들어 눈물을 닦고 나서 코를 문지르며 다시 몸을 움직이기 시작했다. 내 성기는 여전히 발기한 상태로 두 사람의 몸을 맷돌처럼 고정시켜두고 있었다.

"그런 게 어딨어요. 그런 게 어딨어요. 내가 바보나 멍청이라서 그렇게 매달렸겠어요. 다만 비겁한 모양을 보고 싶지 않았던 거지. 수는 어쩌면 아직은 날 떠나지 못한지도 몰라요. 결혼식장에서도 그런 눈으로, 아직 떠나지 못한 사람의 눈으로 나를 바라보더라구요."

"수도 마음이 아파서 그럴 거야. 상대방의 가슴에 못을 박아놓고는 돌아서서 후회하는 거지. 그런 사람도 마음이 아파. 생각과 행동이 일치하지 못해서 그렇지."

　"적어도 결혼식이 끝나면 내게 돌아올 줄 알았어요. 결혼식과 신혼 여행이 끝나면 반드시 내게 돌아오리라고 믿고 있었어요."

　나는 어이가 없다기보다는 처연한 심정이 되었다. 결혼식과 신혼 여행이 끝나면 신부를 버리고 자신에게 돌아오리라 믿는 여자를 사랑했던 남자의 심정은 어떠했을까 생각했다.

　"그전에 분명히 그러라고 말했거든요. 그러니깐 그러겠다고 했어요. 그래놓고 그날 와선 마구 신경질을 부리는 거예요. 정리를 하겠다고 정직하게 나오는 게 아니라, 마음을 다 정리하지 못했으니까 내게 신경질만 부리는 거예요."

　"그럼 왜 결혼했다는 건가?"

　"파혼할 용기가 없어서죠. 그러면 다 무너지니까."

　선아는 다시 움직이기 시작했다. 나는 그녀의 흔들리는 젖가슴을 움켜잡고서 이 장면을 소설로 쓰겠다고 생각했다. 그러기 위해 선아가 다시 한번 절정을 치르고 나면 그 절정의 느낌을 물어보리라 작정했다.

　고등학교를 막 졸업하고 빈둥대며 돌아다니던 시절 음악다방에서 만난 친구 누나는 내가 묻지 않았는데도, 자신은 허벅지에서부터 치솟아오른 열기가 자궁에서 다이너마이트처럼 폭발하는 느낌이라고, 땀에 젖은 자신의 허벅지를 쓸면서 절정의 순간에 대해 내게 속삭여주었다. 그 친구 누나는 나만이 아니라 우리 친구들 가운데 웬만한 녀석은 다 먹어버렸다는 사실을 뒷날에야 알았다. 그 말을 들을 적엔 불쾌했지만 지금엔 다정하게 느껴져 그녀가 보고 싶어진다. 오래 전 고향 친구로부터 그녀가 서울 남자와 결혼했는데 아이를 낳으러 친정에 와서는 매일 한 상자씩 사이다를 마셨다는 말을 들었다. 그래선지 갓 태어난 아이가 일주일이나 트림을 했다는 믿기 어려운 말을, 믿기 싫으면 믿지 말라는 엄포와 함께 전해들었다. 나는 아직도 그녀의 부드러운 허벅지의 살결과 땀에 젖어 있던 목, 내 뺨을 어루만지던 손가락을 기억한다. 당시 그녀는 갓 스물두 살이었다. 어설픈 동생 친구의 성적 기교에 만족지 못하여 사정하고 난 뒤에도 내 몸에서 내려오지 않으려 투정을 부렸다. 이미 허물어져버린 남자의 어깨를 내리누르면서 미친 듯이 허리를 흔들어 다시 절정에 도달하곤 했다. 어느 날 함께 냉커피를 마시면서 누나가 내게 물었다.

"넌 여자가 왜 몸을 흔드는 줄 아니?"

누나는 우리 곁을 지나가는 여자들을 눈짓하며 웃었다.

"걸어갈 때도 여자들은 허리를 흔들잖아. 저 봐. 그래서 궁둥이가 삐뚤빼뚤하는 거야."

우리는 누나의 선배 언니가 경영하는 시장통의 양품점 앞에 앉아 있었다. 내가 그 양품점에 놀러 가면 누나와 언니라는 노처녀는 여자 손님들이 찾아올 때마다 나를 쪽방으로 들여보냈다. 쪽방 방문에는 작은 구멍이 뚫려 있어서 여자 손님들이 옷을 입어보기 위해 옷을 벗으면 나는 여자들의 몸을 감상할 수 있었다.

"그건 말이다. 여자는 본래 뱀이었기 때문이래. 오래된 뱀이 여자로 변했는데 완전히 변하지 못했기 때문에 그런대. 허리를 흔들면서 기어가는 뱀의 동작이 아직 여자의 몸에 남아 있어서 그런대. 그래서 허리를 흔든단다."

　그리고는 깔깔깔 웃었다. 그 누나는 지금 어디에 살고 있는지 모르겠다. 태어나서 일 주일 동안이나 트림을 했다는 아이도 곧 그 시절 누나만한 나이가 될 것이다. 거대한 푸른색 선박이 흰 포말을 가르며 자신에게로 돌진해온다고 말한 여자도 있었다. 그녀는 음부를 통해 물이 들어올지 모른다는 기우 때문에 아직 한 번도 수영을 해보지 못했다고 말했다. 나는 웃으면서 그녀의 음부를 손바닥으로 막아주었다. 종합병원 검진실 소파에서 만났던 은행원 아가씨였다. 어느 무뚝뚝한 이혼녀는 '그냥 무아지경이야' 하고 표정도 없이 말하고서는 타월을 들고 욕실로 가버렸다.

　"선아는 절정의 순간에 어떤 느낌이지? 어떤 영상이 떠오르는가? 아까 소리를 지를 때."

　선아는 땀투성이 젖가슴을 내 뺨을 대고 두 팔로 내 머리를 감싸안은 채 말했다.

　"말해줄게요. 어떤가 하면…… 전체적으로는 내가 없어지는 느낌…… 붕 떠오르는 느낌이지만, 첫 순간은 연초록의 대리석 바닥이 떠오르고, 그 위 허공에 떠 있던 크리스털 꽃병이 천천히 바닥으로 떨어져내려 산산조각으로 깨져요. 깨져서 사방팔방으로 조각조각 흩어지는 거예요. 슬로 모션으로 천천히. 그리고는 그 깨져 흩어지던 유리 꽃병 조각이 리와인드되어 연초록의 대리석 바닥에서 꽃병의 형태를 갖추며 다시 허공으로 떠오르는 거예요. 그게 오르가슴이 막 시작될 때 순간적으로 떠오르는 영상이에요."

　머리를 들지 않고 선아가 다시 말했다.

"어때요, 선생님. 그윽하죠? 이건 내가 소설에 쓰려는 거예요. 선생님이 쓰시면 폭로하고 말 거예요."

나는 큰 소리로 웃었다. 웃으면서 다시 물어보았다.

"내가 사정한 순간엔 어떤 느낌이었지?"

선아는 눈을 쳐들어 나를 바라보면서 되물었다.

"사정하셨어요? 하셨죠? 난 몰라요. 난 그건 잘 느끼지 못해."

선아가 다시 말했다.

"사정했다고 말해줘야 알아요. 난 참 이기적인가 봐."

그 다음날 밤 나는 좀체 이어지지 않는 장면을 이어나가느라 머리를 쥐어뜯으며 소설을 쓰고 있었다. 쓰고 지워버리기를 거듭하다 보니 소설은 한 줄도 더 나가질 않았다. 나는 어쩌면 아직 밤새워 소설을 쓰기에는 너무 뜨거운 피를 가지고 있는지도 모른다는 생각이 들었다. 컴퓨터 자판 앞에 멍하니 앉아 곧 새벽녘의 햇살이 들이칠 시간임에도 누군가 나를 유혹해주지나 않을까, 내가 사정하는 동안 암사마귀처럼 내 몸을 머리부터 씹어먹어버릴 여자는 없을까 하는 기대를 가지고 있었다. 소설을 쓸 요량으로 책상 앞에 앉은 전날 저녁 나절부터, 나는 소설을 쓰기보다는 친구들과 어울려 술을 마시거나 부드러운 여자의 어깨에 손을 올리고서 춤을 추며 밤을 보내는 게 훨씬 내게 어울린다고 생각했다. 나는 적당히 피가 식을 때까지 좀더 방랑해야 될 것 같다. 소설은 나와 같은 철없는 남자가 감당하기에는 참으로 가혹한 노동이었다.

그러므로 내게 있어서 소설을 쓴다는 일은 일종의 '고독을 견디는 힘'을 필요로 했다. 육신만이 아니라 영혼까지도 몽땅 증발해버리고, 숫된 짜증만이 초롱초롱한 새벽녘 어스름 속에서 다시 생각한다. 이제 다시는 만날 수 없는 사람을 생각한다. 이 세상에 함께 살아 있지만 다시는 만져볼 수 없는 여자의 뺨과, 다시는 깨물어볼 수 없는 여자의 복숭아뼈를 생각한다. 뭔가 써야 할 게 있다면 그러한 그리움에 대한 서러운 노래라고 생각한다. 내게도 한 번쯤 불꽃 같은 사랑이 찾아오겠지, 그리하여 그 아름다운 여인에게 영혼을 바칠 수 있겠지, 하는 허영을 틀어쥐고 있는 것이다. 나를 견디게 하는 힘은 그와 같이 그리움에 저항하는 일말의 막연한 희망과도 같았다. 절망에 휩쓸려 허우적대면서도 팔을 뻗어보는 힘이었다. 어쨌든 그러한 '고독을 견디는 힘'에 기대어 이야기를 다시 시작해야겠다. 감나무 잎새 위에 열린 빗방울, 능소화 넝쿨에 비치는 저녁 나절의 햇살, 견디기엔 너무나 긴 밤, 마흔 살이 되어서야 알아차린 사랑하는 사람의 따뜻하고 부드러운 살결에 대한 유치한 노래를 불러야겠다.

며칠 전 밤, 나는 밤새 춤에 관한 책을 읽었다. 춤사위의 가장 본질적인 부분은 호흡법에서 나타난다고 한다. 숨을 충분히 들이마시고 자연스럽게 내쉬어 비우는 방법이다. 비움은 무(無)의 상태를 말하는데 무란 아주 없어짐이 아닌 새롭게 채우기 위한 비움으로, 이전의 춤사위를 유도하는 원천이 된다. 곧 가득 찼을 때 비우고 비워졌을 때 가득 채우는 것으로, 결국 비움과 가득참은 다르지 않다. 춤사위의 기본 원리는 맺고 풂의 원리다. 즉 맺힘은 막힘이자 응어리며, 극복되고 풀어야 하는 것이며, 풀림

은 막힘을 해결해주며 극복되는 과정으로 그 다음 단계로 나아
갈 준비다. 풀림은 풀었다고 해서 그대로 끝나는 것이 아닌 새로
운 성숙을 위한 도약이라 할 수 있다. 이러한 맺고 풂의 반복이
춤사위를 만들어낸 기본 원리고, 이러한 기본 원리는 어떤 형태
로든 항상 역동적으로 무한히 변화하고 반복되어 새로운 춤이
형성된다. 그렇다. 춤은 지금 내가 쓰고자 하는 글과 여러모로
닮았다.

왼쪽 발목에서 생글생글 빛나는 바닷빛 곡옥처럼 선아는 늘
내 앞에서 빛날 줄 알았다. 자신을 비우고, 채우고, 그리고는 새
롭게 빛났다. 정오의 러브호텔에서 펠라티오를 하다가 턱이 빠
지던 날 선아는 개구리 이야기를 내게 들려주었다.

"어쩌면 그런 귀여운 개구리들이 있을까요?"

나는 담배를 피우며 개구리 이야기를 듣고 있었다.

"욕구불만에 싸인 개구리 이야기예요. 어떤 신문에서 본 외신
기산데, 기사의 제목은 '개구리의 성(性) 반란'이었어요. 영국
남부 도싯 지방에서 올해 암컷 개구리 부족 현상 때문에 욕구불
만에 싸인 수컷 개구리들이 금붕어랑 심지어는 개구리처럼 녹색
을 띤 물건에까지 마구잡이로 달려들어 짝짓기를 시도하고 있다
는 거예요."

"그래?"

나는 담배를 끄고 팬티를 벗었다.

"암컷 개구리 부족으로 약이 오른 숫놈들이 금붕어에게도 짝
짓기를 하려 달려든다는 거예요."

선아는 알몸으로 침대에 누워 말하고 있었다.

"그러니까 좌절한 수컷들이 금붕어에게 달려들어 몸을 죄며 짝짓기를 시도하는 바람에 금붕어가 질식해 죽었다는 거예요. 아하하. 정말 웃기는 녀석들이죠. 그놈들은 농부가 신은 녹색 장화를 암컷으로 착각해 덤벼들기도 했대요."

곱창 머리띠를 풀어 내게로 던지며 선아가 말했다. 나는 선아가 던진 머리띠를 받아 탁자 위에 올려두었다.

"그뿐만이 아니에요. 수컷 개구리들은 동면에서 나오는 뱀한테도 달려들었대요. 주변에서 암컷으로 착각할 수 있는 물체면 가림 없이 달라붙었대요. 신기하죠? 귀여운 개구리들이죠, 선생님?"

선아는 내 성기를 움켜잡으며 말을 마쳤다.

"그러니까 우리는 개구리예요. 나도 선생님도. 아니면 나만인가?"

선아는 녹색 장화에 달라붙는 수컷 개구리처럼 집요했다. 두 다리를 들어 내 허리를 죄며 온몸으로 달라붙었다. 나는 선아의 발가락과 발목에 매달린 발찌까지 하나하나 침으로 적시며 정성스럽게 성교를 했다. 너무 흥분했던지 선아는 펠라티오 도중 돌연 턱이 빠져버렸다. 볼을 움켜잡은 선아는 어서 턱을 끼워달라고 눈짓했다. 가볍게 아래턱을 때려주자 턱은 다시 제자리에 물렸다.

"너무 심하게 했나 봐요. 턱이 다 빠졌네."

"괜찮아?"

"괜찮아요. 참, 너무 심하게 했어요, 괜히."

나는 이마에 열린 땀방울을 닦았다.

"펠라티오 전문가를 펠라토리스라 하는데, 물론 대개 여자를 말하지. 그 가운데 가장 유명한 여자가 클레오파트라야. 놀랍게도 일천 명이 넘는 남자들에게 펠라티오를 했다는군. 하룻밤에 일백 명이나 되는 로마 귀족에게 펠라티오를 했대요."

그녀는 씩 웃었다.

"우리집 식구들은 다 턱이 약해요. 우리 아빠 하품을 하다가도 턱이 빠져. 그럼 내가 얼른 탁 때려 끼워주거든요."

선아는 턱이 빠진 걸 부끄러워하고 있었다.

"난 지난번 마스터베이션을 하다가 혼이 났다. 진공 청소기 빨대 구멍에 성기를 집어넣었거든. 아주 혼이 났지."

물론 거짓말이었지만 선아는 턱을 부여잡은 채로 킥킥대고 웃었다.

"정말?"

"그럼. 이봐, 이렇게 가죽이 벗겨졌잖아."

나는 야광탄 모양으로 빨갛게 충혈된 귀두부를 선아 코앞으로 내밀어 보였다. 그러고 두어 달이 훌쩍 지났다. 그 동안 어쩐 일인지 선아는 전화하지 않았다.

저녁부터 밤새 담배만 벅벅 피워대며 허덕이던 밤도 깊어 새벽이 가까운 시각이었다. 수음을 하고 잠들 생각으로 앉은뱅이 의자에서 일어서는데 전화벨이 울렸다. 곧 새벽빛이 들이칠 모양으로 창 밖의 어둠은 엷어지고 있었다. 핸드폰을 들자 술에 취한 선아의 목소리가 들렸다. 한편으로는 반가웠지만 한편으로는 슬펐다. 이제 다시는 만나지 않으리라 여긴 탓이었다. 턱이 빠진 날 뒤로 우리는 서로 연락하지 않았다. 내게는 다른 여자가 생겼고 선아도 이젠 실연의 상처가 어느 정도 아물었으리라 생각하고 있었다. 그러나 그녀는 여전히 연민을 버리지 못하여 술 취한 목소리로 중얼대기 시작했다.

"네, 그러니까 좀 손해본다는 느낌 같은, 그런 느낌 자체가 난 싫은 거예요. 관념의 때가 묻었기 때문이죠. 나도 마찬가지예요. 뭐 수가 멋있어서, 뭐 그렇게 넋을 잃고 좋아할 만큼 굉장한 미남도 아니고, 그런 식으로 따지자면 말이죠."

"왜 그래, 이 시간에."

"뭐 나는 저만 못한 여자인 줄 아나 봐."

"아아, 그러면 당당함을 보여줘야지. 교태를 부리든가. 결연히 잊어버리든가. 그래야지 놀라지. 남자들이란 구체적인 걸 보고 싶어하는 거야."

나는 짜증을 내고 있었다. 진정 구체적인 걸 보여줘야 하는 건 방금 전 썼다가 지우고 썼다가 지운 내 소설이었다. 나는 비겁하게도 새로움으로 성큼 발을 내디딜 용기가 없었다. 그건 선아도 마찬가지였다.

"그런 것 같아요."

"가슴 아파하지 마. 오히려 더 귀하고 당당한 모습을 보여줘야지. 더 이뻐지고. 남자는 그래. 그래야만 감동한단 말이야. 애인의 질투심을 유발하는 방법은 남자와 여자가 달라요. 여자는 대개 자신보다 부족한 여자와 어울린 남자에게 질투심과 집착을 보이지만, 남자는 더 멋진 남자와 어울린 애인에게 집착을 보인단 말이야."

"선생님, 그렇다면 그게 얼마나 허위예요. 그건 가짜예요. 난 수를 좋아하기 때문에 그를 차지하기 위해 다른 남자와 사랑하거나 어울리거나 하지 못해요. 난 그런 여자예요. 그런 가짜 놀이가 전 싫어요."

선아가 술에 취해 있다면 나는 소설쓰기의 곤혹스러움에 취해 있었다. 나는 짜증이 났다. 잠시 통화가 끊어졌다가 다시 선아의 목소리가 들렸다.

"선생님, 복수할 방법은 없을까요?"

나는 말하지 않았다.

"사랑에 눈멀게 하는 비약을 만들 수는 없을까요? 네, 선생님?"

"미친 소리 말아!"

나는 소리를 질렀다.

"그건 사랑도 집념도 아냐! 그건 추태야 추태!"

내 말에 아랑곳하지도 않고 선아가 다시 말했다.

"책에서 그 방법을 알아냈어요. 매장된 지 구 일이 안 된 시체의 피부를 머리에서 발끝까지 길쭉하게 벗겨서 그걸 자고 있는 애인의 팔과 다리에 감아둔대요. 그랬다가는 깨어나기 전에 걷어낸대요. 아무에게도 들키지 않고 매일 밤 그렇게 계속하면 애인은 틀림없이 돌아온대요. 또다른 방법도 있어요. 이건 소년을 한 명 유괴해야 되는 방법이에요. 유괴한 소년을 땅에 묻어 머리만 내어놓구요, 그리고 눈앞에 먹을 것을 놓아둔 채 굶겨 죽인 뒤 그 골수와 간장을 꺼내서 약을 만든대요.”

나는 하아, 하고 한숨을 내쉬었다.

“방법은 하나밖에 없어…… 견디는 거지! 그건 선아도 잘 알잖아. 그것밖에는 복수의 방법이 없어.”

“안 돼요, 선생님. 복수할 방법을 알려주세요. 아니라면 지금 당장 섹스라도 해주세요. 으앙…….”

그녀는 울음을 터뜨렸다. 나는 그야말로 죽은 사람의 골수를 마시는 기분으로 핸드폰을 들고 방 안을 서성거렸다. 한참이 지나서야 그녀는 울음을 멈추었다.

“그래, 좋아! 바다로 가자! 여름이 지나고 가을이 오거든! 바닷가에 있는 해변의 묘지로 가서 섹스를 하자!”

그렇게 말하면서 나는 벌써 고향 바다를 연상했다.

“그래요? 어디루요?”

착한 아이처럼 울음을 멈춘 선아는 금방 내게 그렇게 물었다.

“해변의 묘지로.”

“그게 어딨어요?”

“우리 고향에 있지.”

햇살에 반짝이는 짙푸른 바다가 발 아래 놓인 소나무 숲 끝에 내가 ‘해변의 묘지’라 부르는 무덤 한 장이 놓여 있었다. 근방에 집성촌을 이루고 있는 어느 가문의 성씨를 가진 정부인(貞婦人)의 묘지였다. 어떤 까닭으로 단정히 비석까지 갖춘 정부인의 묘지가 홀로 그곳에 있는지는 알지 못한다. 묘지로 가기 위해서는 철책선에 가로막힌 바다와 울창한 소나무 숲 그늘 사이로 난 좁은 길을 지나야 했다. 오솔길은 주둔군 병사들의 해안 순찰로였다. 길을 따라가다가 보면 내가 '클레오파트라의 숲'이라고 명명한 은밀한 장소도 있었다. 클레오파트라의 숲을 지날 때마다 나는 강간을 꿈꾸었다. 언젠가는 이곳으로 살구꽃 같은 여자를 이끌고 와 머리채를 틀어쥐고 능욕하든가, 반대로 굽 높은 하이힐을 신고 젖가슴 사이에 작은 점이 있는 여자에게 끌려와 뺨을 맞으며 강간당해버렸으면 좋겠다고 생각했다. 바닷바람에 시달린 산죽이 군락을 이룬 그늘진 숲속 길이었다. 나는 종종 산죽 이파리를 스치는 바람 소리를 들으며 솔방울을 밟고 서서 수음을 하고, 손에 묻은 정액을 바다 쪽 바람 속으로 던져주었다. 내가 선아에게 말했다.

"턱은 어때? 괜찮아?"

"괜찮아요."

"어땠어? 난 그날 너무 놀랐는데. 그래서 미안하다는 말도 제대로 못했네."

"괜찮아요. 그날은 좋았어요."

"그래?"

"왜 제게 전화하지 않으셨어요?"

"소설을 쓰느라고. 넌 왜 전화하지 않았지? 즐거운 일이 생겼나?"

"소설을 쓰느라구요. 아무리 생각해봐도 수에게 복수하는 방법은 소설을 쓰는 길밖에는 없는 것 같아요. 나로서는.”

　선아는 덧붙여 말했다.

　“아주 멋진 소설을 쓸 거예요. 남자의 뒷모습에 관해서 쓰고 있어요.”

　“그래 아주 멋진데.”

　“선생님도 놀라실 걸요. 생각나는 대로, 시공간에 관한 자의식이 없이, 마구, 순열에 관한 강박관념 없이 다만 정직하게만 쓰려고 노력중이에요.”

　“그래 빨리 쓰고 피크닉을 가자. 여름이 끝나거든. 해변의 묘지로 가자.”

　“그래요. 전 이젠 해물탕집 꼭대기에 있는 러브호텔은 싫어요.”

　나는 희미하게 밝아오는 지하 셋방의 길쭉하게 생긴 창을 올려다보고 있었다. 내가 처녀 아이들을 싫어하는 이유 가운데 한 가지가 이런 새벽녘의 전화 때문이었다. 나는 이제 그만 통화를 끝내고 피를 짜듯 진한 수음과, 뼈가 얼어드는 냉수 목욕과, 그 뒤에 오는 죽음보다 깊고 달콤한 잠에 빠져들고 싶었다. 하지만 술에 취한 처녀아이는 이야기를 마칠 기세가 아니었다.

　“선생님, 전 정말 어쩌면 좋아요? 죽기 전에 잊어버릴 수 있을까요?”

　선아는 같은 동작으로 하염없이 꼬물거리면서 보챘다.

　“이렇게 살아야만 할까요? 네, 선생님?”

　나는 어둠에 잠겨 있는 침대를 내려다보고 있었다.

"지금 제게로 올 순 없나요? 절 좀 안아주세요."

"아직 밤이야. 그만 자야 해."

"자동차 안이라도 좋아요. 절 좀 안아주세요, 선생님."

"이제 그만 자, 선아. 그만."

이럴 때는 어쩔 수 없었다. 감기 걸린 아이마냥 칭얼거리며 보채다거나, 자신의 인생을 남의 인생에 우겨넣으려 한다거나, 더욱이 자신의 자존심마저 남자에게 의탁하려는 여자는 아무래도 이쁘게 보아줄 수 없었다. 나는 단호히 통화를 끊었다. 핸드폰의 전원을 꺼버리고 수음을 했다. 승용차 조수석에 앉아 치마를 걷어올리고 깔깔거리며 웃던 선아의 눈빛을 생각하며 수음에 열중했다. 선아는 치마를 걷고 엉덩이를 들어 팬티를 벗었다. 벗어든 조팝꽃 무늬 팬티를 접어 내 가슴 주머니에 행커치프처럼 꽂아주었다.

피곤한 상태였기 때문에 수음이 끝나자 두통이 뒤따랐다. 깨질 듯이 아픈 머리를 늘어뜨린 채 샤워를 했다. 차가운 물로 온몸을 적시면서 가능한 한 아무런 생각도 하지 않으려 했지만 그렇게 되지 않았다. 이런 상태로 잠들면 몹쓸 꿈에 시달릴 게 틀림없었다. 새벽녘의 꿈속에는 한 여인이 나타나곤 했다. 어깨에는 벤조를 메고, 흰 손을 들어 입을 가리고 웃으며, 주름치마를 입은 나이든 여인이었다. 꿈속이지만 나는 그 여인에 집착하여 언제나 섹스 직전까지 다다랐다. 기껏해야 그녀의 치마를 들치고 아무것도 없는 치마 속을 들여다보거나 그녀의 허벅지에 밤새 쓰던 소설을 낱낱이 적는, 그런 꿈이었다. 나는 꿈속의 내가 싫었고 그 아슬아슬함과 조바심이 싫었다.

여름이 끝나가고 있었다. 약속을 지키기 위해 나는 선아를 승용차 조수석에 태우고 동해안의 해변으로 여행을 갔다. 여름의 종말과 가을의 시작을 알리는 가랑비가 부슬부슬 떨어지던 날이었다. 서울을 벗어나 산맥 옆구리에 이를 때까지 선아는 잠을 자거나 음악을 들으며 창 밖을 내다보고 있었다. 그러다가 돌연 잠에서 깨어난 듯 말을 걸었다.

"선생님은 그 동안 뭘 하고 지내셨어요?"

"언제?"

"지난 두 달 동안. 우린 두 달 동안 만나지 못했잖아요. 전화도 하지 않았고."

"그냥."

"여자가 생기셨군요?"

"아니."

나는 거짓말을 했다. 사실은 누나나 형수처럼 편안한 연상의 여자가 생겼다. 나는 그녀가 마련해주는 정서적 안온을 이용하여 장편소설을 마무리하려고 여름 내내 지하 방에서 움직이지 않고 있었다. 선아는 숄더백을 열어 작은 수첩을 꺼내 들었다.

"선생님, 전 그 동안 어느 종교 단체에서 운영하는 실연자 클리닉에 다녔어요. 그래야만 했어요. 선생님도 이해하시겠죠? 사랑은 아무래도 육체적 관계만은 아니에요. 육체적 관계만으로는 해결되지 않는 질긴 영혼의 엉킴이 있어요. 그 엉키고 설킨 영혼의 상처를 달래기 위해서는 무슨 짓이든 해야 했어요. 그래서 전 매일 열 번씩 이걸 낭송해야 해요. 실연자 클리닉의 프로그램 중 하나예요. 일종의 최면요법이랄까."

그리고는 글을 읽기 시작했다.

"사랑이란 무엇인가가 그 속에서 변화할 수 있는 공간을 창조하려는 적극적 의지다. 그 사람에게 주의를 쏟으면서 혼잣말로 반복한다. 첫째 단계, 나와 꼭 같이 그 사람도 자기 삶에서 어떤 행복을 찾고 있다. 둘째 단계, 나와 꼭 같이 그 사람도 자기 삶에서 고난을 피해보려 하고 있다. 셋째 단계, 나와 꼭 같이 그 사람도 슬픔과 외로움과 절망을 겪고 있다. 넷째 단계, 나와 꼭 같이 그 사람도 자기의 필요를 충족시키기를 추구하고 있다. 다섯째 단계, 나와 꼭 같이 그 사람도 삶에 대해 배우고 있다."

선아는 수첩을 덮었다. 가랑비는 부슬부슬 내리고 있었다. 곧 단풍이 산맥을 물들일 것이다. 산세가 험해짐에 따라 산맥을 횡축으로 관통한 고속도로 위로 안개가 흘러내리고 있었다.

"선생님은 어떠세요. 정신적인 사랑과 육체적인 사랑 가운데 어느 쪽이 더 지독하고 숭고하다고 생각하세요?"

나는 말하지 않았다. 속도를 줄이고 비상등과 안개등을 켰다. 안개는 점점 짙어졌다.

"난 그 동안 여자가 아니라 다른 생물과 연애를 하려고 추파를 던지고 다녔거든."

"네?"

"이젠 좀더 편안한 상대가 필요하다는 생각이 들었어."

"선생님도 어쩔 수 없는 남자로군요."

"그래 그럴거야. 하지만 남자가 여자를 알지 못하듯이 여자도 남자를 잘 몰라."

"여자가 생기셨죠?"

"그렇긴 하지만 이전과는 달라. 난 꽃사슴을 사랑하고 있어. 사람이 아니야. 꽃사슴이야."

"네?"

"화곡동에 음식점을 하는 선배가 있어요. 곰달래길 어귀에 있는 '차랑골 화로구이'라는 음식점이지. 그 선배가 고향인 정선에서 꽃사슴 농장을 하거든. 차랑골이라는 풍광 좋은 골짜기에 있는 농장이야. 선배를 따라 농장에 갔다가 두 살배기 꽃사슴에 반해버리고 말았지. 내가 말이야. 가을이 되어 발정기가 되면 그 꽃사슴과 멋진 연애를 하기로 했어."

선아는 아랫니와 윗니를 다 드러내 보이며 소리없이 웃었다.

"어때? 좋아? 통통한 엉덩이와 미끈한 다리를 가진 꽃사슴과 가을 산 속에서 연애를 한다. 이제 얼마 남지 않았어. 이번 가을이야."

왕복 운동을 계속하는 와이퍼를 바라보며 선아가 말했다.

"슬퍼요, 선생님."

"그 선배가 운영하는 차랑골 화로구이집에 가면 '또서탕'이란 음식이 있어요. 먹고 나면 또 발기한다는 보양식이지. 그걸 먹고 정선으로 가서 내 꽃사슴과 슬픈 연애를 할 거야. 이번 가을엔."

"선생님. 로미오와 줄리엣 두 사람 가운데 누가 더 사랑에 충실했을까요?"

나는 선아의 질문에 대답하지 않았다. 내 이야기를 계속했다.

"넌 왜 까마귀 고기가 정력식품인 줄 아니?"

나는 농담하고 있었다.

"까마귀 고기를 먹고 나면 금방 일어났던 일도 죄다 잊어버린다는 거야. 그래서 하고 또 하고 한없이 하게 된대요."

"선생님. 영국에 가면 로미오와 줄리엣의 묘가 있대요. 물론 관광객들을 위한 관광상품이죠. 그런데 그중에서 줄리엣의 묘 앞에만 언제나 꽃이 수북하게 쌓여 있대요. 사람들은 로미오보다는 줄리엣의 사랑이 더 진실했다고 보는 거죠. 남자는 맹목적이고 단순해서 잊을 수도 있고, 사랑할 수도 있고, 사랑 때문에 목숨을 버릴 수도 있죠. 그러나 줄리엣처럼 여자가 사랑 때문에 목숨을 버렸다면 그건 가엾고 진실한 거예요."

"그래."

지독한 안개였다. 안개의 긴 장막을 벗어나자 비에 젖은 영(嶺)의 정상이었다. 지척을 분간하기 어려울 만큼 짙은 안개 속에서 막 헤어난 뒤라 확 트인 시계가 낯설 지경이었다. 여전히 비가 내리고 있었다. 비에 젖은 영을 내려와 해안도로를 따라 달렸다.

아파트 주차장에 자동차를 세워두고 오랜 동안 비워두었던 내 방에 들렀다. 선아는 샤워를 하겠다고 옷을 벗었다. 벗은 옷을 책상 위에 쌓아두고 알몸에 발찌만을 걸치고 욕실로 들어갔다. 나는 방 한쪽 벽에 붙은 칠판을 쳐다보았다. 이혼하기 전 겨우 다섯 살이던 딸아이가 백묵으로 휘갈긴 백묵자국을 나는 아직도 지우지 않고 있었다. 키가 작았기 때문에 의자에 올라서서도 아이는 칠판의 아랫부분에만 낙서를 할 수 있었다. 나는 오래도록 불편함을 감수하며 그 낙서를 지우지 않고 있었던 것이다. 바보, 바보, 아빠는 바보, 라는 글자 곁에 딸아이의 이름이 삐뚤빼뚤 적혀 있었다. 아이의 이름 옆에 공룡인지 고슴도치인지 모를 동물의 형태가 그려져 있었다. 그 위쪽에 내가 한 낙서가 남아 있었다. 서머타임, 사치풍(奢侈風), 하지제(夏至祭), 견딤, 떨림, 그리움, 사무침과 같은 글자가 적혀 있다. 아마 구상했던 단편소설의 제목일 것이다. 그 곁에는 바다, 무인도, 숭어, 비, 모차르트, 공룡, 노래, 레몬과 같은 글자가 파란색 분필로 적혀 있었다. 어떤 소설의 이미지를 적어두었던 모양인데 지금은 전혀 기억에 없었다. 원시성, 본능, 유토피아, 탈인간중심주의라는 말도 적혀 있고, 정면성(正面性)의 법칙, 배채법(背彩法), 소음 역할론, 빛·소리·형태, 패관의 자세, 저글러Juggler와 같은 말도 적혀 있었다. 투명인간, 도망자와 추적자가 동일인, 독약을 들고 산보를 떠나는 부부, 옷장 위에 올라 앉은 신부(新婦), 결혼이란 말을 모르는 나라의 사람들, 기중기로 그린 그림, 모성 결핍, 늙으면 내 마음 잊어버리지나 않을까? 하는 문장도 있었다. 역시 소설과 관계되는 낙서일 테지만 어떤 이유로 적었는지는 기억에 없었다. 이 방에 혼자 살던 삼 년 동안 나는 밤새도록 책을 읽다가 아침이면 좁은 베란다에 나서서 떠오르는 해와 붉게 물든 바다를 바라보면서 울곤 했다. 조바심 때문이었을 것이다.

　봄과 여름 내내 비워두었지만 제수씨가 가끔씩 들러 청소를 한 탓에 방은 깨끗했다. 담배에 불을 붙여 물고서 베란다로 나섰다. 멀리 바라보이는 바다를 향해 한숨과 함께 담배연기를 길게 내뱉었다. 바다는 밀려드는 어둠으로 윤곽을 잃어가고 있었다. 선아는 몸을 씻고 있었다. 내 방에서 선아와 밤을 보내고 싶지는 않았다. 우리는 아파트에서 가까운 호텔에 방을 얻어두고 스카이라운지에 올라가 저녁밥을 먹었다. 선아는 담청색 남방 위에 이탈리안 레드 빛 조끼를 걸치고 역시 담청색 치마를 입고 있었다. 해변의 묘지로 가자고 그녀가 말했다.

"지금은 갈 수 없어. 해가 지면 해안 순찰이 시작되거든."

대답하면서 나는 의자에 앉은 선아의 무릎과 종아리를 내려다보았다. 발목에는 여전히 빛나는 발찌가 걸려 있고, 내게 자랑하던 제라늄꽃 빛 샌들을 신고 있었다. 스카이라운지는 해변의 묘지와 클레오파트라의 숲이 있는 곳의 송림이 내려다보이는 높은 곳이었다. 하지만 오늘은 아무것도 볼 수 없었다. 나는 반주로 시킨 소주를 연거푸 마셨다.

"왜요?"

"응?"

"왜 웃으세요?"

내가 실없이 웃었던 모양이다. 빈 소주잔에 다시 술을 따르며 내가 말했다.

"그냥. 고향에 오니까 별게 다 생각나네."

"말해봐요."

선아는 접시 한쪽에 놓여 있는 삶은 완두를 포크로 찍으려 애쓰고 있었다.

"무슨 말을?"

"그냥. 선생님 생각나는 대로."

"내가 처음 소설을 쓴 곳도 이 도시였고 처녀작인 단편소설을 쓴 곳도 이 도시였지. 지금 보이지는 않지만 저편 부둣가를 걸어가고 있던 어느 날 순간적으로, 아 이제야말로 쓸 수 있겠구나 하는 생각이 들었어. 그리고…… 처음 여자의 교성을 들은 곳도 이 도시였어요. 살리도…… 살리도………, 하는 숨찬 경상도 사투리였지. 중학교에 다닐 때 친구 중에 매음촌에 살던 친구가 있었거든. 그 친구집에 놀러 갔다가 들었지. 그 친구는 아무렇지도 않았겠지만 나는 그날 이후로 세상이 변해버렸어."

"어떻게?"

"바다가 푸르고 너르다는 걸 알았지. 바다가 무서워졌어요."

나는 다시 소주잔을 비웠다.

"그 다음에는 담담해졌어. 친구처럼. 언젠가 크리스마스 날 밤엔 그 친구네 집에서 창부와 같이 샴페인을 마셨다. 교회에 다녀오던 길이었는데. 그때 창부가 말했어요. 오늘은 손님을 열세 명이나 받았다고. 그래서 자기가 한잔 사겠다고 중학교 교복을 입은 우리에게 말했어요. 그럴 때도 나는 놀라지 않았어. 친구와 함께 창부의 호황을 기뻐해주었지. 모든 사람들이 선물을 받고 서로를 축복하며 행복을 나누는 크리스마스 밤이었거든."

"선생님은 참 좋은 고향을 가지고 계시군요."

"그래. 나도 그렇게 생각해. 아주 좋은 고향이야. 그런데 그 친구는 지금 뭘 하고 사는지 모르겠다. 언젠가 들으니까 창원 공단 근방에서 닭갈비집을 해서 돈을 많이 벌었다고 하던데. 너 '백고일부'라는 말을 아니?"

"몰라요."

"선아, 언젠가 너도 처연한 마음으로 너를 사랑했던 남자와, 누군가를 사랑했던 자신을 다정한 마음으로 뒤돌아볼 수 있을 거야. 사는 건 가혹할수록 유쾌해. 음지와 양지가 다 있어야 형태가 있는 거야. 언제나 양지만 걸을 순 없잖아. 언제나 음지만 걷지도 않을 거고. 그래…… 백고일부란 말은 그날 밤 열세 명의 남자에게 몸을 판 창녀가 내게 일러준 말이었어. 백 번 고고를 추는 것보다는 한 번 블루스를 추는 게 낫다는 말이야. 참 좋은 말이지. 그렇지?"

선아는 아직 삶은 완두를 세 개밖에 먹지 못했다. 스카이라운지에는 우리밖에 없었다.

"그리고 항상 마지막에는 바다야. 끝은 언제나 바다! 죽도록 날 좋아했던 연실이라는 소녀에 대해 이야기해줄까? 그 소녀는 육손이였어요. 약지 곁에 작은 손가락 하나가 더 달려 있었지. 아주 가벼웠고. 그렇게 작고 가벼운 몸이었는데도 애액이 흘러넘쳤지. 그래서 그녀 두 다리 사이에 있는 못에는 가물치도 붕어도 잉어도 살고 있을 것 같았어요. 물방개와 거머리와 물뱀까지 다 살고, 계절이 오면 수선화랑 연꽃이 잔뜩 피어날 것 같았어요. 그 아이 이야길 해줄까? 응? 내 이야기의 끝은 언제나 바다예요. 왠가 하면 내가 바닷가에서 태어났기 때문이지. 내 소설의 등장인물들도 그래서 늘 바닷가에서 생선회를 먹으며 술을 마시고, 고달픈 연애를 하느라 진땀을 흘려요. 중요한 건 그것뿐이야. 연애를 하고 사랑을 하는 거지. 다른 뭐가 있겠어? 그것만이 가장 가혹한 실존의 확인이야. 그 다음 슬픔에 지쳐빠져 울기에도 마땅치 않은 시간에는 이 세상에서 가장 높고 멋지고 우람한 구조물 하나를 세우지. 그게 바로 소설이야. 그 밖에 더 무엇이 소용있겠어. 응? 그 나머지 모든 건 멍청이들끼리 나누어 가지라고 그래."

나는 들어올렸던 손을 탁자 위로 내렸다.

"난 연실이의 음부에 이름을 붙여주었어요. '아침'이라고. 그리고 연실이는 내 성기를 '희망'이라고 불렀어요. 우리가 만나서 사랑하고 헤어진 시간은 고작 이틀이었어요. 그게 다였지. 우리는 깊은 밤 이슬에 젖은 백사장에서 섹스를 했어요. 그러면서 그녀가 내게 이야기를 했지. 이 담에 다른 남자랑 살더라도 절대 날 잊지 않겠다고. 다음날 대낮에 잠에서 깨어보니 연실이는 다른 남자들과 어울려 사라지고 없었어. 여름날의 나비처럼 내게로 날아와 잠깐 쉬다가는 어디론가 날아가버렸지. 그런데 그녀는 사라지기 전에 내 몸에 한 가지 흔적을 남겨두었더군. 수영 팬티를 갈아 입으면서 보니까 성기에 뭔가 글자가 적혀 있는 거야. 밤새 술에 취해 늘어진 내 성기에 그녀가 볼펜으로 적은 글자였어. 不生不滅(불생불멸). 그런데 내가 어떻게 연실이를 유혹했는지 알려줄까?"

선아가 대답했다.

"그래요."

"수경을 쓰고 바닷속에 들어가면 모든 물체가 크게 보여요. 실제보다 아주 크게. 수경을 쓰고 물 속에 잠수한 연실이 앞에서 내가 팬티를 벗어 발기한 성기를 보여주었거든. 연실이의 표현에 따르면 먹장어만했다는 거야. 어때, 대단한 바다지? 우리를 놀라게 하고, 처음으로 되돌려주고, 마음놓고 울게 해주고, 그리고는 우리들을 삼켜버리지."

얼른 소주를 마셔버린 선아는 다시 제 잔에 술을 따랐다.

"선생님, 취하셨죠? 나만 한 잔 더 마실까?"

"아냐. 안 취했어. 좋아. 아주 기분이 좋아서 그래."

"더 마시겠어요?"

"그럼. 더 마시고 더 이야기할 거야. 아마 멍청이들은 날 저속한 놈으로 여길 거야. 바보 같은 놈들이지."

"그래요."

"저승에 가면 그런 바보들의 한탄 소리로 시끄러울 거야."

"선생님, 전 어렸을 때, 초등학교에 다닐 때요, 하루는 지붕 위를 걸어다니다가 거기서 잠이 든 적이 있어요. 우리집은 기와집이었거든요. 왜 그렇게 지붕 위를 걷고 싶었던지 몰라요. 치마를 입은 채 나무 대문을 밟고 지붕 위로 올라가 하염없이 걸어다녔어요. 이상하죠?"

선아의 말대로 나는 취해 있었다. 연거푸 소줏잔을 털어넣으며 밤바다에서 불어오는 바다 냄새를 맡았다. 어둠에 덮인 난바다 저편에서 안개를 몰고 오는 바람에는 진한 조갯살 냄새가 섞여 있었다. 지붕 위를 걸어다니다가 거기서 잠이 들었다는 선아의 이야기를 들으면서 바람이 몹시 분다고 느꼈다. 그 이후의 기억은 깡그리 사라지고 없었다. 잠에서 깨어나자 아침이었다.

샤워를 하면서 창으로 내다보니 날씨는 화창하게 개어 있었다. 대기는 맑고 밝아 완연한 초가을 날씨였다. 아침밥을 먹은 다음 나는 선아의 손을 잡고 해변의 묘지로 걸어갔다. 해변의 묘지는 바다 쪽으로 뻗어나간 육지의 귀두부 부분에 자리하고 있었다. 가는 길에 클레오파트라의 숲을 지났다. 음습한 그늘 아래 황톳길에는 어제 내린 빗물이 그대로 고여 있었다. 오솔길을 둘러싼 산죽 이파리가 햇살에 반짝이고 있었고, 바다 쪽 산죽 더미 사이로 언뜻언뜻 바다가 보이긴 했지만 숲은 여전히 어둡고 은밀했다. 선아가 말했다.

"선생님, 아무도 존경하지 않고, 아무도 사랑하지 않고, 아무도 욕망하지 않고 살 수 있을까요? 흔들리는 대로 살아갈 수 있을까요?"

산죽 더미 너머에서 들려오는 파도 소리를 들으며 내가 말했다.

"이젠 여름 바다가 아니야. 어제 내내 비가 내렸잖아."

선아가 다시 말했다.

"선생님, 전 이 담에 어떤 남자와 사랑을 하더라도 수를 잊지는 못할 거예요."

"바다는 순식간에 바뀌지. 흘러다니니까. 이제 어제의 바다는 흘러가고 없어."

클레오파트라의 숲을 벗어나자 벼랑 아래로 검푸른 바다와 모래톱에 모여 선 갈매기 무리가 보였다. 갈매기 무리는 바람이 불어오는 쪽으로 일제히 머리를 향한 채 깃을 다듬고 있었다.

"선생님, 다시는……, 전 다시는 수를 생각하지 않기로 했어요."

내게 이끌려 오르막을 오르면서 선아는 숨찬 목소리로 말했다. 목소리는 파도 소리에 묻혀 거의 들리지 않을 정도였다. 파도 소리는 골이 아플 만큼 요란했다. 먼바다에서는 바람에 날린 파도의 이랑 위로 흰 포말 더미가 포기지어 떠 있거나 밀려오고 있었다. 그 위에서 몇 마리의 갈매기가 날고 있었다. 갈매기의 작은 몸이 허공에서 출렁이듯 오르내렸다.

"그리고는 뭔가 사랑할 걸 기다리겠어요. 오면 다정히 맞이하기 위해서라도."

숨찬 선아의 목소리를 들으며 나는 모롱이를 돌았다.

"다 왔다!"

"아아, 여기예요?"

해변의 묘지는 우리가 선 오솔길에서 한 길 높은 석축 위에 자리하고 있었다. 굽은 길을 돌아 석축 아래로 다가들 때 뒤따라오던 선아가 감탄해 말했다.

"정말! 야야, 해변의 묘지로군요. 아아, 좋아요!"

묘지 앞으로 올라간 나는 팔을 당겨 선아를 석축 위로 올려주었다. 잔디는 물기에 젖어 있어 앉을 수 없었다. 선아와 나는 묘석 앞에 우뚝 서서 바다를 바라보았다. 파도에 실린 바다 냄새가 바람결을 타고 밀려들었다. 바다는 몸을 뒤집어 깊은 바닷속까지 들추어내고, 그리하여 깊은 바닷속 냄새를 난바다 저편에서부터 해변에까지 실어와 흰 거품과 함께 우리의 발 밑에 부려놓았다. 우리가 선 해변의 묘지 석축 아래편은 깎아지른 벼랑이었다. 벼랑 이편은 땅이고 저편은 막바로 바다였다. 조금의 여유도 여지도 망설임도 없었다. 이편에는 선아와 내가 서 있었고 파도가 뛰노는 저편에는 갈매기 몇 마리가 비상과 추락을 거듭하고 있었다. 나는 바다에서 솟구쳐 물에 젖은 몸으로 벼랑을 기어오르는 어떤 인간의 모습을 상상했다. 선아의 손을 꼭 잡았다. 성욕은 조금도 없었다. 그리움도 안타까움도 없었다. 무언가 빈 가슴속을 빠르게 스치고 지나가며 나를 아프게 하는 것이 있었다. 그것은 두려움이었다. 앞으로 어떻게 살아갈까, 하고 나는 속으로 중얼거렸다.

"어떻게 살아갈 수 있을까?"

혼자 중얼거리며 갈매기떼의 비상을 바라보았다. 공중에 떠 있는 갈매기 한 놈에 시선을 고정시키자 순간 녀석은 파도 위 허공에 정지한 듯 보였다. 바람결에 조금씩 흔들리고 휘날리면서 자신을 허공에 매달아두고 있었다. 그때 선아의 희고 가는 팔이 휙, 바다 쪽으로 날았다. 선아는 빈 손바닥을 들어 바람 속에 펼쳐 보였다.

"버렸어요."

선아가 말했다.

"수의 냄새가 담긴 향수병이요. 웃기죠?"

선아는 허리를 숙이면서 말했다.

"이 발찌도 벗어주겠어요."

"아니야, 선아."

나는 선아 앞에 쪼그려 앉으며 발찌를 벗기려는 선아의 손목을 잡았다. 선아는 내 손을 뿌리쳤다.

"싫어요, 선생님."

"아니야, 선아. 이건 여자의 법칙도 남자의 법칙도 아니야."

선아의 눈을 쳐다보며 내가 말했다.

"이건 덧없는 삶을 벗어던진 사람들이 우리에게 준 선물이야. 그들이 만든 법칙이야. 죽은 자들, 서러움을 아는 자들, 그들이 선아에게 준 선물이야."

나는 손을 들어 선아의 두 손을 잡았다. 선아는 눈물을 흘리고 있었다. 파도 소리가 심하게 들려왔고, 그 사이로 각각대는 갈매기 소리가 또렷하게 들렸다. 나는 선아의 허벅지에 이마를 기대고서 바닷빛 곡옥이 졸졸이 매달린 금빛 발찌를 내려다보았다.

"선아, 이제 그만 가자."

이곳은 죽은 자들의 장소였다. 울지 않고 바다를 바라볼 수 있는 영예를 부여받은 그들만의 안식처였다. 그리하여 이제 울지 않아도 되는 그들은, 울고 있는 여자의 허벅지에 이마를 기대고 앉은 남자와, 그 남자의 머리를 쓰다듬고 선 처녀의 눈물에 축복을 던져주리라고 나는 믿었다. 진정 신이 존재한다면, 신도 한 번쯤은 살아 있기 위해 눈물 짓는 인간의 진정에 감동하지 않을 수 없으리라 생각하고 있었다.

# 낭비 또는 방법으로서의 섹스

발문 | 황현산 (문학평론가 · 고려대 교수)

하나가 다른 하나로 깊어지거나 발전한다기보다 하나가 다른 하나의 꼬리를 물고 같은 방식으로 연속되는
이 섹스에 대해 우리는 산만하다는 평가를 내릴 수도 있을 것이다. 그러나 이 산만함은 방법으로서의 가치를 지닌다.
그것은 바닥이 드러날 때까지 계속되는 낭비인데, 작가가 진정으로 보고 싶어하는 것은 바로 이 바닥이기 때문이다.
바닥의 특성은 순결함이다. 이 바닥 이후에 한 존재는 삶에 헛된 기대를 걸지 않을 것이며,
과잉한 소유를 탐하지 않을 것이며, 모든 상처를 털어내고 본질적인 불안만을 지닐 것이다.

마르시아스 심은 우리 시대의 귀한 재능이다. 그가 첫 단편집 『묵호를 아는가』를 들고 나타났을 때, 우리에게는 유감스럽게도 그에 합당한 정도의 주의를 기울일 만한 여유가 없었다. 광주의 처절한 기억과 그 피비린내를 뇌리에서 지울 수 없었던 사람들은 항상 더욱 급박하다고 여겨지는 것들에만 마음을 내주었다. 환상과 현실 사이의 얇은 막을 회칼로 저미는 것처럼 파고 들어가는 「묘사총」의 선연한 문체는 깊이 음미되지 못했으며, 이야기와 현실이, 읽는 것과 쓰는 것이, 체험과 기억과 문학이 맺는 변증법적 관계에 대한 「양풍전」의 탁월한 탐구는 그 진의가 널리 이해되지 않았다.

그후 그가 심상대라는 본명을 버리고 마르시아스 심이 되는 십 년 세월에 그의 재능이 일으켰어야 할 풍파는 일어나지 않았다. 그러나 그는 자신이 지금 여기에 있다는 사실만으로도 한 시대의 문학적 사건이 되었다. 그가 나타나는 자리는 어디나 그 규정하기 어려운 활기와 열정으로 공간의 질이 바뀌었다. 그는 언제나 흥취가 넘치고 재기가 빛나는 말을 준비된 것처럼 쏟아내어 우리의 정신을 누르는 우울한 쇠사슬을 벗겨내었다. 지난 세월의 문학이었던 모든 것들, 다가올 시간에 시이고 소설일 모든 것들이 심장에서부터 손톱 끝까지 그의 몸을 가득 채우고 있다고 믿을 수밖에 없었다. 방향을 잃은 우리의 문학이 별 믿음도 없이 여기저기를 들쑤시고 있을 때, 정신과 감정의 기폭장치이며 도화선이었던 그의 존재는 그 자체로 어떤 경우에도 결코 패배하거나 주눅들지 않는 문학의 힘을 증명했다.

그가 이제 연작 소설집 『떨림』을 상재하려 한다. 여덟 개의 매듭을 가진 소설 또는 여덟 편의 섹스 이야기. 그 전체는 성애의 고백으로 이루어진 한 젊음의 성장사이며, 감정교육의 시말서이다. 그것은 지난 80년대와 90년대에 걸쳐 이 땅의 한 에로스가 구성되고 발휘되고 좌절되고 자신을 의미화하여온 과정의 기록이다.

연작소설 전체에서 주인공 '나'와 정사를 했던 여자들은 여러 종류이다. 「딸기」는 이미 방탕한 성 체험을 지닌 주인공이 대수롭지 않게 동정을 바친 두 자매를 별 즐거움도 없이 차례로 안았던 이야기이다. 그러나 이 두 자매는 흙탕물 속의 맑은 기포처럼 깨끗한 기억으로 남는데, 이 기포는 혼탁한 것이건 순결한 것이건 모든 종류의 성애가 내내 그의 누추한 삶에 찍어놓게 될 이미지이다. 「샌드위치」에서는, 성병으로 아랫도리가 썩어버린 늙은 창녀, 수음하는 고등학생을 엿보는 하숙집 여주인, 남의 남자를 사랑하며 죽음의 충동을 느끼는 한 여선생의 인생사를 겹쳐놓고 거기서 미에 관한 하나의 성찰을 이끌어내려 한다. 작가자신도 모호하다고 말하는 이 미학은 성애와 퇴폐 속에서, 또는 그 뒤섞임 속에서 느끼는 존재 확장의 체험과 다른 것이 아닐 것이다. 「나팔꽃」에는 동거하던 남자를 감옥에 둔 여자를 풀숲에서 안았던 기억 끝에, 결혼식의 주례를 맡기로 된 처녀와 육체를 나눈 이야기가 이어진다. 중요한 것은 바다의 파도처럼 피었다가 이울어지는 육체의 '나팔꽃들'을 기쁘게 누리는 일이다. 「밀림」에서는 성적 욕망을 가질 수도, 성적 충동을 일으킬 수도 없을 것 같은 여자들과의 성교로부터 '성의 사회적 기능론'을 끌어낸다. 「우산」은 미친 거지 여자를 포함한 세 여자와의 섹스, 그리고 그와 관련된 세 개의 우산에 관해 말한다. 고독한 육체들의 포옹에서 얻은 선물인—때로는 마스코트의 가치를 지녔고, 때로는 순전히 실용적이고, 때로는 살이 부러져 있는—이 우산들이 권태와 광기의 비를 얼마큼, 또는 어떤 방식으로 가려줄 수 있을까. 「피크닉」은 전형적인 모텔 연애담. 이혼남인 주인공과 만나는 '남편 있는 여자'는 미국 유학 시절 포토맥 강가에서 어느 젊은 남녀의 우아한 포옹을 바라보았던 기억을 지니고 있다. 이 '피크닉 연애' 풍경은 거기 곁들인 반결혼론과, 더 나아가서는 '창조적 에너지로서의 우연과 비평형'에 대한 옹호를 내용으로 삼는 예술론과 맥락을 같이 한다. 「베개」는 서른아홉인 남자와 예순넷인 여자의 연애 전말기. 발전이 없다기보다 발전을 반

대하는, 죽음을 거부하기 위해 삶을 죽음의 정갈함으로 정리해 버린, 연상의 여자와의 이 정사는 그 밑바닥에 시간(屍姦)의 형식을 지니고 있다. 그리고 이 형식은 그의 미학을 구성하는 기본 요소 가운데 가장 중요한 것에 해당한다. 마지막 단편 「발찌」에서 주인공은, 남자에게 버림받았으나 그 남자를 섬뜩할 정도로 그리워하는 한 처녀와 관계를 맺는다. 그렇다고 그가 대용품의 역할을 하고 있는 것은 아니다. 처녀의 미친 그리움은 그녀에게 뿐만 아니라 주인공에게도 '고독을 견디는 힘'이자 '그리움에 저항하는 일말의 막연한 희망'과 같은 것이기 때문이며, 두 사람의 서로 다른 작은 그리움은 그들이 공유하게 될 더 큰 그리움의 밑천이기 때문이다.

작가가 이 연작들을 쓰고 있을 때, 섹스는 그의 주제일 뿐만 아니라 그 글쓰기의 방법이다. 그 자신이 소설가인 주인공은 그가 안았던 여자들에 대한 추억으로부터 그 소설의 착상을 구하며, 글이 궁지에 몰리고 말이 바닥날 때마다 섹스에 대한 기억으로 소설을 다시 추슬러올리며, 그 정사의 의의에 대한 질문을 통해 제가 쓰는 소설이 누리게 될 가치를 가늠하려 한다. 기억 속의 육체들은 서로 엇물려 있다. 한 정사에 대한 서술은 다른 정사에 대한 기억을 촉발하며, 한 섹스에 대한 기억이 다른 섹스의 힘을 북돋운다. 한 섹스는 다른 섹스의 터전이 되고 한 기억은 다른 기억을 모방한다. 그리고 그 전체는 소설을 꾸려내는 힘이 된다.

하나가 다른 하나로 깊어지거나 발전한다기보다 하나가 다른 하나의 꼬리를 물고 같은 방식으로 연속되는 이 섹스에 대해 우리는 산만하다는 평가를 내릴 수도 있을 것이다. 그러나 이 산만함은 방법으로서의 가치를 지닌다. 그것은 바닥이 드러날 때까지 계속되는 낭비인데, 작가가 진정으로 보고 싶어하는 것은 바로 이 바닥이기 때문이다. 바닥의 특성은 순결함이다. 이 바닥 이후에 한 존재는 삶에 헛된 기대를 걸지 않을 것이며, 과잉한 소유를 탐하지 않을 것이며, 모든 상처를 털어내고 본질적인 불안만을 지닐 것이다.

그래서 나는 소설가 마르시아스 심을 축하한다. 벌써 구각이 되어버린 그 에로티시즘에 관한 심미안의 이력을 축하하는 것이 아니라 이제 거침도 주저함도 없이 성큼성큼 걸어나갈 그 재능을 축하한다.

여자와 생, 저만치 어른거리는 얼굴

발문 | 박철화 (문학평론가)

맑은 가을날 서울 근교의 산에 올라 짐승처럼 엉겨붙어 흩뜨린 정액 냄새를 읽으며, 살아가는 일에 조금은
고개가 끄덕여지기도 했다. 또 바다 위로 떨어지는 빗방울에서 나팔꽃을 보는 그의 감각에,
죽음과 성(性)을 함께 엮는 그 미의식에 나는 매혹되었다.
매혹의 시작이 새로운 생의 출발임을 느껴본 사람은 알 것이다.
그게 얼마나 소중한 체험인가를.

마르시아스 심을 알고 지낸 지 십 년이 가까워온다. 우리가 처음 만난 곳은 종로 2가의 어느 술집이었던 것으로 기억한다. 역시 비슷한 연배의 작가인 엄창석, 장정일 씨 등이 그 자리에 있었다. 그리고 지금은 확실하게 기억나지 않는 출판사 여직원 두엇이 더 있었던 것 같다. 육신의 나이로는 그가 나보다 훨씬 위이나 등단은 엇비슷한 터라 그 뒤로 우리는 인생의 선후배이자 글쓰기의 동료로 만나왔다. 강산도 변한다는 그 시간 동안 그러나 우리가 자주 만난 것은 아니다. 물론 그것은 누구의 불찰도 아니다. 단지 내가 개인적인 일로 여섯 해 조금 넘는 기간을 이 땅에 있지 못했던 탓이다. 그 사이에 그는 내게 거의 언제나 『묵호를 아는가』의 작가였다. 그의 문장은 정갈하고 담백해서 마치 작가의 고향인 동해의 투명한 바다와, 그만큼이나 맑은 태백산맥의 계곡을 보는 것 같았기 때문이다. 상당히 인상적인 세계였다.

그리고 어느 날 나는 프랑스로 갔다. 거기에서 몇 해 동안 그를 잊고 지냈다. 그만을 잊었던 것이 아니라, 나머지 대부분을 다 잊었다. 행복이 부끄러움이 되던 땅에서 태어난 것을 잊고 싶었고, 그런 사실도 모르고 이 작은 땅이 세계의 전부인 줄로만 알고 살다 죽어가는 사람들을 잊고 싶었던 것이다. 아는 사람들의 집에서 우리말로 된 소설책이나 시집을 발견하면 악착같이 더 잊고자 노력했다. 심지어는 내게 문학을 일러준 선생님의 책도 의도적으로 읽지 않았다.

그러던 어느 날, 학업도 다 마치고, 논문을 적는 일말고는 학교에 나갈 일도 없어진 어느 날, 나는 이 우주와 세계에 연결되어 있다고 믿었던 내 생의 중심이 한순간에 폭삭 무너지는 것을 경험했다. 그러면서 그 망각의 노력이 헛되고도 헛되다는 사실을 알았다. 그 연유야 따로 적지 않겠다. 어쨌거나 그 사실을 깨달으며 내 생의 선택이 명백한 패착이라는 데에서 시작된 아주 둔중한 우울을 앓게 되었다. 그런데 기이하게도 그 끝간 데 없는 우울증을 치유할 수 있는 길은 우리말로 된 책을 읽는 것뿐이라는 사실도 깨닫게 되었다. 운명이었을까? 그 걸신들린 듯한 읽기, 내 표현으로는 글자 씹어먹기를 누가 이해할 수 있을까? 나는 살기 위해, 아니 죽지 않기 위해 읽었다.

그때 내가 가장 열심히 읽었던 글 가운데 하나가 여기 실려 있는 「나팔꽃」이다. 계간지 『문학동네』에 수록된 단편이었다. 그 잡지는 남진우씨가 보내준 것으로 기억한다. 어쨌거나 혼자임에,

누구도, 그 어느 것으로도 내 생을 구원할 수 없음에 눈앞이 캄
캄해지면, 나는 그 글을 펴들고 시간과 싸우듯이 한 문장, 한 문
장을 읽어나갔다. 이 사람이 이런 글도 쓰는구나, 감탄하며 열대
여섯 번을 읽었다. 맑은 가을날 서울 근교의 산에 올라 짐승처럼
엉겨붙어 흩뜨린 정액 냄새를 읽으며, 살아가는 일에 조금은 고
개가 끄덕여지기도 했다. 또 바다 위로 떨어지는 빗방울에서 나
팔꽃을 보는 그의 감각에, 죽음과 성(性)을 함께 엮는 그 미의식
에 나는 매혹되었다. 매혹의 시작이 새로운 생의 출발임을 느껴
본 사람은 알 것이다. 그게 얼마나 소중한 체험인가를. 나는 꽃
처럼 다시 피어나고 싶었고, 꽃을 찾아다니는 벌처럼 다시 쓰고
싶었다.

　귀국한 지 얼마 지나지 않아 갖게 된 어느 술자리에서 나는
이 이야기를 그에게 털어놓은 적이 있다. 아마 이 발문을 쓰게
된 인연도 전적으로 거기에서 시작되었을 것이다. 어쨌거나 그
뒤로 나는 마르시아스 심의 다른 작품들을 거의 대부분 따라 읽
게 되었고, 그 다하지 않는 생의 기운(氣運生動)에, 그러면서도
맺고 끊음의 분명함에 열성적인 지지자가 되었다. 그의 글 못지
않게 정갈하고 맑은 성품까지 더하여 나는 그의 분명한 도당(徒
黨)이 되기를 조금도 주저하지 않는다. 그리하여 이름을 갖게 된
것이 '사치파(奢侈派)'이다. 마르시아스 심 본인과 윤대녕, 배수
아, 김영하, 이응준 등을 묶는 그 이름표를, 다른 거명된 사람들
의 의견은 어떠한지 모르겠으나, 나는 언제나 기꺼이 내 가슴에
달고 있다.

사치? 그렇다. 정신의 사치. 나는 그것을 영혼의 오연함이라고 생각한다. 자신말고는 아무에게도 기대지 않겠다는, 자신의 글말고는 아무것도 두려워하지 않겠다는 태도에서 나오는 오연함. 정치와 경제와 처세가 사소해서가 아니라, 글이 너무 멋진 것이기에 흔들리지 않겠다는 그 자부심. 나는 19세기 유럽의 '댄디즘'에 연결될 마르시아스 심의 그런 품성을 좋아하고 부러워한다. 댄디즘은 포즈나 장식이 아니라 미적 반항의 실천인 것이다. 그런 점에서 그는 나의 분명한 인생 선배다.

그 점은 이번 글쓰기에도 나타난다. 글짓는 일에 대한 자부심을 곳곳에서 토로하고 있지 않은가. 그런 태도는 글의 흐름을 차단하는 것으로도 보이는 몇몇 대목에서, 거두절미하고 '거기에 대해서는 더 말하지 않겠다' 하는 선언을 하도록 만들기도 한다. 조르주 바타이유의 소설에서말고는 본 적이 없는 분명한 작가의 목소리다. 이런 당당한 주관성은 강한 근력(筋力) 같은 것이어서, 자칫하면 작가의 체험담 고백으로 읽힐 수도 있을 위험으로부터 이번 작품집을 결연히 떼어놓는 요소가 된다. 그는 자신의 여성 편력 따위를 과시하거나, 혹은 자신의 성적 백일몽을 과장할 좀스런 사람이 아니며, 이 글의 화자 '나'는 미적 주관성의 핵을 이루고 있다.

물론 많은 정사 장면이 그 자체로 재미있는 것도 사실이다. 그러나 마르시아스 심이 여성과의 잠자리를 전면에 내세운 것은 그가 누구보다도 여성들을 사랑하며, 그 사랑이 곧 이 세계와 생에 대한 사랑임을 절실히 느낀 데서 나온 것이라고 나는 생각한

다. '보노보'의 일화 등에서 엿보이는 평화로운 세상에 대한 희
구를 생각하면 그렇다. 그런 거창함을 떠나서라도, 작품을 가득
채우고 있는 성욕은 순수한 본능으로서의 생의 의지일 뿐, 거기
에는 그 어떤 다른 목적도 들어 있지 않다. 살기 위해 먹고 마시
듯이, 작품은 살기 위해 여자들을 사랑하고 찬양하며 경배하는
'나'라는 한 인물을 보여줄 뿐이다. 그것은 소통의 욕구이며, 결
국은 하나가 되어야 할 충만한 자기 존재를 회복하려는 눈물겨
운 노력이다. 그 노력이 이 작품집이 담고 있는 생의 창조적 에
너지다.

　차라리 이 작품집의 원고를 전체적으로 모아 읽으면, 몇몇 작
품에서 더 끝까지 밀고나가지 않은 것에 대해서 아쉬움이 느껴
지기도 한다. 하지만 그런 것도 결국 그의 성품의 담백함이자,
그의 글의 정갈함에서 나온 것일 터이니 크게 괘념치 않는다. 오
히려 나는 이 작품집에 담겨 있는 나의 사소한 흔적들에 기뻐한
다. 그것은 우선 춘천의 내 거처에서 깨어난 어느 날 아침, 그에
게 보낸 문자메시지다. '고독을 견디는 힘'이란 문구가 바로 그
것이다. 사치파가 된다는 것, 오연한 댄디가 된다는 것, 그것은
'-파(派)'라는 이름표에도 불구하고 결국 홀로임을 스스로 납득
하는 일에서 시작된다. 유약한 인간들만이 무리를 지으며, 영악
한 인간들은 그 무리를 이용하고, 글은 만인의 것이라 하더라도
쓰기란 결국 혼자가 되는 것. 아마도 이런 등등의 내용을 담고
있는 말이었다고 기억한다. 나는 마르시아스 심이 나의 그런 마
음을 충분히 잘 읽어내리라 생각했다. 아니나 다를까 그 증거처

럼 '고독을 견디는 힘'이라는 문구를 자신의 글에다 적어놓은 것이다. 그리고 다른 하나는 '능소화'이다. 그가 『작가세계』 기획 편집회의중인 나를 만나러 마포의 세계사로 찾아온 어느 날, 사무실 앞 주택 담벼락에 능소화가 피어 있었다. 내 눈에는 그것이 한국적 미인상의 상징처럼 보였다. 소담하여 결코 난(亂)하지 않으나, 어느 순간인가는 원색 그대로를 토하고 말 것 같은 꽃. 잘 갈무리된 긴장이라고나 할까. 마치 그의 글에 나오는 하숙집 여주인 같은. 나는 그런 마르시아스 심의 여인을 사랑한다. 그에게는 그 꽃이 어떻게 보였을까? 이 글을 맺은 뒤에 직접 물어보아야겠다. 혹시 다 지고 난 목련을 좋아한다고 말하지나 않을까? 「밀림」의 여인들 같은. 어쨌거나 그는 당시까지 그 꽃의 이름을 모르고 있었다. 내가 알려준 그 꽃의 이름이 또한 이 책에 실려 있다.

각설하고 그의 글들을 읽으면 나는 저 먼 곳에서 다가오는 어떤 여인의 얼굴이 떠오른다. 그것은 언제나 그리고 누구에게나 한 여자의 얼굴일 것이다. 그러나 그 얼굴은 좀처럼 자신의 모습을 드러내지 않는다. 아주 어린 날에 빨고 있던 젖무덤 너머로 본 엄마의 얼굴일 수도, 혹은 땀방울이 송송 맺힌 콧잔등을 쳐들고 고개를 젖혀 올려다보고 있는 예닐곱 살배기 딸의 얼굴일 수도 있다. 그러나 어떤 경우이든 우리는 그 여인의 얼굴을 보고 싶어하고, 또 사랑하지 않을 도리가 없다. 누구에게든 그 얼굴이 생의 원천이자 지주일 것이기 때문이다. 일용할 양식처럼 그의 생에 사랑스런 여인들이 가득하기를 바라는 것도 언젠가는 그가 방황을 접고 그 얼굴을 확인할 수 있었으면 해서다. 그리하여 완벽한 '하나의 책 Le Livre'과 그 '하나의 얼굴'이 언젠가 마르시아스 심의 글쓰기에서 나오기를 꿈꾸며, 생이 나보다 앞서가 사랑의 의지를 흩어버리는 날이면 나는 또 이 『떨림』을 펼쳐 읽을 것 같다.

안타까운 육체들의 몸부림에도 불구하고 하나가 되지 못하는 절절하게 슬픈 생을 다시 한번 사랑하기 위해서.

문학동네 장편소설
**떨림**

ⓒ 마르시아스 심 2000

1판 1쇄 | 2000년 10월 13일
1판 5쇄 | 2000년 11월 10일

지 은 이 | 마르시아스 심
책임편집 | 김현정 이은석
펴 낸 이 | 강병선
펴 낸 곳 | (주)문학동네
출판등록 | 1993년 10월 22일 제22-188호

주    소 | 136-034 서울시 성북구 동소문동 4가 260번지 동소문빌딩 6층
전자우편 | editor@munhak.com
하이텔 : podo1
천리안 : greenpen
전화번호 | 927-6790~5, 927-6751~2
팩    스 | 927-6753

ISBN  89-8281-328-4  03810
* 잘못된 책은 바꿔드립니다.
www.munhak.com